IN A
DARK
DARK
WOOD

Ruth Ware

暗无边际

［英］露丝·韦尔 著　刘梓熙 译

天地出版社 | TIANDI PRESS

图书在版编目（CIP）数据

暗无边际 /（英）露丝·韦尔著；刘梓熙译 . 一成都：天地出版社，2017.7（2021.9 重印）
ISBN 978-7-5455-2821-3

Ⅰ . ①暗… Ⅱ . ①露… ②刘… Ⅲ . ①推理小说－英国－现代 Ⅳ . ① I561.45

中国版本图书馆 CIP 数据核字 (2017) 第 089921 号

著作权登记号 图字：21-2016-211

暗无边际

出 品 人	杨　政
作　　者	[英] 露丝·韦尔
译　　者	刘梓熙
责任编辑	杨永龙　张璐路
版权编辑	郭　淼
装帧设计	杨　倩
责任印制	葛红梅

出版发行　天地出版社
　　　　　（成都市槐树街2号　邮政编码：610014）
网　　址　http://www.tiandiph.com
　　　　　http://www.天地出版社.com
电子邮箱　tiandicbs@vip.163.com
经　　销　新华文轩出版传媒股份有限公司

印　　刷　廊坊市印艺阁数字科技有限公司
版　　次　2017年7月第1版
印　　次　2021年9月第2次印刷
成品尺寸　145mm×210mm 1/32
印　　张　10.5
字　　数　244千字
定　　价　58.00元
书　　号　ISBN 978-7-5455-2821-3

版权所有◆违者必究
咨询电话：（028）87734639（总编室）
购书热线：（010）67693207（市场部）

本版图书凡印刷、装订错误，可及时向我社发行部调换献给凯特，也献给另外三位闺蜜。爱你们。

在一片漆黑的树林里，有一栋漆黑的房子；

这栋黑房子里，有一间漆黑的屋子；

这间黑屋子里，有一只漆黑的橱柜；

这只黑橱柜里，有一具……骷髅。

——老传说

引 子

我奔跑着。

我在月光下的树林中奔跑，树枝撕裂我的衣服，欧洲蕨钩住我的双脚。

荆棘鞭打着我的双手，呼吸撕扯着我的喉咙。痛，这一切都痛。

但我能做的只有奔跑。

平日里当我奔跑时，脑中总是默念着一句咒语。要么是为了赶时间，要么是为了借助咚咚踩踏柏油路来驱散沮丧。

而这一次，只有一个词，一个想法，重重地敲击着我的内心。

詹姆斯。詹姆斯。詹姆斯。

我必须要到那儿。我必须要在那之前到达那条路上。

然后我到了：月光中一条蜿蜒的黑色柏油路。我能听到咆哮的引擎正朝我而来，闪耀的白光刺痛我的双眼，黑色的树干在逆光中映出道道斜杠。

我来晚了吗？

我强迫自己跑完最后三十米，被倒下的原木绊倒在地，心脏像一只鼓在胸中猛击。

詹姆斯。

然而我来晚了——车子离得太近，我无法阻止它了。

我把自己抛到柏油路上，张开双臂。

"停！"

1

痛，一切都痛。刺眼的灯光，发作的头痛。我鼻孔中有股血腥味，双手沾满血迹。

"利奥诺拉？"

一个声音穿过疼痛的迷雾模糊地传来。我试图摇头，嘴巴不听使唤，说不出话。

"利奥诺拉，你安全了，你在医院。我们要带你去做个扫描。"

是个女人在说话，声音清晰洪亮。这声音令我痛苦。

"我们应该给什么人打电话吗？"

我再次试图摇头。

"别动你的头，"她说，"你的头受伤了。"

"诺拉。"我低声说。

"你想要我们给诺拉打电话？诺拉是谁？"

"我……我的名字。"

"好吧，诺拉。试着放松，不会痛的。"

但很痛，一切都痛。

发生了什么？

我做了什么？

2

我知道，只要我一醒来，就会迎来在公园里跑步的日子，跑最长的那条路线，总共有将近九英里。秋日的阳光穿过藤蔓洒下来，把床单镀上一层金色，我能闻到夜雨和楼下街巷里梧桐树叶的气味，树叶的末梢正变成金棕色。我闭上眼睛伸了个懒腰，听着时钟嘀嗒、暖气送风，还有疲软的行车咆哮声，感觉全身肌肉都陶醉在即将到来的这一天里。

我的清晨总是以同样的方式开始。这大概和独居有关——你能以自己的方式安排生活，没有外界的干扰，没有室友风卷残云般喝光牛奶，也没有猫咪把毛球吐在地毯上。你知道当你醒来，自己前一天晚上放在橱柜里的东西还会在那里。你自己掌控。

或者也许和在家办公有关。游离在朝九晚五之外，日子很容易变得混沌。你会发现自己在下午五点还穿着睡袍，一整天见过的唯一一个人就是送奶工。有些日子，除了收音机里的声音，我整日都听不到人声，而你猜怎样？我很喜欢这样。对一个作家来说，这在许多层面都是个不错的生活方式——独自倾听自己头脑中的声音，和自己笔下的人物待在一起，在静默中他们变得异常真实。但这未必是最健康的活法。所以，有一套日常作息时间是很重要的，如此才能让生活有规律地运转，将工作日和周末区分开来。

我的一天这样开始。

六点半整暖气开始加热，锅炉启动的咆哮声总会把我唤醒。我看看手机——只是检查一下世界没有在夜里终结——然后躺在那儿，听着流行音乐和暖气片嘎吱作响的声音。

早上七点打开收音机——收音机已经调到了第四电台[1]的《今日》节目——我伸手轻轻按下咖啡机的开关，咖啡机在前一天晚上已经提前装好了咖啡和水——黑卡[2]过滤器研磨咖啡，包括井井有条叠好的滤纸。我的公寓尺寸不大，这也有几个好处。我不用下床就能够到冰箱和咖啡机就是其中之一。

通常在新闻提要播完时，咖啡就煮好了，然后我从温暖的羽绒被里爬起来喝咖啡，稍微加一点儿奶，再配一片抹上巧婆婆牌[3]覆盆子酱的吐司（不抹黄油——倒不是为了减肥，我就是不喜欢果酱和黄油混合起来的味道）。

接下来的日常取决于天气如何。要是下雨，或者不想跑步，我会冲个澡，查查电子邮件，开始一天的工作。

不过今天天气好极了，我迫不及待想要出门，穿上运动鞋把湿

---

1 译者注：第四电台，英国广播BBC的四号电台，主要播出非音乐、非娱乐类的新闻、纪实类音频节目。
2 译者注：黑卡，法国咖啡品牌，2015年被意大利Lavazza咖啡集团收购。
3 译者注：巧婆婆，法国食品品牌，主要生产果酱和甜点。

树叶踩在脚下，感觉清风拂面。跑完步再冲澡。

我套上T恤、紧身裤和短袜，把脚塞进放在门口的运动鞋里，慢慢跑下三段楼梯，朝着街巷，跑进外面的世界。

回来时我热得冒汗，累得四肢松软，站在淋浴头下冲了好久，想着这一天要做的事情。我又需要一次网购了——快没吃的了。我得开始审书稿了——答应编辑这周审好发回去，可我还没开始呢。而且，我应该查阅一下通过网站联系表发来的邮件，已经好久没看了，我一直拖。当然大部分会是垃圾邮件——都是些华而不实的虚假广告。不过有时也有正事：索要内容简介或者赠阅本。也有时候……会有读者来信。通常如果有人写信给你，是因为他们喜欢你的书，虽然我也收到过少数谩骂。但即使是好的留言，仍然怪怪的让人不爽：有人对你的私人思想发表看法，就好像在自己的日记里读别人的意见。哪怕从事写作再久，我也不确定自己究竟能不能习惯那种感觉。也许这就是为什么我要让自己为此做好准备的部分原因。

穿好衣服，打开笔记本电脑，我缓缓点击着邮件，一封接一封地删除。伟哥，一个让我"满足我的女人"的承诺，俄罗斯美女。

然后……

收件人：梅拉妮·裘；凯特.德比.02@DPW.gsi.gov.uk；T杜克斯玛；基玛优，莉兹；info@LN肖.co.uk；玛丽亚·泰迪鲍特；艾里斯P.卫斯塔维；凯特·欧文斯；斯墨菲@醒目字行传媒.com；妮娜·达·苏扎；法兰西，克莉斯
发件人：弗洛伦斯·克莱

主题：克莱尔的婚前女子单身派对！！！

克莱尔？我不认识什么克莱尔，除了……

我的心跳开始加速。但没可能是她——我有十年没见过她了。

我的手指在删除键上方无端地徘徊了一会儿，然后点下去，打开了邮件。

大家好！！！

向不认识我的人自我介绍一下，我的名字叫弗洛，是克莱尔在大学里最好的朋友。我也是——咚咚咚咚咚——她的伴娘！！所以依据老习俗，我将会筹备她的"婚前女子单身派对"！！！

我和克莱尔谈过——你们八成也能猜到——她不想要什么自慰器啦、粉红羽毛长围巾啦之类的。所以，我们打算做点儿更高雅的事——到她大学时常去的诺森伯兰[1]过个周末——不过我想可能会有一些神秘的小游戏哟！！

克莱尔选择了十一月十四日到十六日这个周末。我知道这通知来得非常临时，但要保证工作、避开圣诞节，加诸其他考虑因素，我们没有太多选择的余地。

请尽快回复。

爱你们么么哒——期待很快见到新朋旧友！！！！

弗洛 么么么

---

1 译者注：诺森伯兰，英格兰最北部的郡，东临北海，北接苏格兰。

我坐着，不安地对着屏幕皱眉，咬着指甲边缘，试图搞清楚这是怎么回事。

我又看了一眼"收件人"列表，列表中有一个我认识的名字——妮娜·达·苏扎。

好吧，那就确定了。一定是克莱尔·卡文迪许，不可能是别人了。我知道——或者以为我记得——她去了杜伦[1]上大学，又或许是纽卡斯尔[2]？这和"大学时常去诺森伯兰"的背景也吻合。

但为什么？为什么克莱尔·卡文迪许邀请我去她的婚前女子单身派对？

会不会是弄错了？这个弗洛是不是抢走了克莱尔的通讯录，把所有能找到的联系人都发了个遍？

可是就十二个人……也就是说，我在其中几乎不可能是弄错了。对吧？

我坐在那里，盯着屏幕，仿佛上面的像素能为我心中那些令人不安的交替出现的问题提供答案一样。我很希望自己连读都没读就删掉了这封邮件。

突然间我再也坐不住了。我起身踱步到门口，又回到书桌前，站在那里心神不宁地盯着笔记本电脑的屏幕。

克莱尔·卡文迪许。为什么是我？为什么是现在？

我又不能问这个叫弗洛的人。

只有一个人可能知道原因。

我坐下来，在还没改变主意前，迅速地敲出了一封邮件。

---

1 译者注：杜伦，英格兰东北部城市，杜伦郡的首府。
2 译者注：纽卡斯尔，英格兰东北部港口城市，泰恩维尔郡的首府，泰恩维尔郡与杜伦郡相邻。

收件人：妮娜·达·苏扎
发件人：诺拉·肖
主题：女子单身派对？？？

　　最亲爱的妮，希望你安好。必须承认，看到我们俩都在克莱尔的婚前女子单身派对邀请名单上我有点儿吃惊。你打算去吗？么么哒

随后我开始等待回信。

　　接下来的几天里，我试图不去想它。我忙于工作——埋头在文字编辑提出的那些棘手问题的细枝末节中——但弗洛伦斯的邮件始终在我脑海深处，不断令我精神涣散，像出乎意料长在舌尖上的溃疡，阵阵刺痛；像粗糙的指甲，抠起来让人欲罢不能。那封邮件在收件箱里被新邮件推得越来越靠下，可我能感觉到它在那里，邮件上的"未回复"旗标就像是无声的羞辱，那些未解的疑问在日常生活中不断地烦扰着我，挥之不去。

　　回复！无论是在公园跑步、烹调晚餐，又或者是在放空发呆时，我都在脑中乞求妮娜。想过给她打电话，可我不知自己期望她说些什么。

　　然后，过了几天，正当我边坐着吃早餐边无所事事地在手机里翻着微博的时候，"新邮件"的图标一闪而过。

　　是妮娜的来信。

　　我喝了一大口咖啡，做了个深呼吸，点开邮件。

发件人：妮娜·达·苏扎

收件人：诺拉·肖

主题：回复：女子单身派对？？？

　　老兄！好久没聊了。刚看到你的邮件——我之前在医院上晚班。天哪，老实说这是我最不想做的事。我前段时间收到了婚礼邀请函，不过我希望自己可以躲过单身派对。你去吗？我们来做个协定吧？如果你去我就去？

　　　　　　　　　　　　　　　　妮，么

　　我边喝咖啡边望着屏幕，手指在"回复"图标上举落不定。过去几天里那些问题不断在脑中翻腾堆叠，我本来盼望妮娜至少能解答其中的几个。婚礼在什么时候？为什么邀请我去婚前女子单身派对，而不是婚礼？她要嫁给谁？

　　嘿，你知道吗……我开始打字，然后删除。不，我不能直截了当地问，那样做无异于承认自己对事情毫无头绪。我的自尊心向来很强，强到无法承认自己的一无所知。我讨厌处于劣势。

　　我洗澡更衣，试图把问题抛诸脑后。但当我打开电脑，收件箱里又多了两封未读邮件。

　　第一封是来自克莱尔其中一位朋友的遗憾回复：不了，谢谢，理由是家人过生日。

　　第二封又是来自弗洛的。这次她加上了已读回执。

收件人：info@LN肖.co.uk

发件人：弗洛伦斯·克莱

主题：回复：克莱尔的婚前女子单身派对！！！

亲爱的利：

　　抱歉追信一封，只是想知道几天前你是否收到了我的邮件！我知道你有一段时间没见过克莱尔了，但她很希望你能来。她经常谈起你，我也知道你们毕业后失去了联络，这感觉很糟。我不清楚发生了什么，但你的到场真的会令她乐意之至——你就答应了吧？！这样真的会成全了她的周末。

　　　　　　　　　　　　　　　　　弗洛　么么么

　　这封邮件本该令我受宠若惊——克莱尔如此热切地希望我到场，以至于弗洛费了这么大劲追查我的下落。我没有那种感觉。相反，却对这种喋喋不休涌起一股愤恨，而那个已读回执则令我感觉隐私受侵，就像正被监察和窥探。

　　我关上邮件打开文档想继续工作，即便已经着手干活，断然屏蔽有关婚前女子单身派对的一切念头，弗洛的话还是在空气中回荡，令我烦躁不安。我不清楚发生了什么。听起来像个哀怨的孩子。不，我愤愤不平地想。你不知道，所以不要试图刺探我的过去。

　　我发过誓，再也不要回去。

　　妮娜不一样——她目前住在伦敦，偶尔跟我在哈克尼附近遇到。就像从前是我雷丁生活的一部分一样，她现在也是我伦敦生活的一部分。

　　但克莱尔——她绝对是过去的一部分——而我想让她止步于此。

　　尽管如此，我心中还有一小部分在纠结，它刺痛着我的良心，说我不能那样。

克莱尔曾经是我的朋友，很长时间都是我最好的朋友。然而，我头也不回地跑掉了，甚至没留下电话号码。我这是什么样的朋友？

我不安地站起来，因为没有更好的事可做，于是又煮了一杯咖啡。咖啡壶发出咝咝和咕噜咕噜的声音，而此时的我站在它上方一面用牙咬着指甲边缘，一面想着我最后一次见到她之后的十年。咖啡煮好后，我给自己倒了一杯，把它带回到书桌那里，却没重新开始工作。我打开了谷歌，敲入"克莱尔·卡文迪许 脸书"。

结果中有许多克莱尔·卡文迪许，在我找到一个可能是她的时候，咖啡已经凉了。那是一对情侣的快照，他们穿着《神秘博士》中的高档礼服。女人戴着凌乱的红色假发，这本让人很难分辨，但她仰头大笑的方式让我在下拉没完没了的名单时停了下来。男人穿得好像马特·史密斯[1]，头发松软，戴着角质架眼镜和领结。我点击图片放大查看，盯着这对男女看了好久，看得越久就越觉得那是克莱尔。至于男人，我确定自己认不出。

我点击"关于"按钮，在"共同好友"栏下面显示有"妮娜·达·苏扎"。这无疑就是克莱尔。而在"感情状态"的标题下面显示的是"与威廉·皮尔格林恋爱中"。这名字令我有些惊讶，不由得多看了一眼，说不清为何有点儿熟悉。是同学吗？但我们那级唯一的威廉是威尔·迈尔斯。"皮尔格林"，我记不起有谁姓皮尔格林的。我点击个人资料图，可那只是一张不明来历的品脱玻璃杯的照片，杯子是半满的状态。

我又回去打开克莱尔的个人资料图，一边盯着它一边试图想出该怎么做，弗洛的邮件在我脑海里回荡：她很希望你能来。她经常

---

1 译者注：马特·史密斯，英国舞台剧和电视演员，出演过《神秘博士》。

谈起你。

我感到心脏被什么东西挤压，或许是一种内疚感吧。

我曾经头也不回地离开；迷惘不安、心烦意乱，长时间地专注于迈开脚步，不停向前，把过去断然甩在身后。

我能努力做到的只有本能的自卫，不允许自己去想过去的一切。

然而，此刻克莱尔与我四目相对，红色假发下，她眼神妖娆地凝视着我，目光中带着恳求，也不乏责备。

我发现自己开始重拾记忆。记起她只不过把你从一个拥挤的房间选出来就让你顿觉身价百万。记起她低声咯咯笑，她在课上传的字条和她坏坏的幽默感。

我想起大概六岁时在她的卧室过夜，那是我第一次离开家，躺在地板上聆听她夜间呼吸的轻鼾声。我做了个噩梦，尿床了，而克莱尔——克莱尔拥抱我，又把她自己的小熊给我搂着，她则爬到晾衣橱里去拿新被单，再把脏被单藏到洗衣筐里。

我听到楼梯口传来她妈妈无力的声音，低声询问怎么了，克莱尔敏捷地回答："我把牛奶碰翻了，妈妈，把利的被单全弄湿了。"

有一瞬间我穿越到了二十年前，变回那个受惊的小女孩。我能闻到她卧室的味道——我俩夜晚呼吸的口气味，她窗台上玻璃罐里沐浴珠的香甜味，还有干净的床单散发出的清新洗衣香。

"别告诉任何人。"当我们把新被单掰好时我悄悄说，我把睡裤藏到自己的箱子里。她摇摇头。

"当然不会。"

她从未告诉别人。

电脑发出微弱的"砰"一声，此时我还坐在那里，又一封邮件突然出现了。是妮娜发的。*那么如何计划？弗洛在追问呢。答应*

吗？妮，么。我起身向门口踱步，感觉手指为自己即将要做的蠢事一阵刺痒。然后我踱了回来，在改变主意前，敲出了好吧，就这么定了。么么。

一小时后，我收到了妮娜的回复。哇！别会错意，但我得说，我很吃惊。我是说惊喜。一言为定。放我鸽子的事想都别想。记住，我可是医生。我知道至少三种方法能不留痕迹地杀死你。妮，么

我做了个深呼吸，把弗洛的原始邮件提了出来，开始打字。

亲爱的弗洛伦斯（弗洛？）：

我很乐意前往。请帮我谢谢克莱尔想着我。我期待在诺森伯兰与你们大家会面，和克莱尔叙旧。

献上温馨的祝福，诺拉（克莱尔认识的我是利）。

另外，如有任何新信息请发到这个邮箱地址。

另一个我不经常查看。

之后，邮件纷至沓来。一连串"回复全部"表示遗憾的拒绝回信——都以通知太过临时为由。那个周末不在……实在抱歉，我得工作……家人的追悼会……（妮娜：再有下一个乱用"回复全部"按钮的人就送他上西天）恐怕我那时候正在康沃尔潜水！！（妮娜：康沃尔？十一月？她想不出好一点儿的借口了吗？天哪，要是知道那么容易糊弄我就会说自己被困在智利的矿井下之类的了）

更多的工作原因。更多的早有安排。中间穿插着零星的接受邀请。

最后名单敲定了。克莱尔、弗洛、梅拉妮、汤姆（妮娜给我的回复到了：？？？）、妮娜、我。

就六个人。像克莱尔这么受欢迎的人，六个人似乎有点儿少，至少以她在校时的受欢迎程度而言。但通知的确来得临时。

这就是她邀请我的原因吗？用来滥竽充数，将就将就。但不对，这不是克莱尔的作风，或者说不是我认识的克莱尔。我认识的克莱尔只会明确地邀请她想邀请的人，并且做成一份专属名单，只允许少数几个人参加。

我把回忆搁置，试图用日常事务将它们掩盖。可它们却不断地浮现——跑步跑到一半时，深更半夜时，随时都会出乎意料地跳出来。

为什么，克莱尔？为什么是现在？

3

十一月的到来快得吓人。我竭尽所能将整件事抛诸脑后专心于工作，但随着周末临近，这变得越来越难。我跑更长的路线，试图让自己在上床前尽可能地疲累，可头一碰到枕头，低语声就会开始。十年了。一切过去十年了。那是个巨大的错误吗？

如果不是因为妮娜，我可能会设法打退堂鼓了，十四日来了，我到了：拎着包，在纽卡斯尔站走下火车，走进寒冷阴郁的早晨。妮娜在我身旁，一边抽着手卷烟一边抱怨英格兰，我则在站台的售货亭买了咖啡。这是她今年第三场婚前女子单身派对了（吸一口烟），上一场单身派对已经让她把五百英镑花掉了大半（吸烟），而这一场如果算上婚礼会花超过一千美元（吐气）。老实说，她宁愿给他们写一张大额支票，把年假留着。而且拜托，她把烟蒂在窄鞋跟上熄灭，这又让她想起为什么不能带杰斯来？

"因为这是婚前女子单身派对，"我说，拿起咖啡跟着妮娜朝停车场的标志走去，"它的全部意义就是把伴侣留在家。不然为什么不把该死的新郎带来就此了事得了？"

我很少说脏话，除了跟妮娜在一起。她就是能让我释放出来，好像脏话本来就在我身体里等待着被解放。

"你还是不开车吗？"妮娜问道，与此同时我们一起摇摇晃晃地把箱子放进租来的福特车后面。我耸耸肩。

"那是我从来不精通的很多基本生活技能中的一项。抱歉。"

"别跟我道歉。"她合拢一双长腿，坐到驾驶位，猛地关上门，把钥匙插进点火器。"我讨厌坐车。开车就像卡拉 OK——自己唱来气势磅礴，别人唱就令人尴尬和心惊。"

"呃……只是，你懂的……生活在伦敦，汽车看起来更像是奢侈品而不是必需品。你不觉得吗？"

"我用 Zipcar¹ 去看我爸妈。"

"嗯。"妮娜踩下离合器时我看向窗外。车子在车站停车场上方来了个小兔跳，然后妮娜又重新让它走上正轨。"开着沃尔沃去澳洲稍微有点儿远。"

"哦，我忘了你妈妈移民了。跟……他叫什么来着？你继父？"

"菲利普。"我说。为什么每次说出他的名字总让我感觉自己像个愠怒的少女？这名字再普通不过了。

妮娜目光锐利地瞥了我一眼，然后猛地把头凑近卫星导航仪。

"跟着那个走，拜托了，把弗洛给我们的邮政编码输进去。这是我们能活着走出纽卡斯尔市中心唯一的希望。"

---

1 译者注：Zipcar，以"汽车共享"为理念的美国网上租车公司。

韦斯特后普，斯罗克立，斯特恩给特，霍特威颂，瓦尔克……这些指示牌像某种形式的诗歌一样一闪而过，公路向前铺展开，犹如一条铁灰色的丝带，投掷在被羊啃过的荒野和低矮的山丘上。头顶广阔的天空乌云密布，而间或经过的小石楼蜷缩在地形下沉的地方，仿佛怕被人看到一样。我并不用驾驶，而且在车上看书会让我头晕眼花感觉想吐，于是我闭起眼睛，把妮娜和收音机的声音挡在外面，在脑海里，只有那些不断烦扰我的问题。

为什么是我，克莱尔？为什么是现在？

难道只是因为她快要结婚了，想重拾旧时友情吗？可如果是那样，她为什么不邀请我去婚礼呢？她邀请了妮娜，显然婚礼不是什么只邀请家庭成员的内部仪式。

在我的想象中，克莱尔摇摇头，告诫我耐心点，等一等。印象中的克莱尔一直很喜欢秘密。她最爱的消遣是发现和你有关的事然后暗示给你。不是到处传播——只是在对话中隐晦地提及，隐晦到只有你和她能明白，以此让你知道。

我们在赫克瑟姆停留吃午餐，妮娜正好休息一下抽根烟，然后继续向前，往基尔德森林的方向进发，车子离开赫克瑟姆开进乡间小路，头上的天空变得广阔。但随着路越变越窄，两旁的树看似越离越近，它们穿过布满泥炭的短草皮朝我们逼近，直到像哨兵一样立在路旁，阻挡它们的只有一道窄石墙。

当我们驶入森林，卫星导航仪信号减弱，然后终断了。

"等等，"我在手提包里乱翻起来，"我有一张打印出来的有指向标的地图，是弗洛邮件里发来的。"

"哇，你简直是年度女童军，"妮娜说，我听出她松了一口气，"不过苹果手机哪里不好了？"

"这就是它们不好的地方。"我举起我的手机，手机无休止地缓冲着，加载不出谷歌地图。"它们的信号会不可预测地消失。"我看看纸质地图。玻璃房子，搜索标题写着，斯坦布里奇路。"好吧，接下来马上要右转。过一个转弯然后右转，肯定随时——"路口呼啸而过，我自认为语气温和地说了句，"刚刚那个就是。我们错过了。"

"你可真他妈的是个好领航员！"

"什么？"

"你应该在我们到路口之前告诉我，你懂的。"妮娜模仿着卫星导航仪呆板的声音说道，"五十米后左转。三十米后左转。安全时请掉头，你错过了转弯路口。"

"嗯，安全时请掉头，女士。你错过了转弯路口。"

"去你的安全。"妮娜踩下刹车，就在林区公路的另一个转弯处坏脾气地做了一个快速的三点掉头。我闭起眼睛。

"你之前是怎么说卡拉OK的？"

"哦，那是条死胡同，没人会过来。"

"除了被邀请参加这场单身派对的另外四个人。"

我小心翼翼地睁开眼睛，发现我们掉转了车头正朝反方向加速。"好吧，就是这里。在地图上看，这像是一条人行道，但弗洛明确地做了标记。"

"它就是条人行道！"

她急忙掉转车轮，我们冲过小路入口，小车左摇右晃、上下颠簸地驶上一条凹凸不平的泥泞小路。

"我认为术语叫'未铺装道路'。"我有点儿气喘吁吁地说，这时妮娜绕过一个泥沟，它看上去更像是藏着河马的水坑，接着还要再绕过另一个转弯。"这是他们行车的路吗？这条路肯定还有半英里。"

我们在地图的最后一页了，这张太大了，几乎就是一张航拍照片，而我看不到任何其他被标注的房子。

"如果这是他们的行车路，"妮娜的声音随着车子被又一道车辙弹起而断断续续，"他们应该他妈的好好维护它。如果我把这辆租来的车底盘刮坏了，我要起诉别人。我不在乎是谁，但如果让我赔偿就有大麻烦了。"

然而当我们绕过下一个转弯时，突然就到了。妮娜把车开过一扇窄门，停好车关掉引擎，我们俩下了车，抬头凝视眼前的房子。

我不知道在我的想象中它是何种样子，反正不是这样。想象中也许是有着房梁和低矮天花板的茅屋吧。实际上矗立在森林中的是一座不同凡响的钢筋玻璃混合建筑，看起来好像是一个孩子玩非常极简主义的积木玩累了，漫不经心把积木推倒的产物。它显得极其格格不入，以至于妮娜和我就那么站在那里，目瞪口呆。

随着大门开启，我看到明亮的金发闪现在眼前，有一瞬间我陷入了完全的恐慌。这是个错误。我根本不该来，但转身为时已晚。

站在门口的正是克莱尔。

只是——她……不一样了。

十年了，我试图提醒自己：人是会变的，他们会增重，十六岁的我们和二十六岁的我们是不同的——我应该比任何人都清楚这点。

克莱尔——看起来像是什么东西坏了，她体内的某种光熄灭了。

然后，她开口说话——幻想被打破了——她的声音是唯一与克莱尔毫无相似之处的地方。她声音低沉，而克莱尔的声音如少女般尖细，并且非常非常优雅。

　　"你们好！！！"她说，不知何故她的声音给这声招呼加了三个感叹号，而在她再次开口前我就知道她是谁了。"我是弗洛！"

　　你知道当你看到某个名人的兄弟或姐妹，感觉就像是在哈哈镜里看着他们吗？只是这个人有着微妙的扭曲变形，很难明确地指出哪里不同，只是的确不同。某种精髓缺失了，就像一首歌里出现了一个错音。

　　站在前门的女孩就给人这种感觉。

　　"我的天啊！"她说，"见到你们太棒了！你一定是——"她看了看我又看看妮娜，选了个容易猜的。妮娜是巴西人，身高六英尺一英寸[1]。嗯，她爸爸来自巴西，妈妈来自多尔斯顿，她在雷丁出生。妮娜有着鹰般的轮廓和伊娃·朗格利亚的头发。

　　"妮娜，对吧？"

　　"是的，"妮娜伸出手，"这么说来，我猜你是弗洛？"

　　"呀！"

　　妮娜瞥了我一眼，不禁引我发笑。我从没觉得真有人会说"呀"，如果说了，那不是在学校被打的就是在大学窃笑时发出的。也许弗洛天生比较硬朗吧。

　　弗洛热情地和妮娜握手，继而带着欣喜的微笑转向我："那样的话……利，对吗？"

　　"诺拉。"我条件反射式地回答。

---

1 译者注：六英尺一英寸，约等于185厘米。

"诺拉？"她皱起眉头，不解地问。

"我的名字是利奥诺拉，"我说，"在学校时我是利，但现在我更喜欢诺拉。我在邮件里提到了。"

我一直讨厌叫利。那是个男孩的名字，一个任人戏弄和押韵的名字。利啊利啊要屁屁，利啊利啊闻着像屁。然后加上我的姓，肖：我们看见肖利在削梨。

现在利已经死了，没了。至少我希望如此。

"哦，对呀！我有个表亲叫利奥诺拉！我们叫她利奥。"

我试图掩饰自己的畏缩。不是利奥，绝不是利奥。只有一个人曾那样叫过我。

沉默持续了一段时间，直到弗洛轻轻冷笑一声打破寂静："哈！对。好了，嗯，这将会非常有意思！克莱尔还没来——作为伴娘，我觉得我应该尽责，第一个来！"

"那你都为我们准备了什么可怕的折磨啊？"妮娜一边将箱子猛拉进门槛一边问道，"羽毛长围巾？巧克力鸡鸡？我警告你，我对它们过敏——我有过敏反应。别让我把我的肾上腺素注射器拿出来。"

弗洛紧张不安地笑起来。她看看我然后又看回妮娜，试图判断出妮娜是否是在开玩笑。如果你不认识妮娜，会很难解读她的表述。妮娜严肃地凝视弗洛，我能看出她在想是否该进一步捉弄弗洛。

"房子很，嗯，漂……亮。"我说，试着转移话题，虽然事实上漂亮并不是我想起的词。除了两旁的树，这房子看起来暴露得令人烦恼，露出巨大的玻璃外表给整个山谷看。

"是吧！"弗洛面露喜色，看似为回到安全地带松了口气，"这里其实是我姨妈的度假屋，但她冬天不怎么来——太偏僻了。从这里穿过去是客厅……"她带我们穿过一条和整栋房子一样高的会发出回声的走廊，走进一间又长又矮的屋子，对着我们的整面墙都是玻璃的，面对着森林。这个房间暴露得很异常，好像我们在一个设置好的舞台，演好自己的戏给树林中一个睁着眼睛的观众看。我不寒而栗，转身背对玻璃墙，环视屋内。尽管屋中摆放着软趴趴的长沙发，还是显得光秃秃的，很是怪异——很快我便意识到了原因。不仅仅是因为少了简约的装饰和凌乱摆放的物品——壁炉台上摆放着三个陶盆，墙上挂着一幅马克·罗斯科[1]的油画——更因为另一个事实：整栋房子连一本书也没有。它给人的感觉甚至不像是一间度假屋——我曾经住过的每一间度假屋都有一书架书页卷曲的丹·布朗和阿加莎·克里斯蒂。它更像是一个家居秀场。

"固定电话在这儿。"弗洛指着一部老式的有线拨号电话，它在这个现代主义的环境里显得异常不入流。"移动电话信号接收有很大的问题，所以请尽管用这个。"

但我没在看电话。在光秃秃的现代壁炉上方有个东西更加格格不入——一把擦亮的猎枪，静静地挂在钻进墙里的木钉上，看起来像是从乡村酒吧里移过来的。那是把真枪吗？

当我意识到弗洛还在说话便努力把目光强行从猎枪上移开了。

"……楼上是卧室。"她介绍完了，"需要帮忙搬箱子吗？"

"不，我很好。"我说。与此同时，妮娜说，"嗯，如果你要帮把手的话……"

弗洛看起来吃了一惊，但她还是费力拿起妮娜巨大的滚轮箱，把它拖上磨砂玻璃楼梯的第一节。

---

1 译者注：马克·罗斯科，生于俄国，十岁移居美国，抽象派画家，美国最重要的战后画家之一。

“就像我刚才说的，”当我们围在楼梯中柱旁时她气喘吁吁地说，“有四个卧室。我想我们要把我和克莱尔分在一间，你们俩住另一间，很显然汤姆得自己住。”

“显然。”妮娜板着脸说。

要跟别人共用一间卧室这个消息让我有些招架不住，我本来以为自己有独立的空间可以躲起来。

“然后就剩下梅——梅拉妮了，你们懂的——落单的一个。她有一个六个月大的孩子，所以我觉得在我们这些女孩中她八成是最值得单独睡一间的人了！”

“什么？她不会把孩子带来吧，会吗？”妮娜看起来着实惊慌。

弗洛大声笑起来，然后用手捂住嘴巴有意地抑制笑声：“不！只是，你们懂的，她大概会比我们其他人都更需要一夜安眠。”

“哦，好吧。”妮娜端详着其中一间卧室，“那么，哪一间是我们的？”

“后面那两间是最大的。如果你们喜欢，你和利可以睡右边那间，里面有两张单人床。另外一间有一张四柱双人床，我不介意和克莱尔挤一挤。”

弗洛停下来，喘着粗气，在楼梯口对着右手边一扇亚麻色的木门做了个手势：“就是这间。”

房间里面有两张整洁的白床和一张低矮的梳妆台，一切都像酒店的房间一样毫无特色。还有，正对着床的是一面强制性的玻璃墙，令人毛骨悚然，透过玻璃可以向北眺望松林。这就更难理解了。房子后面的地面是个向上的斜坡，所以，从这里看出去没有从房子前面看出去那样壮观的风景，反而比任何东西都更容易导致幽闭恐惧症——一道暗绿色的墙，已经深入到落日的阴影里。每个墙角里都挂着打开的浓奶油色窗帘，我不得不竭力克制住自己想把它们扯开，盖住那硕大而漫无边际的玻璃墙的冲动。

弗洛在我身后"砰"的一声把妮娜的箱子放倒。我转过身，她给了我一个大大的微笑，灿烂的笑容让她突然间看起来几乎和克莱尔一样漂亮。

"有问题吗？"

"有，"妮娜说，"介意我在这里抽烟吗？"

弗洛的脸沉下来："恐怕我姨妈不喜欢有人在室内吸烟。但你们有个阳台，"她在一个折叠门上拉扯了一会儿，然后一下子把门打开了。"如果想抽烟可以在户外抽。"

"好极了，"妮娜说，"谢了。"

弗洛又和门拉扯起来，然后猛地把它关上了。她直起身子，脸上因为努力拉门泛着红晕，双手在短裙上掸了掸灰。"好的！嗯，我给你们时间打开行李。楼下见，呀？"

"呀！"妮娜热情地说，我试图用说"谢谢！"掩饰，声音大得过分，结果只让自己听起来奇怪又咄咄逼人。

"嗯，好！好的！"弗洛含糊地说，她退到门外走了。

"妮娜……"我用警告的口吻说，这时她走到对面，凝望着窗外的森林。

"什么？"她回过头问，继而说道，"所以说汤姆绝对是个男的，按弗洛要把他的 Y 染色体和我们女人的私处隔离的决心看的话。"

我忍不住用鼻子哼了一声。这就是妮娜，很多话别人说出来就一定会遭殃，她说的话你就觉得情有可原。

"我觉得他八成是个同性恋——你不觉得吗？我是说，不然的话他为什么会参加女子派对？"

"呃，和你看似相信的正相反，为对方球队击球实际上不能改变你的性别，我认为。不，等等——"她顺着自己的上衣向下端详："不，我们都很好。我和我的小弟弟都活得好好的。"

"我不是那个意思，你知道的。"我"砰"地把自己的箱子扔到床上，想起了我的洗漱包，于是又小心翼翼地拉开箱子的拉链。运动鞋在最上面，我把它们整齐地摆在了门口，当作一个令人安心的小"紧急出口"标志。"婚前女子单身派对有一部分是为了感谢男人这种形式的存在。这一点同志男跟女人是一样的。"

"天哪，现在你告诉我了。有这么个完美的借口摆在那儿，你却直到现在才提出来。我收到的下一场婚前女子单身派对邀请，你能不能回复全部，就说对不起，妮娜不能来因为她不感激男人这种形式？"

"哦，看在上帝的分儿上，我说一部分是感激。"

"没事。"她转过身去面对窗户，向外凝视着森林，树干给绿色的薄暮加上了暗色条纹。她的声音中带着一丝悲凉的沙哑，"我习惯了，被异性恋的社会排斥。"

"滚开。"我脾气暴躁地说，当她转过身却是大笑的表情。

"无论如何，为什么我们在这儿？"她边问边向后一头栽到其中一张床上，把鞋子踢掉，"我不知道你，但我有大约三年没见过克莱尔了。"

我没作声。我不知该说什么。

为什么我来了？为什么克莱尔邀请我？

"妮娜，"我开口了。我感到骨鲠在喉，心跳加快。"妮娜，谁——？"

但我还没说完，敲击声就从敞开的走廊传上来，在整个房间回荡。

突然间，我对自己是否准备好得到那些问题的答案毫不确定了。

4

妮娜和我面面相觑。我的心怦怦地跳动,好像敲门声的杂散回波,但我努力保持面色从容。

十年。她变了吗?我变了吗?

我咽了咽口水。

门厅高高的中庭里回荡着弗洛的脚步声,然后当她打开重重的大门,金属互相摩擦的尖刺声传来,接着是走进房子的那个人低声说话的声音。

我仔细地听,听起来不像是克莱尔。实际上,在弗洛的笑声之下我分明能听到些什么……男人?

妮娜翻了个身,用一只胳膊肘把自己撑起来:"哟,哟,哟……听起来像是那个彻底的 Y 染色体汤姆到了。"

"妮娜……"

"什么？为什么这样看着我？我们要下楼去会一会母鸡[1]舍里的公鸡吗？"

"妮娜！别！"

"别什么？"她把双脚摇摇晃晃地放到地上站起来。

"别让我们难堪。是会一会他。"

"如果我们是母鸡，自然而然他就是公鸡。我在以纯动物学的角度使用这个术语。"

"妮娜！"

可她已经走了，用只穿着袜子的双脚大步慢跑下玻璃楼梯，我听到她的声音从楼梯井里飘上来："你好，我想我们没见过……"

我想我们没见过。呃，那么一定不是克莱尔了。我长舒一口气，跟着她下楼走到门厅。

我先是从俯视的角度看到这一群人。站在门口的女孩有着柔亮的黑发，在脑后打了一个很低的结——想来是梅拉妮。她正对弗洛说的什么微笑点头，但她手里握着一部手机，即使在弗洛说话时，她也分心地戳着手机屏幕。另一边是个男的，一只手提着巴宝莉的箱子。他有着光滑的栗色头发，穿戴得非常整齐：白色的衬衫一定是经过专业的洗熨——常人是不能把袖子熨出那么笔挺的折线的，一条灰色的羊毛裤赤裸裸地"印着"保罗·史密斯[2]。

"你好，我是汤姆。"

"你好，我是诺拉。"我强迫自己走下最后几级台阶，伸出手。

---

1 译者注：hen，在英文中是母鸡的意思，也有女人的意思。婚前女子单身派对原文为 hen night。
2 译者注：保罗·史密斯，英国著名设计师品牌，三大法宝为：招牌彩条，华丽印花，趣味刺绣。汤姆穿的裤子上应该有着明显的品牌经典元素。

他的脸有种难以置信的熟悉感，我试图在与他握手时弄清楚，但我辨认不出。于是我转而看向深色头发的女孩，"那你一定是……梅拉妮？"

"呃，你好，是啊。"她抬起头，深情而慌乱地微微一笑，"抱歉，我刚刚……我把六个月大的孩子和我的伴侣留在家了，我头一次这么做。我实在很想给家里打个电话问问他们的状况。这里没有信号吗？"

"其实没有。"弗洛抱歉地说。她的双颊泛起红晕，我不确定那是因为紧张还是激动。"对不起。有时候你可以在花园的最那头或者阳台上收到一点，要看你用的哪个网络，但客厅里有部座机。我带你去看看。"

弗洛带路穿过门厅，而我转向汤姆。我仍然有种奇怪的感觉，觉得自己以前在哪里见过他。

"所以，你是怎么认识克莱尔的？"我尴尬地问。

"呃，你懂的，剧场渊源。每个人都互相认识！实际上最初是通过我老公认识的——他是导演。"

妮娜在汤姆背后朝我夸张地使了个眼色。我气冲冲地皱起眉头，见汤姆神色疑惑便又重新调整了面部表情。

"抱歉，继续说。"妮娜严肃地说。

"反正，我是在一场为皇家剧场公司举办的筹款活动中与克莱尔碰面的。布鲁斯那时候在那里导一些东西，我们不过是搞了场清谈会。"

"你是演员？"妮娜问。

"不是，剧作家。"

遇见另一位作家总是感觉奇怪。有点儿像同志情谊，同是共济会会员般的联系。我不知水管工人碰到同行时是否有同感，或者会计们是否会对彼此会意地点头。也许因为我们相对来说鲜少碰面吧，作家往往大部分时间都是一个人工作。

"诺拉是作家。"妮娜说。她定睛看着我们两人，仿佛要把两个最轻量级拳手放到拳场开打一般。

"哦，真的吗？"汤姆看我的眼神就像是初次碰面，"你写些什么？"

啊，我恨这个问题。谈及我的文字我从来都不舒服——从来克服不了别人随意翻阅我的私人想法的那种感觉。

"呃……小说。"我含糊地回答。其实是犯罪小说，但假如你说出来别人就想要建议一些情节和杀人动机。

"真的吗？你用什么名字写作？"

这是个很好的问"我听说过你吗？"的方式，大多数人问得可没这么优雅。

"利·诺·肖，"我说，"诺什么也不代表，我没有中间名。因为利·肖听起来比较怪，而利·诺读起来更顺口，我就把诺放在中间了，如果你懂我意思的话。所以，你写戏剧？"

"是的。我一直很嫉妒小说家——你们可以自己控制一切，不用应付演员毁坏你们最好的台词这种情况。"汤姆脸上闪现一丝笑容，露出白得不自然的牙齿。我好奇他是否安装了瓷贴面。

"和其他人一起工作一定很美好吧？"我冒昧地问，"分担责任，我是说。一部戏剧是件大事，对吧？"

"是，我想是这样。你得跟别人分享荣耀，但至少捅娄子的时候也有大家陪你遭殃，我猜。"

我正要说点儿别的，从客厅传来"咔"的一声——梅拉妮挂了电话。汤姆随来声转身看去，而他侧头的角度又或许是他的表情让我意识到了自己以前在哪里见过他。

那张图，克莱尔在脸书上的个人资料图片。是他。所以，照片中的人根本不是她的新伴侣。

当梅拉妮微笑着出来时，我还在处理这条信息。"咻，跟比尔联系上了，家里一切都好得很。抱歉我之前有点儿心烦意乱——我以前从没夜不归宿过，有点儿放手一搏的意思。并不是说比尔搞不定，我肯定他可以的，不过……哦，不论如何，我该停止喋喋不休了。你是诺拉，对吗？"

"到客厅去！"弗洛从厨房喊道，"我在泡茶。"

我们成群结队顺从地往客厅走，当汤姆和梅拉妮走进这个有着长长玻璃墙的大房间时我注视着他们。

"这森林景观真令人惊叹，不是吗？"汤姆最后说。

"是啊。"我望向窗外的树林。天色在逐渐变暗，而不知怎的，阴影令那些树看起来好像集体朝房子走近了一步，向我们侧身以遮蔽天空。"它让你觉得莫名地暴露，不是吗？我想是少了窗帘的缘故吧。"

"有点儿像身后的短裙塞进内裤里了！"梅拉妮出乎意料地说，然后大笑起来。

"我喜欢，"汤姆说，"感觉像舞台。"

"我们是观众？"梅拉妮问，"这个演出看似有些无聊。演员有点儿木讷！"她指向窗外的树，以防我们没明白双关语。"明白吗？树，木头……"

"我们明白，"妮娜酸溜溜地说，"但我不认为蒂姆是那个意思，是吗？"

"汤姆。"汤姆说,他的声音稍显尖锐,"不是的,我想的正相反,我们才是演员。"他转身面对玻璃墙,"观众……观众在外面。"

不知什么原因汤姆的话令我直打冷战。也许因为在渐暗的天色中,那些树干像是在无声地监视着我们。又或许因为汤姆和梅拉妮从外面带进来的寒气萦绕不去。无论缘何,离开伦敦,天气感觉入秋;突然间,又向北走了那么多,感觉就像一夜之间冬日降临。不仅仅因为密植的松林快要用它们厚厚的针叶将光线遮蔽,也不仅因为清冷的空气预示着严寒的到来。夜色越来越浓,房子越来越像一只玻璃笼,一味地把光发射进暮色,就像黑暗中的灯笼。我想象上千只飞蛾无法抗拒地被它的光辉吸引而来,盘旋战栗着,不料竟撞在冰冷荒凉的玻璃上自取灭亡。

"我冷。"为了转换话题我说。

"我也是。"妮娜搓搓胳膊,"觉得我们能让那个炉子似的东西运转起来吗?那是烧煤气的吗?"

梅拉妮在炉子前跪下来:"是烧木材的。"她使劲扭了扭手柄,炉子前方的门就猛地打开了。"我家里有个跟这个有点儿像的。弗洛!"她冲厨房大喊,"我们可以点燃炉子吗?"

"可以!"弗洛回喊道,"壁炉台上有点火器,在一个陶盆里。如果你们弄不好我马上就过来。"

汤姆跨到壁炉台边上,开始朝仅有的几个极简主义风格的陶盆里窥探,但接着他停下了,他的双眼也被之前让我走神的景象吸引了。

"天……哪。"是那把静挂在木钉上的猎枪,它正好在视线上方。"这附近没人听过契诃夫吗?"

"契诃夫?"走廊里传来一个声音。是弗洛,她在胯间端着一个托盘正缓缓穿过房门。"那个俄国人？别担心，枪里上的是空弹。我姨妈留着那个吓唬兔子的，它们吃块茎植物，乱刨花园。她从落地窗向它们开枪。"

"这有点儿……得克萨斯风，不是吗？"汤姆说。他快速上前帮弗洛端住托盘。"要知道，并不是我不喜欢乡下人的氛围，但它就在那儿，在你面前……对于我们这些倾向于远离病态想法的人来说，有些令人不安。"

"我明白你的意思。"弗洛说，"她大概应该弄个枪柜或者什么。那是我外祖父的，可以说是传家宝。而且小菜地刚好在门外——嗯，尽管是夏天才有的——所以把它放在手边只是更实用。"

梅拉妮把火点燃了，弗洛开始倒茶，分发饼干，对话继续往下进行——聊到租车费、房租、是否要先倒牛奶。我沉默不语，我在思考。

"要茶吗？"

我一度一动也不动，没作声。然后弗洛拍了拍我的肩膀，我吓了一跳。

"要茶吗，利？"

"诺拉。"我说，努力挤出一丝笑容，"对……对不起。有咖啡吗？我应该早点儿说的，我对茶不太感冒。"

弗洛的脸沉了下来："对不起，我应该……不，没有咖啡。现在大概买什么都太晚了——最近的村庄开车要四十分钟，到了以后商店就关门了。太抱歉了，在准备食物时我考虑的是克莱尔，她很爱她的茶——我从没想到——"

"没关系，"我笑着打断她，"真的。"我接过弗洛递过来的杯子抿了一口。杯中的液体滚烫，喝起来完全是令人厌恶的茶的味道——热牛奶混着调制肉汁用的棕色着色剂。

“她应该很快就到了。”弗洛看看自己的手表，“我要不要过一遍流程？这样我们就知道接下来的事情了。”

大家都点点头，弗洛拿出一张清单。虽然没听到，我却感觉到了妮娜猛地叹了口气。

“克莱尔差不多六点到，我觉得我们应该喝点儿小酒——冰箱里有香槟，我收拾了一些喝莫吉托和玛格丽塔用的零碎什么的——我想，坐下来吃一顿正式的晚餐也不会让我们费什么事……”妮娜的脸耷拉下来，“我刚吃了点儿比萨和蘸酱，我们可以在这个咖啡桌上继续，接着在这儿吃吧。我觉得同时我们可以玩一些开始互相了解的游戏。显然你们都认识克莱尔，但我想我们大多互不熟识……对吗？其实，也许我们应该在克莱尔到之前围着桌子做个简短的介绍？”

大家面面相觑，打量着彼此，好奇谁将会敢于第一个说。我第一次试图把汤姆、梅拉妮还有弗洛和我认识的克莱尔融合到一起，但并没有那么容易。

汤姆显而易见——凭他昂贵的衣服和剧院的背景，不难看出他们的共同之处。克莱尔一向喜欢长相好看的人，不论男女，她对朋友的吸引力表现出率真、大方的骄傲。她的仰慕不含半点儿假意——她自己足够美丽，不会因为别人的美感到威胁——而且她爱帮助别人成为最出色的自己，即使是像我这样最没前途的候选人。我记得在出席一场重要晚会之前，克莱尔拽着我去了一家又一家商店，她托起穿在我干瘦扁平的身上的裙子，噘起嘴评价着，直到找到对我来说完美的那件。她对什么让人显得漂亮有独到的眼光。她曾经告诉我我应该剪短发，过去我从没听她的。现在，十年后，我留着短发而且知道她是对的。

梅拉妮和弗洛则神秘多了。梅拉妮在之前的邮件里说的一些话让我觉得她的职业是律师，或者可能是会计，她身上的确稍有那种穿套装会更舒服的气息。她的手提包和鞋子很贵，但她身上的牛仔裤，十年前的克莱尔会叫它"妈妈的牛仔裤"——滥大街的蓝色，毫不修身的剪裁，在顶部聚成一堆。

　　弗洛的牛仔裤是纯粹的设计师风格，不过她穿着的方式有些古怪，令人不舒服。她一身的装扮就像是照着 All Saints[1] 的展柜模特的穿搭整身买下来的，也不考虑是否合适或者衬托她的身形，我注视着她尴尬地拉了拉上衣，试图把它往下拽以遮住胖乎乎凸起的地方——牛仔裤的腰部把她的臀部勒成了两截。这身衣服看起来像是克莱尔可能会为自己挑选的装扮，只有无情的人才会建议弗洛这么穿。

　　弗洛和梅拉妮在一起跟汤姆形成了奇怪的反差。难以想象我认识的克莱尔会和她们两个当中的任何一个在一起。会不会她们只是大学时期的朋友，然后一直保持着联系？我知道那种友情，你在大一的第一周交的朋友，随着时间推移，你意识到你们除了住在同样的宿舍就没有任何共同点了，但不管怎么样你们还是保持着寄送生日贺卡和在脸书上互相点赞。可话说回来，距离我认识克莱尔那会儿已经过了十年，也许"梅拉妮和弗洛式"的克莱尔才是真正的她。

　　我朝周围看了一圈，看到其他人也在做同样的事：打量着他们不了解的客人，试图把这些陌生人和克莱尔在他们心中的形象联系起来。我捕捉到汤姆的目光，他正好奇地盯着我，那股好奇心坦率

1　译者注：All Saints，英国本土小众服装品牌，凭着出色的做旧效果和放荡不羁的品牌风格迅速成为英国市场中亮眼瞩目的新晋潮流品牌，受到不少年轻人的追捧。

得几乎近似敌意，于是我把目光投向地板。没人想第一个来。寂静持续着，直到它眼看就要有变成尴尬的威胁。

"我来开头。"梅拉妮说。她把头发拨向脸后，摆弄了下领口的什么东西。我看到那是一枚挂在链子上的银色小十字架，作为受洗礼物送给你的那种。"我是梅拉妮·仇，嗯，梅拉妮·布赖恩·仇我想是，它有点儿冗长拗口，我在工作上保留了我的本名。我在大学时跟弗洛和克莱尔同住在一所房子里，但在上大学前我过了两年校外生活，所以我比你们其他人大一点儿……至少我不知道你多大，汤姆？我二十八岁。"

"二十七。"汤姆说。

"所以，我是咱们这群人里的老太婆了。我刚有了个孩子，嗯，六个月前。我在用母乳喂养，如果你们看到我胸口戴着巨大的湿乎乎的贴片从房间跑出来请多包涵。"

"你是在挤奶留着回去喂吗？"弗洛同情地问，越过她的肩膀我看到妮娜把双眼对了起来，并无声地做了个窒息的动作。我移开视线，拒绝被牵连进去。

"是的，我想过暂停一下，又想到，呃，我大概会喝酒，而且回奶很痛的。嗯……还有什么？我住在谢菲尔德，是一名律师，不过正在休产假。今天我老公在照顾本。本是我们的孩子，他……哦，那个，你们不想听我继续说这些的。他就是很可爱。"

她笑起来，颇为担心的脸上洋溢着喜悦，脸颊上显现出两个深深的酒窝。我心头一痛，不是羡慕她生育了孩子——我无论如何都不想以任何形式怀孕——只是为那简单却完全的幸福。

"继续，给我们看张图图。"汤姆说。

梅拉妮又笑出了酒窝，掏出她的手机："嗯，如果你们坚持的话。看，这是他出生的时候……"

我看到照片中的她倚靠在一张医院的床上，脸色发白，头发梳成黑色的鼠尾辫披在肩上，笑容满面地低头看着怀中一个白色的包裹。

我不得不将视线移开。

"这是本在微笑——这不是他第一次笑，第一次我没拍到，不过当时比尔远在迪拜，所以我确保自己拍到第二次并且发给了他。这是现在的本——不能很好地看清他的脸，他头上放着小碗，保佑他。"

第一张照片里的婴儿蓝黑色的目光中透着愤怒，辨认不出样貌——就是个正在欢呼大笑的圆脸小胖墩。他的脸被一个橙色的塑料盘子半遮着，某种绿色的黏液正顺着圆脸蛋往下流。

"保佑他！"弗洛说，"他长得就像比尔一样，不是吗？"

"我的天啊！"汤姆看起来半惊半喜，"欢迎为人父母。请把你只能干洗的衣服丢弃在门口。"

梅拉妮把手机揣了起来，嘴角依然挂着笑。

"是有点儿像那样，但你习惯它的速度快得惊人。现在对我来说，出门前检查头发有没有粘上麦片粥的凝块看起来完全正常了。不管怎么样，我们还是别谈论他了，我已经够想家了，我不想让情况变得更糟。你呢，妮娜？"她转向妮娜，妮娜紧紧抱着膝盖坐在炉子旁。"我记得我们在杜伦见过一次，不是吗？还是说那只是我的想象？"

"对，你说的没错，我确实北上过一次。我想那时候我是在去纽卡斯尔看一个伙伴的路上。我不记得见过弗洛，但我绝对记得在酒吧里偶然碰到你——对吗？"

梅拉妮点点头。

"对于那些不认识我的人，我是妮娜，曾和克莱尔还有诺拉一起读书。我是医生……嗯，实际上我在参加外科医生的培训。我刚在海外学习了三个月，在无国界医生组织[1]我学到了比自己想学的多得多的有关枪伤的医学知识……尽管《邮报》让你相信在哈克尼我们见不到很多受枪伤的人。"

她搓了搓脸，自从我们离开伦敦，我第一次看到妮娜外表的粉饰出现了一丝裂痕。我知道哥伦比亚对她有所影响，她回来以后我只见过她两次，而两次会面除了拿当地的食物开了几个玩笑，她从未谈及那里。有一瞬间我模糊地感觉到为了生存把人与人拼凑起来会是什么样子……而且有时也会失败。

"那么，"妮娜挤出一丝微笑，"蒂姆，男孩蒂姆姆，蒂姆波：到你了。"

"是……"汤姆表情牵强地说，"嗯，我想关于我你们首先应该知道的是：我的名字是汤姆。汤姆·迪奥克斯玛。我是个剧作家，就像之前告知过的。我没什么了不起，不过我写了很多边缘题材的作品还得了一些奖。我和戏剧导演布鲁斯·韦斯特利结婚了——也许你们听说过他？"

他停顿了一下。妮娜摇摇头。汤姆的目光环视一圈寻找认同直到它抱有希望地停在我身上。我很不情愿地轻摇了下头。我感觉很糟，但说谎不会有帮助。他小声叹了口气。

"呃，好吧，我猜如果你们是剧院圈子外的人，不太会注意导

---

1 译者注：无国界医生组织，于1971年12月20日在巴黎成立，是一个由各国专业医学人员组成的国际性的志愿者组织，全球最大的独立人道医疗救援组织，总部设在比利时首都布鲁塞尔。

演。我就是这样认识克莱尔的——通过她在皇家剧院公司的工作。布鲁斯与他们有不少合作——当然，他指导《科里奥兰纳斯》[1]。"

"当然了。"弗洛边热切地点着头边说。有了上一次失败，我自觉至少可以假装知道这个，于是跟着弗洛点起头来——也许有点儿太过热情了：我感到自己的头绳滑了下来。妮娜打了个哈欠，什么也没说起身走出了房间。

"我们住在卡姆登……有一只叫斯巴达克斯的狗，简称斯巴奇。他是一只拉布拉多犬，两岁大。他十分讨人喜欢，但对于经常出差的工作狂配偶来说不是只理想的狗。幸运的是，我们有一个棒极了的遛狗师。我吃素……还有什么？哎呀，这是个糟糕的迹象，不是吗？才两分钟，我就想不出关于自己有什么有意思的可说了。哦——我的肩胛骨上有一个心形的文身。就这样。你呢，诺拉？"

不知道什么原因，我感到自己满脸通红，手指握不住茶杯，茶溅到了膝盖上。我赶忙用围巾的一角擦拭，然后抬头看到妮娜溜回来了。她边拿着她的烟草袋边用一只手卷烟，睁大黑色的眼睛镇定地看着我。

我强迫自己开口："没什么可说的。我，嗯……我上学时遇到克莱尔的，就像妮娜一样。我们——"

我们十年没说过话了。

我不知道为什么我在这儿。

我不知道为什么我在这儿。

我费力地咽了咽口水："我们……有点儿失去联系了，我猜。"

---

1 译者注：《科里奥兰纳斯》，莎士比亚晚年撰写的一部罗马历史悲剧，讲述了罗马共和国的英雄马歇斯（被称为科里奥兰纳斯），因性格多疑、脾气暴躁，得罪了公众而被逐出罗马的悲剧。

我的脸感觉很烫。炉子真的开始向外散热了。我试图把头发别到耳后，忘了自己剪了短发，我的手指只是从短短的发丝上掠过，我的皮肤发热并且从底下冒着虚汗。"那个，我是个作家。我上了伦敦大学学院，大学毕业以后在一家杂志社工作，但我做得很烂——大概是自己的错吧，我把时间都花在乱写小说上了，而不是去做调研和搞联系。反正，我二十二岁时卖出了自己的第一本书，从那以后就做全职作家了。"

"你完全靠写书养活自己？"汤姆大吃一惊，"佩服。"

"嗯，不完全是。我是说我偶尔到处做一点儿线上教学……社论报告之类的。我比较幸运——"幸运？我想咬自己的舌头。"呃，或许不是幸运，那不是正确的词，我的祖父在我十几岁时去世了，留给我一些钱，足够在哈克尼买下一间非常小的一居室公寓。公寓绝对是非常小的，只能容下我和我的笔记本电脑，但我不用付任何房租。"

"我认为你们都保持着联络真的很好，"汤姆说，"你和克莱尔还有妮娜，我是说。我想我没有和任何学校里的朋友保持联系，我和他们大部分人都毫无共同之处，对我来说那不是最快乐的时光。"他从容地看着我，我感到自己脸红了。是我想太多，还是他凝视我的眼神中稍稍有点儿不怀好意呢？他知道什么吗？

我纠结了片刻，想要回答，又不确定要说什么才不算是彻底地撒谎。踌躇中，随着每一秒钟流逝，沉寂逐渐变得越来越令人不适，这整个错误的局面又把我打击了一遍。我究竟在这儿干吗？十年了。十年。

"我认为每个人在读书时都过得不怎么样，"终于，妮娜开口打破了僵局，"我无疑就是。"

我感激地看看她，她对我使了个小眼色。

"那么秘密是什么？"汤姆问，"长久友谊的秘密？你们是怎么做到这么多年都保持住的？"

我又看向他，这次眼神很不客气。他究竟为什么就不能别再提这个了呢？但我什么也说不出——不然我会像个疯子一样。

"我不知道。"最后我说，试图让声音保持愉快，我能感觉到自己的笑容很紧，只能祈祷我的表情没有像自己感觉到的一样假得太明显。"运气吧，我猜。"

"其他重要的人呢？"梅拉妮问。

"没有。只有我。连拉布拉多都没有。"这本该引起一阵哄笑，他们也及时地笑了，不过笑声稀稀拉拉，毫无生气，还带着同情的语气。"弗洛？"我很快说道，试图把焦点从自己身上移开。

弗洛面露喜色："嗯，我在大学认识了克莱尔。我们俩都学习艺术史，而且被分配到了同一片学生宿舍。我走进公共休息室时，克莱尔就在那里，她正坐着一边看《东区人》[1]一边咬自己的头发——你们知道她那种好笑的方式吧？把一撮头发拧在手指上轻轻地咬，太可爱了。"

我试着回想。克莱尔曾经那样做过吗？听起来很恶心。我模糊地记起克莱尔坐在学校隔壁的咖啡馆，把她的辫子拧到一根手指上。也许她有过吧。

"她穿着那条蓝裙子——我想她还留着它，难以置信她能穿进去！我跟大学那会儿比至少胖了一英石[2]！反正我走上去说你好，她

---

1 译者注:《东区人》，一部英国电视肥皂剧，1985 年 2 月 17 日首次在英国广播公司第一台播出，持续至今。
2 译者注：英石，不列颠群岛使用的英制质量单位之一，1986 年不列颠群岛废除了英石作为质量单位的法定地位，但在称量体重时，英石仍被广泛使用。1 英石等于 14 磅。

说'啊，我喜欢你的围巾'。从那以后我们就一直是最好的朋友。我只是——她只是太棒了，你们知道吗？她是那么鼓舞激励你，那么支持你。没有很多人会——"弗洛倒吸一口气，停住了，挣扎着，令我恐惧的是她的眼泪涌了上来。"嗯，无论如何，别管所有那些了。她是我的磐石，我会为她做任何事。任何事。我就是想让她拥有一个有史以来最好的婚前女子单身派对，你们懂吗？我希望这是个完美的单身派对。它对我来说意味着一切，就好像——就好像这是我能为她做的最后一件事，你们懂吗？"

她眼中含泪，说话带着如此强烈的情感，猛烈到几乎令人胆战心惊。环顾四周，我看到自己不是唯一一个吃了一惊的人——汤姆看起来着实很震惊，妮娜的眉毛消失在刘海下面。只有梅拉妮看起来完全若无其事，仿佛这是对最好的朋友情感表达的正常水平。

"她是要结婚，不是进监狱。"妮娜冷冷地说，但要么是弗洛没听见，要么是她选择对妮娜的话听而不闻。她反而咳嗽起来，擦了擦眼睛。

"对不起。哦，天哪，我真是个多愁善感的笨牛！瞧我呀。"

"然后，呃，你现在做什么？"汤姆礼貌地问。听他这么一说我意识到，弗洛告诉我们的统统都是关于克莱尔的事，关于她自己却几乎只字未提。"

"哦，"弗洛低头看向地板，"嗯，你们懂的。这个也做点儿，那个也做点儿，我……我大学毕业以后抽时间出去了一阵，我去的地方并不好。克莱尔很了不起。当我——呃，别提了。重点是，她就是——就是一个女孩能拥有的最好的朋友，说真的。天哪，瞧我啊！"她擤了擤鼻涕站起身来，"谁还要茶？"

大家都摇摇头，她拿起托盘向厨房走去。梅拉妮拿出她的手机又一次查看有没有信号。

"呃，刚才很奇怪。"妮娜直截了当地说。

"什么？"梅拉妮抬起头。

"弗洛和所谓的'完美的婚前女子单身派对'，"妮娜清楚地讲了出来，"你们不觉得她有点儿……激烈吗？"

"哦，"梅拉妮说着，透过门口向厨房的方向瞥了一眼，然后压低声音，"听着，我不知道该不该说，但绕圈子毫无意义。弗洛在大学三年级的时候有点儿崩溃。我不确定发生了什么，她在期末考试前退学了——据我所知她没有毕业。这就是为什么她有点儿，你们懂的，敏感，对于那段时期。她并不真的喜欢讨论这个。"

"呃，好吧。"妮娜说，但我知道她在想什么。弗洛让人惊慌的地方并不是她对于大学以后所发生事情的保留——那是整件事中最不古怪的地方了。除此之外的所有都令人不安。

5

我想睡觉，但他们往我眼睛里照光。他们给我做检查、扫描，再打印出来，脱去我的衣服，衣服因沾满血变得僵硬。发生了什么？我做了什么？

我被推着走过一道道长长的走廊，走廊的灯光为夜晚调暗了，经过一间间睡着病人的病房。有些病人在我经过的时候醒了，从他们惊愕的表情上，我能看出自己的状况，他们扭过脸的方式就像是看到了什么可怜或者可怕的东西。

医生们问我一些我回答不了的问题，跟我说一些我记不得的事。

最终他们把一台检测仪连到我身上，然后走了，走之前给我喂了药，我视线模糊，独自一人。

不过不算完全独自一人。

我费力地侧过身去，这时我看到：透过门上装着铁丝网的玻璃，一个女警正耐心地坐在一张凳子上。

有人看守我，我不知道为什么。

我躺在那儿，透过玻璃盯着警察的后脑勺。我如此迫切地想到外面去问个清楚，可我不敢。一方面是因为我不确定绵软的双腿能否支撑自己走到门口——但另一方面是因为我不确定自己是否能承受答案。

我似乎躺了很久，听着监测设备的蜂鸣声和麻醉机的咔嗒声。我的头痛和腿痛减轻了，变远了。然后终于，我睡着了。

我梦到了血，血液漫延、淤积，将我浸湿。我跪在血泊中——试图阻止它——尽管无能为力。它浸透了我的睡衣，它漫过褪色的木地板……

这时我醒了。

有片刻我就躺在那儿，心脏重重地敲击着胸口，调整着眼睛以适应房间里昏暗的夜灯。我渴得要命，膀胱还很痛。

储物柜上有一只塑料杯，就在我脑袋边上，我费了好大的力气伸出手，用一只颤抖的手指钩住了杯子的边缘，把它拉向自己。喝起来平淡无奇还有一股塑料味，但我的天，喝水从没感觉这么好过。我把杯子里的水喝干了，然后头后仰躺到枕头上，猛烈的震动让我在昏光中眼冒金星。

我这才第一次意识到有导线从被单下面伸出来，把我连在某种监测器上，它闪烁的屏幕给整个房间投射着绿色的阴影。其中一根导线连在我左手的一根手指上，当我抬起它时，惊讶地发现自己的左手满是划痕和血迹，而已经被咬坏的指甲折断了。

我想起……我想起一辆车……我想起跌跌撞撞地穿过碎玻

璃……我的一只鞋掉了……

我在被单下把两只脚互相摩擦，一只脚感觉疼痛，另一只脚则因为包扎而肿起个鼓包。我能感到有某种外科绑带横跨在自己的两条小腿上，一条腿被拉着向外伸展。

只有当我的手偶尔放到自己的右肩膀时，我才会龇牙咧嘴地低下头。

病号服下面散布着大片的瘀青，一直顺着我的胳膊延伸。当我耸肩的时候，能从领口看到一大团紫色从腋窝正上方一块暗色的肿块发散开来。什么会造成那么奇怪的、一侧的瘀青呢？我感觉记忆就在指尖徘徊——可它顽固地保持在我的触碰范围之外。

我是否经历了一场意外？一场车祸？我是不是……是不是被袭击了？

我痛苦地把手滑进被单底下，用手掌摸过我的肚子、胸和体侧。手臂上有几处割伤但身体似乎没事。我把手放到大腿上，感觉两腿之间有某种又厚又软的东西，但不痛。没有伤口，大腿内侧没有瘀青。不论发生了什么，不是我猜的那样。

我躺回去闭上眼睛，厌倦了——厌倦了努力回想，厌倦了害怕——麻醉剂发出咔嗒声和嗡嗡声，突然间似乎什么都不再重要了。

就在我迷迷糊糊快要睡着的时候，一幅画面映入脑海：一把猎枪，挂在墙上。

突然间我知道了。

瘀青是后坐力造成的。在刚过去不久的某个时刻，我开过枪。

6

"弗洛，"我把头探到厨房门附近，弗洛正把杯子放进洗碗机。"这些不应该全由你自己一个人做，我能帮忙吗？"

"不！别傻了。做完了。"她猛地关上洗碗机，"怎么了？有什么我能帮上忙的吗？咖啡的事实在很抱歉。"

"什么？啊——说实话，没关系。听着，之前你说克莱尔预计几点到来着？"

"我想大概是六点。"她抬头看看厨房的挂钟，"所以，我们有一个半小时要消磨。"

"好吧，嗯，我只是想知道——我有没有时间去跑个步，快去快回？"

"跑步？"她看起来吓了一跳，"嗯，我猜——但天色越来越暗了。"

"我不会走远的。只是——"我尴尬地设法应付过去，我无法跟她解释。我跟自己解释都有困难，但我必须得出去，得离开。

在家时我几乎每天跑步。我有大概四条不同的路线，如果天气好我会穿行维多利亚公园，如果下雨或者天色灰暗我就沿着街道跑，变换着来。每周我会让自己休息两天——他们说应该这样，以让你的肌肉恢复——需要迟早会越积越多，然后我又不得不跑步了。如果不跑，我会得……我不知道你们叫它什么。幽居症，也许是吧，幽闭恐惧症的一种。我昨天没跑——昨天太忙了，忙着收拾行李和做一些扫尾工作——现在我有一股强烈的渴望，想要冲出这个盒子般的房子。重点不是健身——或者至少，不只是健身。我试过在健身房的跑步机上跑，那是不一样的。重点是出去，四周没有墙壁，可以脱身。

"我猜你有时间。"弗洛边说边瞥向窗外看着渐浓的暮色，"但你最好抓紧。这里天一黑就真的，真的很黑。"

"我会抓紧的。有没有一条我该走的路线？"

"嗯……我想你最好的选择是沿着林荫路跑——等等，来客厅。"她带我走进客厅，指着巨大玻璃墙外的森林中一道幽暗的缝隙，"看到了吧，那是一条小路，沿着它可以穿过森林到达主路。它比行车道稳固，也没那么泥泞——对跑步来说容易多了。你就沿着小路跑，直到碰到柏油路，不过之后我会沿主路右转再沿行车道回来——如果穿越森林回来就太晚了，小路没有围栏，你有可能会完全走错方向。稍等，"弗洛走回厨房，在一只抽屉里翻找，拿出一组看起来像折得很糟糕的吊袜带似的东西。"带上这个——这是头灯。"

我谢过她，赶忙上楼回到房间，穿上跑步装备和运动鞋。妮娜正躺在床上，边看着天花板边听着手机里的什么东西。

"那个弗洛可真够果环的，不是吗？"当我进屋时，她边引出话题地说着边把耳机拿下来。

"那是医学术语吗，达·苏扎医生？"

"是的。源于拉丁语 Fruitus Lupus，月亮之果，与异教徒相信的在满月的月光下会让人精神失常有关。"

我一边大笑一边脱掉牛仔裤，快速穿上保暖紧身跑步裤和上衣。

"Lupus 在拉丁语里是狼的意思。你想成 Luna[1] 了。我的运动鞋呢？我把它们放在门口了。"

"我把它们扔到床底下了。不管怎么样，狼人在月圆之夜发疯，没什么不同。说到发疯，你是要出去吗？"

"是的。"我弯腰往床下看去。看到我的运动鞋了，在床下离得老远的地方。谢了，妮娜。我跪下开始用胳膊去摸。"怎么讲？"我发问的声音被床上的被褥闷住了。

"让我想想啊。"她开始掰着手指数起原因来，"天色暗了，你不熟悉周边，楼下有免费的葡萄酒和食物——啊，我有没有提到外面他妈的一片漆黑？"

"不是一片漆黑。"我一边系鞋带一边看了看窗外。是很黑，不过不是漆黑一片。太阳落山了，但天空晴朗，仍然被西边一道弥散的珠光灰色的光照亮着，而且一轮皎洁的圆月正从东边的树林中升起。"今晚会是满月，所以天不会那么黑的。"

"哦，真的吗，利奥诺拉·'我过去八年住在伦敦，在这八年中从没离开路灯五十码开外过'·肖小姐？"

"真的。"我把运动鞋打了双结，起身站直，"别让我难受，妮

---

1 译者注：Luna，源自拉丁语，意为"月亮"。

娜。我必须得出去不然我真要疯了，不管有没有月亮。"

"呃，你感觉有那么糟吗？"

"没有。"

但我有。我不能解释为什么。我不能告诉妮娜陌生人在楼下挑拣我和克莱尔的过去让我有何种感觉，就像是有人在撕扯愈合了一半的伤口边缘。我来是个错误——我现在知道了。我被困在这儿了，没有车，只能等到妮娜决定要走时才能离开。

"不，我很好。我只是想出去。现在。一小时后见。"

我出发下了楼，当我从外面"砰"地关上门，妮娜嘲弄的笑声跟随而来。

"你可以跑……但你逃不了！"

在外面的森林里我呼吸了一口干净清新的空气，开始热身。我边靠着车库拉伸四肢边看向森林深处，内心那股近乎幽闭恐惧症的威胁感消失了。是因为玻璃墙吗？那种任何人都可能在外面向里看着，而我们永远不会知道的感觉？又或者是那些房间奇怪的毫无特色的感觉让我想到了社会实验和医院候诊室？

在户外，我意识到，被监视的感觉彻底消失了。

我开始跑。

轻松，这样很轻松。没有问题，没人刺激和打探，只有锋利又温柔的空气和脚步踏在松针毯上轻柔的闷响。之前下了不少雨，不过在这样松软的，可以自由排水的土地上，雨水是待不住的，不比在被压实的布满车辙的行车道上，很少有水坑，甚至没有潮湿的路段，在我的鞋底下，只有几英里干净又有弹性的通路和从上千棵松树上飘落的针叶。

我家里没有其他人跑步——或者我没听说过——我祖母散步。她说当她还是个女孩时，如果生朋友的气，就把他们的名字用粉笔写在脚底，然后走路，直到名字消失。她说当粉笔字被磨没了的时候，她的怨恨也就消退了。

我不那么做。但我在脑中重复一句咒语，一直跑到心跳声和脚步声把它盖住为止。

今晚——尽管我不生她的气，或者说至少，不再生气了——我能听到自己的心脏正敲击出她的名字：克莱尔，克莱尔，克莱尔，克莱尔。

我沿路一直跑，穿过森林，穿过集聚黑暗和轻柔的夜音。我看到蝙蝠在薄暮中飞扑，听到野兽之声从隐蔽的地方发出。一只狐狸飞快地越过前面的小路然后停下，一副极度目中无人的样子，当我步履沉重地跑过安静的黄昏时，它有着窄鼻子的脑袋追踪着我的气味。

这很轻松——下坡猛冲，仿佛在暮色中飞翔。尽管在黑暗中，我并不感到害怕。在这户外，那些树不是玻璃后面寂静的监视者，而是友好地呈现在眼前，沿着森林小径欢迎我进入树林，当我跑动时，迅速地在我面前分开到两侧，几乎连气都不喘一声。

上坡的那段路对我来说才是考验，沿着凹凸不平的泥泞行车道往回跑的那段，我知道自己必须在天色过暗之前到达行车道，不然就看不到地上的坑洞。所以我逼迫自己，更努力地跑。我没有时间可计，没有目标可完成，甚至不知道跑了多少距离。但我知道自己的腿能做什么，我保持自由阔步奔跑。我跳过一根倒在地上的原木，把眼睛闭起来一会儿——在这暗光中发着疯——我几乎能够想象自己在飞，永远不会碰触地面。

终于我能看见路了，在渐浓的阴影中犹如一条浅灰色的蛇。从树林中突围而出时，我听到一只猫头鹰轻柔的叫声，我遵从弗洛的指点，沿着柏油路右转。跑了没多久，我听到身后有汽车的声音，于是停了下来，让自己紧贴在路边。我可不想被某个没想到会有人在此时此刻跑步的人撞倒。

汽车的声音靠近了，在安静的夜晚声音大得残忍，然后它就在我身边了，咆哮的引擎仿佛电锯一样。我被汽车的前灯照得目眩——然后那光消失在黑暗里，只剩下红色的尾灯像一双赤眼呈现在夜色中，逐渐后退。

它的经过让我眨着眼睛，像得了夜盲症一样，即便我等了等，希望可以重新调整双眼，夜色似乎比不久之前黑了无数倍。突然我很怕跑进路边的沟里，或者被树枝绊倒。我在口袋里摸索着弗洛的头灯，手忙脚乱地把它戴上。它戴起来很尴尬，紧得足够搭扣扣牢，当我重新开始抬起头却又松得让我担心它会掉下来。至少现在我能看到面前的那条柏油路，路旁标画的白线在头灯的光束下把光反到我的身上。

一道裂缝让我看出自己在车行道上，我减速拐了弯。

现在我很感激这只头灯，这已经不再是跑步的问题了，这是一种缓慢、谨慎的慢跑——择路绕过泥泞的沟槽，避开可能摔断我毫无戒备的脚踝的坑洞。即便如此，我的运动鞋还是沾满了厚厚的泥，每一步都感觉自己拖着一块砖头——每一只鞋底上都有半磅的泥块。等我回去洗鞋的时候可好玩了。

我试图记起路程有多远——半英里？我有点儿希望自己回去横穿树林了，不管天黑与否。但远处的前方我能看到房子的光了，它那空白的玻璃墙在夜色中闪耀着金光。

泥土吸着我的双脚，仿佛试图把我留在这个黑暗的地方，我咬紧牙关，逼迫自己疲惫的双腿再跑快一点儿。

路程大概过半时，有声音从下面的主路上传来。是一辆车在放慢车速。

我没有手表，手机也落在了房子里，但肯定还没到六点？我跑了没有一小时，绝对没有。

车子来了，转弯时引擎发出空转的声音，然后当它开始艰难地上坡，在坑洞之间颠簸时，一阵轰隆隆刺耳的咆哮声传来。

当车子靠近，我把身体贴近树篱，遮住眼前的强光，期望当它经过时不会在我身上溅落太多泥点。可令我吃惊的是，它停了下来，在月光下排出一团白烟，我听到电动车窗呼呼的声音和一阵碧昂斯的歌声，歌声很快变得模糊不清，像是有人把音量调小了。

我靠近了一步，心又开始怦怦跳，仿佛刚才在用比实际快得多的速度跑一样。头灯调整的角度对着地面，便于走路却不便看清眼前的人，我弄不清要怎么把它调回向上的角度。于是我把它从头上拉了下来拿在手里，灯照向车里，照在一个女孩苍白的脸上。

我不需要这么做。

我知道那是谁。

克莱尔。

"利？"她似乎难以置信地说。头灯的光全照进了她的眼睛里，她眨眨眼，把双眼从光束中挡住。"我的天，真的是你吗？我没……你在这儿做什么？"

7

一时间我不明白。是出了什么可恶的差错吗？有没有可能她根本没有邀请我，而这全都是弗洛的蠢主意？

"它——我——你的单身派对，"我结结巴巴地说，"你没——？"

"我知道，傻瓜！"克莱尔大笑，气息在冰冷的空气中喷出一阵紧张的白雾，"我是说，你在这外面干什么呢？你是在为北极探险或者什么训练吗？"

"跑步，"我说，试图让它听起来是全世界最正常的事，"没那么乐——冷，只有一点儿凉。"但我现在的确冷，我站着不动，痉挛性的颤抖令后面几个字说得含混不清。

"上来，我载你到房子那儿去。"她把身子倾过去打开副驾驶侧的车门。

"我……我的运动鞋，它们很恶心——"

"别担心，是租来的车。趁早上来吧，在我们冻僵之前。"

我嘎吱嘎吱地绕到副驾驶侧上了车，感受着车子的热气穿透我浸满汗水的冰冷的保暖裤。泥渗进了我的运动鞋，鞋子衬里内我的脚趾咯吱作响的方式让我直打寒战。

克莱尔重新把车挂上挡，按了一下静音按钮，关掉了《单身女人》的声音。突然间，一片死寂的沉默。

"那么……"她斜眼看了看我。她美丽依旧。我真是疯了，还以为十年可以让克莱尔有所不同。她的美丽深入骨髓。即使在灯光昏暗的车里，裹在旧连帽衫和发套一样的巨大围巾里，她看起来仍然明艳动人。她的头发在头顶凌乱地扎成一个可爱的结，垂到肩上；指甲染成鲜红色，但有缺口——并不刻意维护，没人能为此指责克莱尔。近乎完美。

"那么。"我附和道。与克莱尔相比我总感到自己微不足道。我意识到，十年什么也没改变。

"很久没见了。"她边摇头边用指尖轻敲着方向盘，"但天啊，我是说……见到你真好，利，你知道吗？"

我什么也没说。

我想告诉她我不再是那个人了——现在我是诺拉，不是利。

我想告诉她不是她的错，我之所以没和她保持联系跟她一点儿关系也没有——是我的原因。只是这……不完全是事实。

最重要的是，我想问她为什么我在这儿。

我没问，我什么也没说。我只是坐着，在我们迂回行驶靠近房子时抬头盯着它看。

"见到你真的很好，"她又说道，"那个，你现在是作家——对吗？"

"是的。"我回答。回话在我嘴里似乎奇怪而虚伪，仿佛我在说谎，或是在讲别人的故事，也许是一个远房亲戚的。"是的，我是作家。我写犯罪小说。"

"我听说了。我在报纸上看到一篇文章，我太——我真的为你高兴。这太棒了，你知道吗？你应该非常自豪。"

我耸耸肩："只是份工作。"这话听起来僵硬又苦涩——我不是那个意思。我知道自己很幸运，而且我工作很努力才有今天。我应该自豪。我的确自豪。

"你呢？"我设法应对。

"我做公关。我为皇家剧院公司工作。"

公关。预料之中，我微微一笑，这次笑得真诚。克莱尔一直非常善于编故事，即使在十二岁时，即使在五岁时。"

"我……我非常开心。"克莱尔轻柔地说，"听着，很抱歉我们失去了联络——见到你……我们有过一些好时光，不是吗？"她在仪表盘幽绿色的灯光下瞥了我一眼，"初吻……第一次吸大麻……第一次混进影院看成人电影……"

"第一次被赶出去。"我反驳道，接着我便希望自己听起来不会太刻薄。为什么？为什么我如此自我防卫？

但克莱尔只是笑笑："哈，多丢人啊！我们以为自己多么聪明——让瑞克去买票，穿过厕所溜进去。我不知道他们在百叶门那儿也查票。"

"瑞克！我都把他忘了。他如今在干吗呢？"

"天知道！大概在监狱里吧。因为和未成年人上床，如果有公正的话。"

在我们十四五岁时瑞克做了克莱尔一年的男友，他那时二十二岁，一头油腻的长发，有一辆摩托车和一颗金牙。我从来都不喜欢他——即便在十四岁，我都觉得克莱尔想和那个年纪的家伙上床很奇怪和恶心，尽管他可以进出夜店和买酒。

"哎呀，他真猥琐。"我还没好好考量就说出了口。我强迫自己闭嘴，但克莱尔只是大笑。

"彻底的！不敢相信我那时候看不出来。我觉得自己跟年长的男人上床太老练了……好像离恋童癖就一步之遥了。"她用鼻子哼了一下，然后随着车子从一个坑洞里弹起发出一声惊呼，"哎哟！抱歉。"

当她成功越过最后一段最凹凸不平的行车道时，车上安静了一段时间，然后我们左摇右摆地开上了房前的碎石路，正好把车塞到妮娜租来的车和弗洛的路虎中间。

克莱尔把车熄了火，有一小会儿我们就坐在黑暗的车里，凝视着那栋房子，房子里的人来回走动，好像舞台上的演员，就像汤姆说过的那样。弗洛在厨房埋头苦干，正弯腰摆弄着烤箱。梅拉妮在客厅弓着背打电话，汤姆四肢伸展地坐在正对着平板玻璃窗的沙发上翻阅一本杂志。妮娜不见了踪影——最大的可能是正在外面阳台上抽烟。

我为什么在这儿？我又想，这次带着烦闷。我为什么来？

然后克莱尔转向我，房子发出的金色光线把她的脸照亮。"利，"她说。与此同时，我说道："听着——"

"什么？"她问。

我摇摇头："不，你先说。"

"不你先，说真的。我说的不重要。"

我的心在胸中剧烈地跳动，突然间，话到嘴边，我却再也问不出来了，反而挤出一句："我不再是利了。我是诺拉。"

"什么？"

"我的名字。我不再叫利了，我从来都不喜欢它。"

"哦，"她沉默了，领会着我的话，"好吧。所以，现在是诺拉，是吧？"

"是的。"

"嗯，我会尽全力记住的。尽管会有点儿难——在把你当作利，多久，二十一年以后。"

但你从不认识我，我不由自主地想，皱起眉头。克莱尔当然认识我，从我五岁起她就认识我。这正是问题所在——她太了解我了。她可以看穿单薄的成人外表下是那个骨瘦如柴的害怕的孩子。

"为什么，克莱尔？"我突然问，她抬起头，黑暗中她的脸苍白而茫然。

"什么为什么？"

"为什么我在这儿？"

"天哪，"她低头看着自己的手，"我就知道你会问。我想如果我说诸如友谊地久天长之类的话你不会信的。"

我摇了摇头："不是那个原因，对吗？如果你想，你有十年的时间可以联系我。为什么是现在？"

"因为……"她做了个深呼吸。意识到她很紧张令我诧异，难以置信。我看到的克莱尔从来都是全然地镇定自若——即便是在五岁时，她的眼神也能让最狠心的老师或融化或凋谢，任由她选择。我想这就是为什么我们以一种奇怪的方式做着朋友。她有我渴望拥有的——无所不包的泰然自若。即使是站在她的影子里都让我感觉更强了。不过已经时过境迁。

"因为……"克莱尔又说道，当她把手指捻在一起，她的指甲接触到房子发出的光，把光反射到车里，我看到她涂着有缺口甲油的指甲闪烁着血红的光。"因为我觉得你理应知道，理应被告知——面对面地。我对……我对自己承诺过我会当面告诉你。"

"什么？"我向前倾身。我不害怕，只是不解。我忘了被弄脏的湿鞋，忘了衣服上的汗臭。我把一切都忘了，除了眼前克莱尔焦虑的脸，她的脸上充满着不安的脆弱，我以前从没见过。

"和婚礼有关，"她说，低头看着自己的手，"和……和我要嫁的人有关。"

"谁？"我问。然后，为了博她一笑，为了努力打破正在填满车子和浸染我的紧张气氛，我说，"不是瑞克，是吗？我一直知道——"

"不，"她打断我，最后和我四目相对，没有丝毫笑意，只有一种坚定不移的决心，就好像她要做什么令人不快却又完全必要的事。"不是。是詹姆斯。"

8

片刻间我凝视着她，希望自己听错了。

"什么？"

"是……是詹姆斯。我要嫁给詹姆斯。"

我什么也没说。我坐着，凝望着外面哨兵般的树，听着血液在我耳朵里发出的嗖嗖声和撞击声。有什么东西在我体内堆砌起来，像一声尖叫，我把它压了回去。

詹姆斯？

克莱尔和詹姆斯？

"这就是我请你的原因。"现在克莱尔的语速快了起来，好像知道她没有太多时间，因为我可能会起身冲下车。"我不想——我觉得不应该邀请你去婚礼，我觉得那会太难了。但我不能忍受你从别的地方听到这个消息。"

"但是……那究竟谁是威廉·皮尔格林？"这句话突然从我嘴里

大喊出来，像一句指责。克莱尔茫然地看了我一下。然后她意识到了，脸色有了变化，与此同时，我也知道了自己以前在哪儿听过这个名字，意识到了自己有多愚蠢。比利·皮尔格林，《第五号屠宰场》。詹姆斯最喜欢的书。

"是他在脸书上的名字。"我无精打采地说，"为了隐私——所以粉丝在搜索的时候就找不到他的个人资料。这就是为什么他没有资料图，对吗？"

克莱尔可怜地点点头："我从没想误导你。"她用恳求的口吻说。她把温暖的手伸向我溅满泥点的麻木的手，"詹姆斯觉得你应该在那之前知道，在——"

"等一下，"我突然把手抽走，"你跟他谈这个了？"

克莱尔点点头，把双手放在脸上。"利——我太……"她停下来深吸一口气，我感到她在努力调整自己，想要理清接下来说什么。当她再次开口，言语中带着一丝挑衅，闪现出我记忆中的克莱尔：她会进攻，宁愿战斗而死也不会甘受指责。"听着，我不会道歉，我们谁也没做错什么。但求你了，难道你不会祝福我们吗？"

"如果你们没做错什么，"我声音沉重，"为什么需要我的祝福？"

"因为你曾是我的朋友！我最好的朋友！"

曾是。

我们都在同一时刻注意到了"曾"字，我在克莱尔的脸上看到了自己的反应。

我咬了咬自己的嘴唇，用力过猛以致很痛，碾压着牙齿间柔软的皮肤。

我祝福你们。说出来。说出来！

"我——"

一个声音从房子里传来。门开了，弗洛站在长方形的灯光里，一边遮着眼睛一边朝外面的黑暗中看着。她踮着脚尖，探身看的时候几乎要跌倒了，看起来她抑制着心中的激动，就像一个孩子在生日派对前随时都可能一头栽进失控的状态。

"哈喽？"她喊道，声音在夜晚静止的空气中大得吓人，"克莱尔？是你吗？"

克莱尔颤抖着呼出一口气，打开了车门："弗洛宝贝！"她声音发抖，不过几乎难以察觉。我不是第一次这么想了，她真是个了不起的演员。她最终去了剧院并不令人吃惊，令人吃惊的是她自己不站在台上。

"克莱尔——小熊！"弗洛尖叫一声，像离弦的箭一样冲下台阶跑到碎石路上。"我的天啊，是你！我听到声音觉得……但后来没人进来。"她匆忙沿着房子前的小路跌跌撞撞地走过来，兔子拖鞋踩在沙砾上发出响声。"你一个人在外面这么黑的地方干吗呢，你这个傻牛牛？"

"我刚刚在和利说话。我是说，诺拉。"克莱尔朝我坐的车侧挥挥手，"我来的路上在行车道上碰到她了。"

"不是真的碰到了，我希望！哎哟！""扑通"一声，弗洛在黑暗中被什么东西绊倒，猛地在车前跪倒在地。她跳起来，掸掸自己，"我很好！我很好！"

"冷静！"克莱尔笑起来，拥抱弗洛。她对着弗洛的耳朵说了些什么，我没听到，只看见弗洛点点头。我拉起车门把手，僵硬地下了车。没把到房子前的最后几码路走完是个错误——从跑步到坐下太过突然，我的肌肉都发僵了，现在要努力舒展。

"你还好吗，利？"克莱尔循着我下车时发出的声音回过头说，

"你看起来有点儿蹒跚。"

"我很好。"我把声音放轻试图和她相称。詹姆斯。詹姆斯。"要帮忙拿包吗？"

"谢谢，但我行李不多。"她"砰"的一声打开后备厢拿出一只挎包，"那就来吧弗洛洛，带我看看我们的房间。"

我拎着沾满泥的运动鞋的鞋带，爬完最后几级恼人的台阶来到我们的房间，还是不见妮娜的踪影。我脱下溅满泥点的紧身裤和浸满汗水的上衣，穿着胸罩和内裤在羽绒被下面爬行。然后我躺下，凝视着床头灯投射的一片光。

这是个错误。我之前在想什么？

我花了十年时间试图忘记詹姆斯，试图建造一个自给自足的保险茧把自己包起来。我以为自己快成功了。我有不错的生活。不，我有很棒的生活。我有热爱的工作，有自己的公寓，有一些亲切友好的朋友，他们没人认识詹姆斯和克莱尔，也不认识我以前在雷丁生活中的任何一个人。

我不依靠任何人——情感上、经济上或者任何形式的依靠。这让我感觉很好。绝对他妈的好，非常感谢。

而现在。

最糟糕的是，我不能责怪克莱尔。她是对的：她和詹姆斯什么也没做错。他们不欠我什么，他们俩都是。老天爷啊，詹姆斯和我在十多年以前就分手了。不，我唯一能责怪的人只有自己。责怪我不重新开始，责怪我不能重新开始。

我恨詹姆斯让我迟迟不能释怀，我恨每次当我遇到一个男人，总会在脑海中把他们相比较。我最后一次和别人睡在一起——两年以前——他在夜里把我叫醒，一只手放在我的胸口。"你刚才在做梦。"他说，"谁是詹姆斯？"当他看到我受挫的脸，他起身下床，穿上衣服走出了我的生活。而我甚至都没费心打电话让他回来。

我恨詹姆斯，我恨我自己。我完全明白这让我听起来像现存最大的失败者：在十六岁遇到一个男孩，然后对他痴迷了该死的十年的女孩。相信我，没人比我更明白。如果我在酒吧遇到自己，聊上几句，我也会看不起自己。

我能听到其他人在楼下说说笑笑，闻到比萨的味道从楼梯飘上来。

我也将不得不下楼说笑。我没那么做，反而蜷缩起来，膝盖贴着胸口，双眼紧闭，在脑海里发出无声的尖叫。

然后我把身体伸直，感觉疲累肌肉的抗议，下床，从弗洛仔细摆在每张床床脚上的一堆毛巾里拿起最上面的一条。

浴室在楼梯口，我锁上门，松开手让毛巾落在地上。浴室上方是另一扇没有窗帘的平板玻璃窗，以一种令人万分不安的方式向外俯瞰着森林。实际上，它的建筑角度决定了，除非你待在一棵五十英尺高的松树上，不然是看不到屋内的，但当我脱掉胸罩和内裤，还是忍不住想把双手遮在胸前，把自己赤裸的身体从"众目睽睽"的黑暗中盖住。

有一瞬间我考虑过直接换衣服，我累了而且被溅得满身是泥，我知道冲个热水澡感觉会好点儿，于是我小心翼翼地爬进步入式淋浴房，转开手柄，巨大的淋浴头噗噗响了两声，接着迸发出大量的水，强有力地洒在我身上，我如释重负地伸着懒腰。

这样站着，我能看到窗户外面，尽管天色太暗了看不见太多东西。浴室明亮的灯光把玻璃变得有几分像镜子，除了苍白鬼魅的月光，当我往腿上抹肥皂、刮腿毛时，能看到的就只有自己在很快布满蒸汽的玻璃上的倒影。弗洛的姨妈到底是什么样的人？这是一个为偷窥狂准备的房子。不，那是喜欢监视别人的人。和他们相反的是什么？暴露狂。

喜欢被看的人。

也许在夏天有所不同，那时候光像洪水般涌进来，直到晚上。那时这就是一栋可以向外看遍森林的房子。但现在，在黑暗中，感觉正相反。它感觉像一只陈列柜，满是可以盯着看的奇珍异宝。或者像动物园里的一只笼子，一个老虎围场，无处可躲。我想到那些困兽缓缓地前后踱步，一天又一天，一周又一周，慢慢发疯。

冲完澡，我小心翼翼地爬出来，凝视着布满雾化蒸汽的镜子，用手擦去凝结的水珠。

镜子里和我对视的脸令我自己大吃一惊，它看起来像是某个准备好战斗的人。一部分是因为我的短发：洗过并用毛巾粗略擦干以后，看起来带有侵略性的锐利而挑衅，像是比赛间歇时拳击手的头发。我的脸在明亮的灯光下显得苍白而僵硬，暗黑的眼睛带着指控，被黑眼圈包围，好像即将要上场打上一轮。

我叹了口气拿出洗漱包。我不化太多妆，涂了唇彩和睫毛膏，基础妆容。没有腮红，不过我在颧骨上涂了一点儿唇彩，试图让苍白的脸色变得明亮些，然后猛地套上一条干净的紧身牛仔裤和一件灰色的上衣。

音乐开始响起，从楼下远远的某处传来。比利·爱多尔，听起来是《白色婚礼》。是某个人开玩笑的主意吗？

"利——我是说，诺拉！"弗洛的声音从楼梯飘上来，盖过了比利·爱多尔的歌声，告诉我们又要开始了，"你准备好吃点儿东西了吗？"

"来了！"我回喊道。我叹了口气，把脏内衣包进毛巾里，拿起洗漱包，打开了门。

9

当我正在冲澡时，单身派对已经郑重开始了。

客厅里，汤姆和克莱尔把某个人的苹果手机连上了音响，正随着比利·爱多尔的歌声围着咖啡桌跳舞，而梅拉妮坐在沙发上对着他们大笑。

厨房里，过度工作的烤箱散发出地狱般的热气，我能看到有人正把大块的比萨铲到盘子上，并把各种各样的桶装调味酱倒进碗里。有一瞬间我被迷惑了，以为是克莱尔——她穿着同样的灰色牛仔裤和银色背心，就是克莱尔在隔壁一直穿着的那身。然后她站了起来，拂去额头上的发丝，我才看到那是弗洛。她穿着和克莱尔一模一样的衣服。

我还没来得及细想，思绪就被一股强烈的烧焦味打断了。"什么东西烧着了吗？"我问。

"我的天哪！皮塔饼！"弗洛尖叫道，"利，你能在它们把警报设置触动前拯救它们吗？"

我跑着横穿过迅速被烟雾填满的厨房，从烤面包机里一把抓出皮塔饼，倒进水池里。然后我开始全力对付起厨房另一侧的门来。门上了锁，门把手转起来需要窍门，但最终我设法猛地把门大大地打开了。冷空气呼啸而入，我吃惊地看到草坪上的水坑正在结霜。

"我在酒窖里找了，找不到龙舌兰酒。"妮娜的声音从门口传来，接着是一句，"该死的，太冷了！关上门，你这个心灵主义者！"

"皮塔饼烤煳了！"我温和地说，但把门关上了。至少现在屋内的温度更接近正常了。

"不在酒窖里吗？"弗洛直起身，将汗湿的头发从眼前拂去，她被热气熏得满脸通红。"该死。究竟能在哪儿呢？"

"冰箱里找过吗？"妮娜问。弗洛点点头。

"冷冻柜呢？"我问。弗洛拍了一下脑门儿。

"冷冻柜！就是啊——我现在记起来了，想着如果我们想喝冰冻玛格丽特酒的话冻起来更好。啊，我真白痴。"

"阿门！"妮娜边弯腰偷偷打开冷冻柜边冲我做了个口型，"找到了。"她的声音在冷冻柜风扇发出的呼呼声下有点儿听不清楚。她站起身，一只手里拿着一个结霜的瓶子，另一只手从水果盘里抓起两颗青柠。"诺拉，拿块案板拿把刀来。呃，还有盐罐。弗洛，你是不是说那边有小酒杯来着？"

"是啊，在客厅尽头的玻璃门后面，你们觉得我们该从烈酒开始吗？从一杯冷饮开始不是更合乎常理吗——比如，也许来点莫吉托？"

"去他的合乎常理，"妮娜说着离开厨房，在我们穿过走廊时压低嗓子对我说，"我需要点儿什么帮我熬过去，越烈越好。"

当我们走进客厅，克莱尔和汤姆转过身，克莱尔大叫一声，手舞足蹈地跑过来从妮娜和我的手里拿走了酒瓶和刀。她摇摆着跳回咖啡桌旁，"砰"的一声把它们都放到桌子的玻璃台面上，此时她的上衣在昏暗的房间里到处撒播着光点。

　　"地狱龙舌兰！我从二十一岁以后就没这样喝过了。我想，醒酒要这么久的时间。"

　　妮娜在其他东西旁把青柠放下，任它们弹落在桌上，然后转身在橱柜里找玻璃杯，与此同时，克莱尔跪到小地毯上开始切青柠片。

　　"单身派对优先！"梅拉妮说。克莱尔咧嘴一笑，我们都注视着她往手腕的凹陷处撒了一小撮盐，然后拿起一大片青柠。妮娜把一只小酒杯斟满，推到她手里，酒杯里的酒摇摇晃晃仿佛快要溢出。克莱尔舔了舔手腕，将酒一饮而尽，再用力咬住青柠片，双眼紧闭。她将青柠片吐在小地毯上，猛地把酒杯朝下扣到桌面上，一边颤抖着一边大笑。

　　"天哪！我的老天爷，我都流眼泪了。要是再多喝一点儿，我的睫毛膏就要顺着脸颊流到嘴边了。"

　　"女士，"妮娜严厉地说，"我们才刚开始。利——我是说，诺拉下一个来。"

　　"你们知道吗……"汤姆说，此时我在桌旁跪下来，"如果你们想来点儿小众的，我们可以喝罗亚尔斯龙舌兰。"

　　"罗亚尔斯龙舌兰？"我注视着妮娜把小酒杯倒至满溢，酒液溅落，在玻璃桌面上形成积水。"那是什么？香槟？"

　　"可能吧，但我做的不一样。"汤姆把手伸进裤兜里拿出一小袋白色粉末。"来点儿比盐更有意思的东西？"

　　哎呀。我抬头瞥了一眼挂钟：连八点都不到。照这个速率到了午夜我们都会烦躁不安的。

"可卡因？"梅拉妮说，她把胳膊交叉在胸前冷冷地望着汤姆，声音里透出厌恶的情绪。"真的吗？我们不再是学生了，有些人还是家长。我不认为挤奶喂养时能把那东西区分出来。"

"那就别了呗。"汤姆耸耸肩，话里带刺地说。

"开饭了！"在大家都突然默不作声时，站在门口的弗洛打破了尴尬。她的双臂在一只巨大盘子的重压下发着抖，盘子上盛满了芝香四溢的比萨，其中一只胳膊下还夹着一个瓶子。"在我把这一小份弄得我姨妈的小地毯上到处都是之前，能不能有人把咖啡桌清一清？"

"跟你说，"克莱尔边看着我和妮娜收拾桌面边说，然后探身过去给了汤姆一个咸柑橘吻，"我们留着吃点心时再喝。"

"没问题。"汤姆轻描淡写地说，他把那包东西塞回口袋，"我可不希望把我这些很贵的药强加在不懂得欣赏它们的人身上。"

梅拉妮淡淡一笑，从弗洛胳膊下面拿过瓶子，弗洛把托盘滑到桌上。梅拉妮站起身来。

"嗯，说到香槟……"

"啊！这是个特别的时刻。"弗洛说，她笑容满面，似乎感觉不到在梅拉妮和汤姆之间涌动着气氛紧张的暗流。"打开软木塞，梅梅，我去拿玻璃杯。"

当梅拉妮剥开箔纸时，弗洛打开镜门橱柜开始搜寻。她走过来，脸颊微微涨红，手里抓着半打香槟杯，这时候正好传来响亮的一声"砰"！软木塞从空中飞过，撞到平板电视上弹开了。

"哎呀！"梅拉妮一只手捂住嘴，"对不起，弗洛。"

"不用担心。"弗洛爽朗地说。但她趁梅拉妮弯腰倒香槟的时候偷偷检查了电视屏幕，一边用袖子擦着屏幕一边回头做了个有点儿厌烦的表情。

每个人拿了一只杯子，我努力微笑。我其实并不喜欢香槟——它令我头痛欲裂，引起胃酸过多性消化不良，并且我不太喜欢气泡饮料，句号——然而没人给我机会拒绝。

弗洛举起她的酒杯，转过头对我们围坐成的小圈扫视一周，引起所有人的注意，然后她停下来，目光停留在克莱尔身上。

"让我们一起过一个伟大的单身周末，"她说，"一个完美的单身周末，为了一个女孩所能拥有的最好的朋友干杯。敬我的磐石，敬我的一生挚友，敬我的女主角和灵感源泉——克莱尔！"

"和詹姆斯。"克莱尔面带微笑地说，"不然我可不能喝，我没自负到能敬自己的地步。"

"噢，"弗洛稍微想了想说，"嗯，我的意思是，我只是觉得……这个周末的主角难道不应该只是你吗？我觉得重点是忘记新郎一会儿。不过当然，如果你更喜欢的话，敬克莱尔和詹姆斯。"

"敬克莱尔和詹姆斯！"所有人异口同声地说着喝下酒。

我也喝了，感觉气泡在喉咙里尖刻地咝咝作响，令酒很难下咽。

克莱尔和詹姆斯。克莱尔和詹姆斯。我仍然不能相信——无法将他们俩同框。十年里他真的改变如此之大吗？

当妮娜轻推我的肋部时，我还低头凝视着自己的酒杯："快得了吧，你是试图在香槟渣滓里看出自己的命运吗？我觉得没戏。"

"只是在思考。"我敷衍地笑着说。妮娜扬起眉毛，有一瞬间我觉得她打算说些什么，说出一句她那些臭名昭著的让人受伤畏缩的话，这令我的胃里翻江倒海。

但在她开口前，弗洛拍了拍手说道："别待着不动了伙计们！吃比萨了！"

妮娜拿了一只盘子给自己盛起了比萨。我也是。肉比萨上铺着廉价辣肠，散发着一股化学气味的红油漏得满盘子都是，但跑步以后我很饿。我拿了一块辣肠的，一块菠菜蘑菇的，然后又把烧焦的皮塔饼和鹰嘴豆泥放进盘子。

"伙计们，如果需要就用餐巾，我不想让地毯沾上油渍。"弗洛边来回转悠边说，这时其他人正开始吃起来。"哦，还有请确保把素的留给汤姆？"

"弗洛洛，"克莱尔把一只手放在她的肩上，"我确定没关系的。汤姆不可能吃下所有素比萨的。另外，如果不够的话冷冻柜里还有呢。"

"我知道。"弗洛说。她面色发红，不耐烦地把头发推回发夹里。她的银色上衣上沾着比萨酱。"这是原则问题。如果想要素食就应该点素的。我不能容忍只不过因为自己不喜欢今天的肉比萨就霸占素餐的人，那意味着素食客人没得吃了！"

"抱歉，"我说，"听着，我拿了一块蘑菇的。你想让我放回去吗？"

"嗯，不了，"弗洛烦躁地说，"它现在八成都沾满辣肠了。"

有片刻我想过指出所有比萨都已经沾满了辣肠油，如果她那么在意，也许应该把它们分盘放，但我保持了沉默。

"没事的。"汤姆说。他在自己的盘子里堆了三块蘑菇比萨和一大团鹰嘴豆泥。"这些够我吃的了，真的。如果我再多吃一点儿盖瑞会让我做引体向上一直做到圣诞节的。"

"谁是盖瑞？"弗洛问，她拿了一块辣肠比萨坐到沙发上，"我以为你的另一半叫布鲁斯？"

"盖瑞是我的私人教练。"汤姆低下头颇为自得地看着他明显的腹肌，"他有一份艰辛的工作，可怜的爱人。"

"你有私人教练?"弗洛看起来被深深震撼到了。

"亲爱的，是个人都有私人教练。"

"我就没有。"妮娜断然说道。她把一块比萨塞进嘴里，边吃边说，声音模糊不清，"我只去健身房锻炼，才不需要一个工具在我健身时冲我大喊大叫。那个——"她做了一个夸张的吞咽动作，"——我需要，我的 iPod 就是干那个用的。但如果副歌变得枯燥无味，我喜欢把它调成随机播放模式。"

"怎么会呢!"汤姆大笑着，"我不可能是这里唯一的一个，肯定的啊! 诺拉，你呢? 你看起来不像是得了作家肥胖症的人。"

"我?"正吃着比萨的我抬起头看他，突然成了每个人注意力的焦点让我吃了一惊。"不! 我连健身房会员卡都没有，我就光跑步。唯一对我大喊大叫的是维多利亚公园里的小孩子们。"

"那克莱尔呢?"汤姆恳求道，"梅拉妮? 快点啊! 谁来支援我一下。这是再正常不过的事了!"

"我有教练，"克莱尔承认道，"不过——"在汤姆开始欢呼时她举起一只手，"——只是因为我需要减重几磅才能穿上我的婚纱!"

"我从来不懂为什么人们那样做。"妮娜又咬了一口比萨。辣肠油顺着她的下巴滑落，她伸出舌头阻止油滴继续下滑。"买一件小两个尺寸的裙子，我是说。归根结底，大概是男人跟你求婚时你是个肥婆。"

"拜托!"克莱尔已经开始大笑，不过声调中透出一点儿尖刻，"我不是肥婆! 也和詹姆斯无关，虽然他也有健身教练，我得加一句，是我想要在婚礼当天呈现出最好的自己。"

"所以，只有瘦人好看了?"

"我不是那么说的！"

"嗯，你说'最好的自己'等于减了两个裙子尺码——"

"减几磅，"克莱尔气冲冲地插嘴道，"是你说两个裙子尺码。反正，你还好意思说！你瘦得跟个耙子一样！"

"意外而已，"妮娜傲慢地说，"不是设计好的。我不是个有身材歧视的人。问问杰斯。"

"哎呀，搞什么名堂，"克莱尔把她的盘子放到桌上，"听着，我碰巧认为我个人接近十号时比十二号好看，行吗？跟其他任何人没关系。"

"妮娜。"弗洛用警告的语气说道。但妮娜不见有停下来的意思，一边诚挚地点着头，一边配合着捂嘴偷笑的汤姆和遮遮掩掩坏笑的梅拉妮。

"是啊，我知道了，"妮娜继续说，"跟荒谬的西方理想化的患有厌食症的模特们无关，也跟媒体上总是保持骨瘦如柴形象的流浪儿无关。其实——"

"妮娜！"弗洛又说道，这次更生气了。她站起来，把盘子"砰"的一声放下，妮娜抬头看去，吓了一跳，话说到一半。

"你说什么？"

"你听到了。我不知道你的问题是什么，但别说了，行吗？这是属于克莱尔的夜晚，我不会让你寻衅打架的。"

"谁寻衅打架了？到处扔盘子的可不是我。"妮娜冷冷地说，"真是可耻啊，亏你还那么热衷于照料你姨妈的东西。"

我们都随着她凝视的方向看去，看到弗洛拍在咖啡桌的盘子上有了道裂缝。有个瞬间我看到一头受了刺激的公牛的形象，就要发起进攻了。

"听着！"弗洛气势汹汹地说，房间变得相当寂静，比萨块悬在半空，玻璃杯被抿了一半，等待着这场爆发。

"没事的。"克莱尔打破了紧张的停顿局面，她一边伸出手，把弗洛拉回去在自己身边就坐，一边大笑。"说真的，这只是妮娜的幽默感，你会习惯她的。她不是在责骂我，很大程度上。"

"没错。"妮娜说。她点点头，完全直接面对。"抱歉。我只是觉得那种对体形严重损害健康又不切实际的期望很滑稽。"

弗洛看了妮娜好一会儿，继而又转头看看克莱尔，一脸的不确定。她短促地笑了一声，笑声不是非常有说服力。

"来吧，"汤姆打破了紧随其后的沉寂，"这个派对离我喜欢的醉醺醺和混乱还差得远呢。谁来喝下一杯？"他环顾小组一周，目光落在了我身上，黝黑的脸上泛起一阵坏笑。"诺拉，你看起来过于清醒了，你根本没喝那杯餐前酒。"

我呻吟一声。但妮娜边用力点着头边把一个斟满的小酒杯推向我，汤姆拿出青柠角和盐瓶。"这没什么。最好是喝完了事，就像喝药一样。"

汤姆摇晃瓶子把盐撒到我的腕弯里，我把盐舔掉，抓起妮娜推来的酒杯，一饮而尽，然后一把夺过汤姆手里的大青柠片。就在龙舌兰酒顺着我食道内侧热辣地流过时，柠檬汁在我齿间爆炸泛滥。我等了片刻，边倒抽着气边咬紧牙关对抗那股味道，随后一阵熟悉的暖意传遍我的毛细血管，弱化了我的视觉边缘，形成了一定的钝化现实图。

也许酒至微醺会让这个周末变好很多。

我意识到他们都看着我，等着什么。酒杯还捏在我手里。"干了！"我猛地把杯子放到桌上，把青柠皮扔到我的空盘子上。"谁是下一个？"

"做一个罗亚尔？"汤姆狡猾地问道，他举起白色袋子。

克莱尔轻轻推了推我的肋部："来吧，看在旧时光的分儿上，好不？记得我们第一次吸粉吗？"

我记得，虽然我很确定那不是可卡因，更像是磨成粉的阿司匹林，甚至那时我也并非真想尝试。我只是跟着克莱尔，像只绵羊一样，唯恐被落下。

"我们一起来，"克莱尔告诉他，"也给妮娜一条。她也参与，对吗，医生？"

"你懂医生们的，"妮娜皮笑肉不笑地说，"自行用药出了名了。"

汤姆拿着他的信用卡和那袋粉末跪在玻璃咖啡桌的一角，我们都注视着他郑重其事地倒出粉末，切切砍砍，再分成整齐的四条。然后他抬头看着我们好奇地扬起眉毛："我自认为要挤奶哺乳的梅儿·仇不会加入我们了，但你呢，无所不能的女主人弗洛伦斯·克莱？"

我望向弗洛。她面色绯红，看似喝得明显比我看到过她手里拿的那杯香槟量多。

"伙计们，"她生硬地说，"我……我对此不太高兴。我是说，这是我姨妈的房子。要是——"

"哦，弗洛洛！"克莱尔亲了她一下，把手放到她嘴上，制止她的抗议。"别傻了。如果不想就别吸，不过我真的觉得你姨妈不会带着她的嗅探犬来这里做倒立，还开始记名字的。"

弗洛摇摇头，挣脱克莱尔的胳膊开始收拾盘子。梅拉妮也站了起来。

"我来帮你。"梅拉妮意有所指地说。

"要吸的人有更多了！"汤姆用咄咄逼人的愉快语气说道。他卷起一张十英镑的钞票，吸光他的那条粉末，一边擦着鼻子一边揉搓着牙龈上的颗粒。"克莱尔？"

克莱尔跪下来迅速而老练地做了同样的动作，这让我好奇她有多经常这么做。她站起身，稍有摇摆，然后大笑起来："天哪，我不可能这就兴奋起来了。肯定是龙舌兰酒！妮娜？"她递出十英磅纸币，妮娜做了个鬼脸。

"谢谢，不过不用了，谢了！找个不明真相的店员把那块手绢花了吧。我用我自己的，谢了。"她从平放在壁炉上的《时尚生活》杂志封面上撕下一条纸，吸光了第三条粉末。我一阵畏缩，一边看着被弄坏的封面一边希冀弗洛回来后不会注意到。

"诺拉？"

我叹了口气。我第一次吸粉是和克莱尔一起，是真的，那也是我最后一次吸。

此刻我笨拙地跪在地毯上，任妮娜将《时尚生活》杂志破坏得更多一点儿，感觉像一幅滑稽的讽刺画。这像一部低劣的恐怖片中的场景——就在杀人狂进来开始用刀砍人之前。我们需要的只是几个在带泳池的房子里亲热的孩子，让他们做第一批受害者。

我吸光了那条粉末，站起来，感到血液匆忙从脑袋流走，鼻子和嘴巴后部渐渐变得麻木和奇怪。

我年纪太大不适合做这个了。这从来都不是真正的我，即使回到上学的时候。我愿意顺从克莱尔，只不过因为我意志薄弱到不会拒绝。仿佛透过一层迷雾，我记起詹姆斯对这一切虚伪行径侃侃而谈："他们让我发笑，为乐施会[1]发起禁食，对雀巢提出抗议，然后把

---

1 译者注：乐施会，一个具有国际影响力的发展和救援组织的联盟，它由十三个独立运作的乐施会成员组成。

他们的零用钱倾销在哥伦比亚毒品巨头上。废物。他们难道看不到讽刺意味吗？哪天给我来点儿土生土长的好大麻吧。"

我倒回沙发里，闭上眼睛，感觉着龙舌兰酒、香槟和可卡因在静脉中混在一起。整个晚上我都在试图把自己曾经认识的那个男孩和今天的克莱尔联系在一起，而只把焦点对准了这一切有多奇怪。他真的变了那么多吗？他们是否坐在伦敦的公寓里，并肩吸着粉，他又是否想起自己在十六岁时说过的话，反思其中的讽刺意味——他成了自己多年前嘲笑的那些废物中的一员？

那幅画面很伤人，像一个没有完全愈合的伤口乍然感到绞痛。

"利？"我仿佛通过一层迷雾听到克莱尔的声音，不情愿地睁开眼睛。"利！快点儿——集中注意力，小妞！你还没喝醉呢，对吧？"

"对，没醉。"我坐起来，揉着脸。我不得不熬过去。现在没有出路，除了继续向前。"实际上我离喝醉还差得远呢。龙舌兰酒呢？"

10

"我从没……"克莱尔四肢伸展地躺在沙发上，双脚放在汤姆腿上，炉火映衬着她的头发。她一只手拿着小酒杯，另一只手拿着青柠片，保持着它们的平衡，仿佛在权衡自己的选择。"我从没……加入过高空聚乐部[1]。"

大家陷入沉默，接着弗洛爆发出一阵笑声。然后，汤姆脸上带着反常的表情，非常缓慢地举起了他的酒杯。

"干杯，亲爱的！"他一口把酒吞下，嘬了嘬青柠，同时做了个鬼脸。

"哦，你跟布鲁斯！"克莱尔说，她的声音有嘲讽意味又像是发笑，但态度很友善。"你们八成是在头等舱做的！"

"商务舱，我明白你的意思。"他又把酒斟满，环顾一下大家围

---

1 译者注：高空俱乐部，俚语，意指在高空飞行的飞机上有过性经历的个体组成的集合。

坐成的圈子。"什么，认真的吗？就我一个人吗？"

"什么？"埋头在电话里的梅拉妮抬起头来，"对不起，我刚才有了半格信号，所以想试着打给比尔，但信号又没了。是真心话还是大冒险？"

"都不是，我们继续下一步了。"汤姆说，他的声音含混不清。他显然在一生之中做过不少奇怪举动，正在这个游戏里付出代价。"我们在玩'我从没'，而我有加入高空俱乐部。"

"哦，抱歉。"梅拉妮心不在焉地将她的酒一饮而尽，擦擦嘴。"好啦。听着，弗洛，我能再用一下座机吗？"

"不，不，不，不！"克莱尔边摇着一根手指边说，"你可没那么容易就应付过去了。"

"当然不行！"弗洛愤然说道，"怎么回事，在哪里，拜托，夫人？"

"哦，蜜月旅行的时候跟比尔。是夜航，我在厕所给他吹的。这算吗？反正我现在已经喝了。"

"嗯，那样的话，严格地说是他加入了高空俱乐部，不是你。"汤姆说。他慢吞吞地使了个不怀好意的眼色。"不过因为你都喝了，我们就算是吧。继续！好的，该我了。我从没……妈的，我没做过什么？哦，我知道了，我从没试过水上运动。"

大家爆发出一阵大笑，没人喝酒，汤姆呻吟起来。

"什么，认真的？"

"水上运动？"弗洛不确定地说。她把酒杯举到一半，却四下环顾，试图弄清有什么好笑。"什么，像是水肺潜水之类的吗？我曾经玩过帆船，这算吗？"

"不是的，甜心。"克莱尔说，她弯下腰在弗洛耳边轻语几句。

随着克莱尔的耳语，弗洛的表情变得震惊，然后又变成饶有兴趣的反感。

"不可能！多令人反胃啊！"

"别这样，"汤姆恳求地说，"跟汤姆叔叔承认了吧，我们这儿都是女孩，没什么好害臊的。"又是一阵沉默，继而克莱尔大笑起来。

"对不起，跟像我们这样封闭保守的人一起出来就是这样。来吧，像个男人一样接受了吧。"

汤姆干了他的酒，又斟满，然后仰靠在沙发上，一只手罩着眼睛："该死的啊，我在为失足的青春买单。房间天旋地转了。"

"该你了，利。"克莱尔坐在沙发上说。她面色绯红，金色的头发散落在肩膀上。"泄密吧。"

我一阵反感。这是我一直担心的时刻。上一局里，我试图在龙舌兰酒、香槟还有朗姆酒中摸索着穿行，想着要说什么，但每段回忆似乎都把我带回到詹姆斯身边。我想起所有自己从没做过、没说过的事。我闭上眼睛，房间仿佛倾斜位移起来。

和满屋子的朋友玩这个游戏是一回事，大家对彼此要说什么已经心里很有数，但这种令人不安的陌生人和旧相识的组合是另一回事。我从没……天哪，我能说什么？

我从没弄清他为什么那样做。

我从没原谅他。

我从没忘记他。

"利……"克莱尔用唱歌的声音说道，"现在快来吧，别让我在下一轮给你难堪。"

我的嘴巴后部有一股龙舌兰酒和可卡因的糟糕味道。我受不了再喝了，不然就要想吐了。

我根本从未了解过他。

他怎么能娶克莱尔呢？

"我从没有过文身。"我脱口而出。我知道这么说很安全，汤姆已经承认过他有个文身。"

"废话……"他发了句牢骚，又干了一杯酒。

弗洛大笑："来吧！你没那么容易应付过去。给我们看看，讲讲，拜托。"

汤姆叹了口气，解开衬衫的扣子，露出黝黑健美的宽广胸膛。他把一只袖子顺着肩膀滑下来，转身给我们看。那是一颗心，有一只箭将它刺穿，上面交错着"没那么愚蠢"的斜体字。"好了。"他开始扣衬衫扣子，"现在来吧，你们其他人，我不可能是唯一有的。"

妮娜一言不发，只是把牛仔裤的裤管口往上拽了拽，展示出跟腱上一只某个品种的小鸟，正从她的脚踝向上奔跑。

"那是什么？"弗洛靠近一些凝视，"黑鸟？"

"是一只猎鹰。"妮娜说。她未做详尽说明，把牛仔裤拉回去，干了她的酒。"你呢？"

弗洛摇摇头："我这种胆小鬼不敢！不过克莱尔有！"

克莱尔咧嘴一笑，把自己从沙发上撑起来。她转身背对我们把银色上衣拉了起来，衣服像鱼皮一样闪闪发光。她身后的牛仔裤上方显现出一对凯尔特图案，向她的细腰蜿蜒而去。

"屁股鹿角！"妮娜哼了一声。

"年轻人的愚蠢行为。"克莱尔说，面露悔意，"二十二岁的时候去布莱顿旅行喝醉了。"

"等你老了以后它们看起来会很讨喜，"妮娜说，"至少它们能给在养老院里指定给你擦屁股的年轻男人指路。"

"这会给他点儿可以看的东西，可怜的家伙。"克莱尔一边大笑着一边把上衣拽回原处，再把自己扔回沙发上，喝光了她的那杯酒。"梅梅?"她叫道。

但梅拉妮拖着电话去了门厅，只有拖地的电话线和她低沉急迫的声音暴露了她的位置。"……他把那瓶喝了?"我们听到这句话从走廊传来，"几盎司?"

"去他的，"妮娜果断地说，"落水人员。好的，我从没……我从没……我从没……"她看看我又看向克莱尔，脸上突然显现出邪恶的表情。我的胃快速翻转起来，在喝醉的妮娜身边不总是那么好待的。"我从没和詹姆斯·库珀滚过床单。"

房间内一阵不确定的笑声。克莱尔耸耸肩喝了口酒。

然后她矢车菊的蓝眼睛和妮娜咖啡色的棕眼睛都转到了我身上。一时间鸦雀无声，只有弗洛和电话里的男孩闯了祸的消息打破了沉寂。

"去你的，妮娜。"我把杯中酒一口喝光，拿着杯子的手颤抖着。然后我起身走进门厅，双颊烧得火热，霎时间感觉非常非常醉。

"你可以一直给他半个香蕉当早餐，"梅拉妮说着，"如果给他葡萄，要先把葡萄切成两半或者用那个网状的东西。"

我从她身边挤过去上了楼梯。弗洛不解的问话声追随着落荒而逃的我："什么? 发生什么事了?"

跑到楼梯平台的我闯进浴室，锁上了身后的门。然后我跪在马桶前呕啊呕，直到肚子空空再也吐不出来。

天啊，我喝醉了。醉意足够让我下楼赏妮娜这根搅屎棍一巴掌。好吧，她不知道我和詹姆斯全部的故事。可她知道的足以让她意识到那样做会置我于可怕的境地——克莱尔也是。

有一瞬间我恨他们所有人：恨妮娜用可怕的尖锐问题刺激我，恨弗洛和汤姆在我喝醉时直愣愣地注视我，恨克莱尔强迫我来。而我最恨的是詹姆斯——恨他让克莱尔嫁给他，恨他为这一系列的连锁反应开了头。我甚至恨无辜可怜、被遗忘了的梅拉妮，恨她身在此处。

　　我的胃里又一阵恶心，但当我站起来往马桶里吐，除了嘴里泛起一股糟糕的龙舌兰酒味，什么也不剩了。然后我冲了马桶，走到镜子前漱口，往脸上泼水。我脸色苍白，颧骨上泛着斑驳发热的潮红，睫毛膏也糊掉了。

　　"利？"有人敲门。听出是克莱尔的声音，我把脸埋进双手里。

　　"我需——需要一分钟。"我结结巴巴地说。我毕业以后就没结巴过了。踏出雷丁的一瞬间，我便莫名其妙地摆脱了结巴的毛病，随之而去的还有可悲笨拙的个性。诺拉从不结巴，我在倒退变回利。

　　"利，对不起。妮娜不该——"

　　呃，滚开，我想。求你了，就别来烦我了。

　　门外有低语声传来，而我试图用颤抖的手指捏着卫生纸修整睫毛膏。

　　天啊，这真可悲。就像回到了学校——女生间的钩心斗角、恶意中伤。我发过誓再也不回去。这是个错误，一个糟糕透顶、糟透了的错误。

　　"对不起，诺拉。"是妮娜的声音，因酒精含混不清却带有真诚的担心——至少听起来是。"我没以为……求你，出来吧。"

　　"我需要上床了。"我说。我的喉咙卡住了，因为呕吐变得嘶哑。

　　"利……诺拉，求你了，"克莱尔乞求道，"别这样，我很抱歉。妮娜也很抱歉。"

我深吸一口气，把门锁滑开。

她们站在外面，在明亮的浴室灯光的照耀下面带愧色。

"拜托，利，"克莱尔抓住我的手，"回到楼下来吧。"

"没事，"我说，"说真的。我真的累了，为了赶火车我五点就起床了。"

"好吧……"克莱尔不情愿地放开我的手，"只要你不怄气离开就好。"

我感到自己不由自主地咬紧了牙关。冷静。别让你成了这件事的焦点。

"不，我不会'怄气'离开的，"我说，努力让声音听起来轻松，"我只是累了。现在，我要去刷牙了。明早见。"

我用手肘推开她们挤进卧室去拿洗漱包，当我回来时她们仍然站在原地，妮娜一只脚点击着镶木地板。

"所以，你是认真的？"她说，"你要逃了？天啊，利，那只不过是个玩笑。要冒犯谁的话，也应该是克莱尔，她都没事。你是毕业后就失去幽默感了吗？"

瞬间我想遍了所有能做的回应。那不是玩笑。她完全知道那个问题对我来说意味着什么，而她故意在我无法回避和掩饰的时间和地点谈到詹姆斯。

但意义何在？我像个白痴一样中了圈套，不出所料地爆炸了。完事了。

"我不是要逃，"我疲惫地说，"已经过了午夜。我五点就起床了。求你们了，我真的只想睡会儿觉。"

即便在说这些话时，我也意识到，自己在恳求，献上借口，试图为离开派对的愧疚行径开脱。不知怎的，这种意识让我神经一紧。我们不再是十六岁了，不必再像有根看不见的脐带把彼此拴在一起一样相处。我们走了不同的路，都存活了下来。我去睡会儿觉永远不会毁了克莱尔的单身派对，我也不必像星室法庭[1]里的囚犯一样为自己的决定辩护。

"我要上床了。"我重复道。

克莱尔和妮娜不作声了。她们互相看了一眼，然后克莱尔说："好吧。"

这个单词比其他任何东西都令我恼怒——我知道她只是在表示同意，但这个词里透着股"准许"的口气，令我深恶痛绝。我不再是任你颐指气使的人了。

"晚安。"我即刻说道，从她们身边挤过去进了浴室。在流水和牙刷刷磨的声音之上，我听到她们在外面窃窃私语。我故意留在浴室里，以不习惯的小心翼翼擦去睫毛膏，直到她们的声音消失，直到她们踩在镶木地板上的脚步声越来越弱。

我舒了一口气，释放掉甚至连自己都不知道的一直绷着的紧张情绪，感到脖子和肩膀的肌肉放松了。

为什么？为什么他们仍然对我有这股影响力，尤其是克莱尔？为什么我任他们影响？

我叹了口气，把牙刷和牙膏随手塞回洗漱包里，推开门，放轻脚步顺着走廊走进卧室。卧室里既凉爽又安静，跟过热又人口过密的客厅很不一样。我能隐约听到贾维斯·考科尔的歌声，他的声音从开放的走廊浮上来，但当我关上卧室门，重重地躺到床上，那声

---

1 译者注：星室法庭，是 15 至 17 世纪英国最高司法机构。1487 年英王亨利七世创设，因该法庭设立在威斯敏斯特王宫一座屋顶饰有星形图案的大厅中，故名。

音减弱，变成了只是闷声的低音声线。不可思议地如释重负。如果闭上眼睛，我几乎能想象自己回到了在哈克尼的小公寓里，只不过少了外面的行车声和鸣叫的喇叭声。

我如此强烈地希望回到那儿，以至于自己几乎能感觉到手心下面印花羽绒被罩磨损后的柔软，看到藤帘在夏天的夜晚轻柔地拍打窗子。

但随后有敲门声传来，当我睁开双眼，一片黑茫茫的森林从玻璃围墙映入眼帘。我叹了口气，调整情绪准备应答，敲门声再次传来。

"利？"

我起身开门。弗洛站在外面，双手插在髋部。

"利！我不能相信你如此对克莱尔！"

"什么？"我突然间感到非常累，"做什么？上床睡觉？"

"我付出了好多的努力为克莱尔打造一个完美的周末——如果你在第一个晚上就把它毁了我会杀了你！"

"我没毁任何东西，弗洛。把这件事闹大的人是你，不是我。我只是想上床睡觉，好吗？"

"不，不好。我不会让你蓄意破坏掉我做这些所为的一切！"

"我只是想上床睡觉。"我像念咒一样重复道。

"呃，我觉得你在做一个……一个自私的婊子。"弗洛大喊大叫道。她脸色通红，看起来仿佛快要飙泪了。"克莱尔……克莱尔是最好的，好吗？她值得……她值得——"她的下巴抖动着。

"是啊，随便什么吧。"我说，没等改变主意，我便在她面前关上了门。

有片刻，我听到弗洛在外面重重地喘着气，我想，如果她抽噎起来，我将不得不出去道歉。我不能坐在这里听着她在我门外崩溃。

但她没有。基于某种巨大的努力，她控制住了自己的情绪，下楼去了，留下近乎要哭出来的我。

我不知妮娜何时上来的，但很晚了，非常晚。我没睡着，却假装睡着了，把枕头盖在头上，蜷缩在羽绒被下面，这时她拖着沉重的步子在房间里走来走去，撞翻几管乳液，踢着她的箱子。

"你醒着吗？"她滑进旁边那张床里时小声说。

我考虑过无视她的话，随后叹了口气翻过身："没有。大概是因为你把每个放得好好的瓶子都撞翻了。"

"抱歉。"妮娜在被子底下缩成一团，当她打哈欠、疲惫地眨眼时，我看到她眼里闪着光。"听着，之前的事我很抱歉。我是真的没……"

"没事，"我懒懒地说，"我也很抱歉，我反应过激了。我只是累了，也喝醉了。"我已经想好了早上要跟弗洛道歉。无论这里谁有错，无疑都不是她的错。

"不，怪我。"妮娜说。她猛地仰面而躺，用一只手盖住双眼。"我做了自己常态下的搅屎棍。但，你懂的，十年了。我以为自己可以被原谅因为我臆断……"她的声音越来越轻，我知道她的意思。你觉得一个正常人能从发生过的任何事里缓过劲来，开始新生活，这种想法是可以被原谅的。

"我知道，"我睡意蒙眬地说，"你以为我不懂吗？可悲啊。"

"诺拉，怎么了？显然发生了什么。对于一场普通的分手你不会有这样的表现。"

"什么也没发生。他甩了我，结束了。"

"我听到的可不是这样。"她又翻滚回侧躺的姿势，我感觉到她在黑暗中凝视着我的脸。"我听说你甩了他。"

"嗯，你听错了。他甩了我。用短信，如果你必须知道的话。"

那之后我很快便把手机扔掉了。那兴高采烈又漫不经心的"吱吱——吱吱"的警报声从未停止过刺痛。

"好吧……还是。听着，我从没问过。他有——"

妮娜停住了。我可以听到她脑中的齿轮转动的声音，试图弄明白如何把复杂的事情措辞清楚。我保持沉默。无论她在想什么，我不打算帮她。

"呃，妈的，不刺探隐私的话就没法儿说了，但我不得不说。他没……他没打你吧，有吗？"

"什么？"

我没想到她会这样问。

"好吧，显然没有，对不起。"妮娜又转身平躺，"我很抱歉。说真的，利——"

"诺拉。"

"抱歉！抱歉，克莱尔把我带成这样了。你是对的，这没任何意义。说真的，话虽如此，你们断绝关系以后你的反应——你不能怪人们好奇——"

"人们？"

"听着，我们当时十六岁——你离开小镇，詹姆斯崩溃了，这非常戏剧化。有些闲言碎语，好吧？"

"哭死。"我抬头盯着天花板。除了外面奇怪的嗒嗒声就是一片彻底的沉默，那声音好像下雨，却比雨点轻柔。"人们真是那么想的吗？"

"是。"妮娜简明地答道，"我会说那是最普遍的推测。要么因为那个，要么是让你得了性传染病。"

天。可怜的詹姆斯。不管他做了什么，他不该承受那样的谣言。

"不，"最后我说，"不，詹姆斯·库珀没有殴打我，或者让我得性传染病。如果有任何人当着你的面'好奇'这个，非常欢迎你告诉他。好了，晚安。我要睡了。"

"那是什么？如果不是那样？发生了什么？"

"晚安。"

我转身侧躺，倾听着寂静，听着妮娜恼火的呼吸声和外面轻柔的嗒嗒声。

然后，终于睡着了。

11

有声音，在外面的走廊里。那声音穿过吗啡造成的模糊不清渗透进我梦里，有片刻我以为自己回到了玻璃房子，克莱尔和弗洛在我门外窃窃私语，她们颤抖的手举着枪。

我们应该检查房子的……

然后我睁开眼，记起了自己在哪儿。

医院。我门外的人是护士，夜间看护……也许甚至还有我之前看到过的警官。

我躺在那儿眨着眼睛，试图让自己因药物变得糊涂的疲惫大脑运转起来。几点了？医院的灯调到了夜间暗光模式，我对时间是晚上九点还是凌晨四点没有感知。

我扭头寻找手机。当我醒来时，总是用手机查看时间。这是我做的第一件事。但床边的储物柜是空的，我的手机不在那儿。

窗边的椅子上没有挂衣服，我穿着的病号服上没有兜。我的手机不见了。

我躺在那儿，环顾这间光线昏暗的小屋子。这是一间看起来有些古怪的单人病房——也许是主病房满了，又或许北方人就是这样做事。没有其他病人可以问，墙上也没有挂钟。即便我脑袋旁边轻柔闪烁着的绿色检测仪有时间显示，我也看不到。

一时间我想到了叫喊，问问门外的女警几点了，我身在何处，遭遇了什么。

但随后我意识到，她在跟别人说话，吵醒我的正是他们的低语声。我咽了咽口水，又干又黏，痛苦地把头抬离枕头，准备要大声求助。没等我开口，一句话透过门上的厚玻璃传了进来，令我哑口无言。

"天啊，"我听到，"所以现在我们以谋杀看待？"

12

　　一觉醒来我发现周围清澈明亮，安安静静，只有隔壁床上妮娜轻柔的呼噜声打破了沉寂。当我躺在那儿，舒展肌肉，希望自己之前把水杯重新倒满了水时，我开始拆解起森林的声音来：鸟鸣声，嫩枝折断的声音，还有我识别不出的轻柔的"砰"一声，随之而来的是一阵好像纸张落地的温和声音。

　　我瞥了一眼手机——6∶48，仍旧没信号——然后抓了一件羊毛衫，放轻脚步走到窗前。当我拉开窗帘时，差点儿笑出声来。夜里下雪了，不大，但足以把景致转换成一张维多利亚时代的风景明信片。那就是我前晚听到的奇怪的嗒嗒声。假如我起身看向窗外，就会知道了。

　　天空由粉色和蓝色交织成一片，云朵呈现蜜桃色，被下面的雪色点亮，大地是一张斑驳柔软的白色绒毯，鸟的印迹和掉落的松针在上面纵横交错。

这场景让我双脚发痒，我即刻便彻骨地知道自己必须得去跑个步。

那双放在暖气片上的运动鞋结了泥痂但干了，紧身裤也是。我套上一件保暖上衣戴了一顶帽子，觉得自己不需要穿外套。即使在严寒的日子，只要不起风，我散发出的热量足够给自己保暖了。外面的清晨是静止的。没有一根树枝在风中摇摆，唯一的落雪是由重力造成的，不是风；树枝因积雪的堆压而弯曲。

我穿着袜子轻声慢步地沿着楼梯往下走，能够听到每间屋里都传来温和的鼾声，直到走到门垫才穿上运动鞋，这是为了保护弗洛姨妈的地板。前门有一排吓人的锁和门闩，于是我踮着脚尖穿行至厨房，那儿的门只是那种有一个把手和一把钥匙的。钥匙转得很顺畅，我抬起门把手。拉开门时我一阵畏缩，突然好奇自己是不是应该先把什么激活的警报预位解除——但没有尖声的警报响起，于是我神不知鬼不觉地溜进了严寒的清晨开始热身。

当我沿着林荫路向上往回慢跑时大约是四十分钟后，两颊因寒冷和卖力而泛着红光，在天空锐利蓝色的映衬下，我呼出白色云朵般的气息。我感到轻盈而镇定，挫败和紧张被落在了森林里的某个地方。然而，当我看到多功能热水器散发出一团像特快列车冒出的蒸汽一样的烟雾时，心又稍稍一沉。有人起床了，正在用热水。

我一直希冀可以在其他人睡觉时独自静静地待上一会儿，按自己的方式吃早餐，没有尴尬的闲聊。当我离得更近，我看到不光有人起床了，他们还出过门。有一些脚印沿着房子的一个后门一直通往车库，然后又回到那栋房子。多古怪啊。所有的车都停在房子前面，停在室外。是什么理由能让任何人去车库呢？

因为没再卖力往山上跑了，被汗湿透的上衣开始让我感到寒冷，我也想喝杯咖啡，于是折回厨房门口。不论谁起床了，都会给我个解释的。

"有人吗？"我边开门边轻声叫道，不想吵醒其他人，"只是我啦。"

有人坐在柜台前，俯身对着一部手机。她抬起头，我看到是梅拉妮。

"嘿！"她对我微笑，深深的桃色酒窝在两颊上出现又消失。"我以为没有别人起床了呢。你出去在雪里跑步了？你疯了啊！"

"很享受的！"我在门外的地垫上把运动鞋上的雪抖落然后脱下鞋，拎着鞋带。"几点了？"

"七点半。我起来大概二十分钟了。真是太讽刺了——这个让我不用被本吵醒可以赖床的机会，结果呢，我睡不着了！"

"你形成习惯了。"我说，她叹了口气。

"太他妈对了。想要茶吗？"

"我更想来点儿咖啡，如果有的话。"我想起来得太晚了，"哦，真倒霉，没有咖啡是吧？"

"是的。我要死了，我在家也是个咖啡控。上大学时一直喜欢喝茶，但比尔让我转变了口味。我试过喝足量的茶摄取等量的咖啡因，不过我觉得我的膀胱在生理上受不了。"

哦，好吧。至少茶是热的、湿的。

"我乐意来杯茶。你介意我先去快点儿冲个澡换身衣服吗？我昨天也穿这身跑的，八成都臭了。"

"没问题。我刚在做吐司呢，等你下来时我也做好了。"

十分钟后我下楼时，楼下飘来吐司的香气和梅拉妮哼唱《巴士上的轮子》的声音。

"嘿，"当我边用毛巾擦着头发边走进厨房时她说，"有马麦酱、橘子酱和草莓酱。"

"没有树莓酱吗?"

"没。"

"那就请给我马麦酱吧。"

她把酱汁抹到吐司上，再把盘子推到我这边，然后偷偷低头看了看放在柜台上的手机。我咬了一口吐司问道:"还是没信号吗?"

"没有。"她礼貌的微笑消失了，"这真的让我心烦了。他只有六个月大，自从我们开始喂固体食物他就有点儿不稳定。我只是……我知道这很逊，但我讨厌不在他身边。"

"我能想象。"我深表同情地说，尽管我并非真的感同身受。我可以把它和想家联系起来，而有个弱小无助的生命等着你回来，那感觉一定更强烈几倍。"他现在长什么样子?"我问，试图使梅拉妮振作。

"哦，他很可爱!"梅拉妮的笑容回来了，这次多了一些确信。她拿起手机开始快速翻看起相册来。"看，这是他长第一颗牙的时候拍的。"

我看到一张模糊的照片，照片上是一个看不出有牙的圆脸小孩，但她很快翻过那张照片去找别的了。我们翻到一张看起来像牛头牌芥末工厂爆炸一样的照片，她做了个怪相。

"哦，天哪，抱歉啊这张。"

"那是什么？"

"本把一大坨便便弄到了头发上！我拍了张照片给上班的比尔看。"

"比尔和本[1]？"

"我知道，"她羞怯地笑了笑，"他还在我肚子里时我们就开始叫他本了，开玩笑的，可是不知怎的就一直叫下去了。我的确是觉得有点儿不好，但我估计，在生活中他不会经常和他爸配成一对的。哦，看这张——他第一次游泳！"

这张更清晰——一个明亮的蓝色泳池里一张惊愕的小脸，红色的小嘴因恼羞成怒做出义愤填膺的"噢"的口型。

"他看起来很可爱。"我说，努力不让自己听起来对此渴望。天知道，我不想要小孩，但是看到别人快乐的家庭，感到自己被排除在外让我有所不快，即使在不该有这种感觉的时候。

"是很可爱，"梅拉妮说，面色柔和，"我觉得很幸福。"她几乎不知不觉地摸了摸脖子上挂的十字架，然后叹了口气。"我只希望这里有信号。我真的本以为已经准备好离开他了，可是现在……两个晚上太久了。我不停地想，如果出了什么差错而比尔打不通电话怎么办？"

"他有这栋房子的座机号码，不是吗？"我咬了一口抹着马麦酱的吐司。

梅拉妮点点头。"是的，其实，"她又看了看手机上的时间，"我说过今早会给他打电话，他担心打得太早把大家吵醒。你介不介意

---

1 译者注：《比尔和本》英国卡通绘本，系列动画片，讲述两个男孩本和比尔的故事。

我……"

"一点儿也不介意。"我说。她站起来,喝光杯中茶,把杯子放在柜台上。"哦,顺便问一句,"当她朝门口走去时我突然想起来,"我是想问,你去车库了吗?"

"没啊?"她看起来吃了一惊,她的声音让这个词成了一个问句。"为什么问?它开着吗?"

"我不知道,我没试着去开门。但有脚印指向那里。"

"太古怪了,不是我。"

"离奇。"我又咬了一口吐司,深思熟虑地咀嚼。脚印很明显,所以它们一定是在雪停了以后踩上去的。"你不觉得……"我说,然后停住了。

"什么?"

我没考虑清楚要说什么,而现在,当我说这句话时,发现自己很奇怪地不情愿说出来。"嗯……我之前认为是有人从房子去了车库又回来了,但也可能是相反的。"

"什么……像是有人在巡视?有从山下上来到车库的脚印吗?"

"我没看到。车库离树林太近了,我觉得足迹不会显现在那儿——雪很斑驳溃破。"

另外,尽管我没说,如果林荫小路上有足迹,我一跑也有效地把它们抹去了。

"别管了,"我边说边毅然端起茶,"这很傻。大概只是弗洛出去拿了点儿东西。"

"是啊,你说的对。"梅拉妮说。

她耸耸肩离开了房间,当她拿起电话时我听到听筒发出"嘟"的一声。我没听到按键拨号的声音,反而听到"嘟、嘟、嘟",然后是"砰"的一声猛地放下听筒的声音。

"搞什么名堂，电话断线了！说真的，这是最后一根稻草。如果本发生什么事怎么办？"

"等等，"我把盘子放进洗碗机，跟着梅拉妮进了客厅。"让我试试。也许是他的号码出了问题。"

"不是他号码的问题。"她把听筒递给我，"死机了。听。"

她是对的。没有拨号音，只有有回声的空线和微弱的按键声。

"一定是雪。"我想起森林里的树枝因负重而下垂。"一定是雪压垮了树枝，把线路弄断了。工程师会把它接回来的我想，但——"

"但什么时候？"梅拉妮说。她粉红的脸上神情难过，眼中含着泪。"我不想为了这些大惊小怪给克莱尔添麻烦，但这是我第一次离开他，而且诚实地说，我过得相当差劲。我知道自己应该一直像'唔！和女孩们出来的夜晚！'，我不再想做这些了——喝酒跟愚蠢的胡闹所有这些。谁跟谁睡了关我屁事，我只想回家搂着本。你想知道我早醒来的真正原因吗？因为我的乳头他妈的像石头一样硬，它们太痛了以至于把我痛醒了，把该死的床漏得到处都是。"她现在真的哭了起来，流着鼻涕。"我不得不起、起床，把奶挤进水池里。现在这是最后一根稻草，我不、不、不知道他们是否没事。我不想再待在这里了。"

我边凝视着她边咬着嘴唇。我心里有一部分想要拥抱她，另一部分却对她泪痕累累、鼻涕横流的脸感到退却。

"嘿，"我尴尬地说，"嘿，听着……如果你过得很差劲……"

我停住了，她没有在听。她盯着看的不是我，而是窗外被雪封住的森林，头脑中仔细考虑着什么，随着啜泣平息，呼吸慢了下来。

"梅拉妮？"我终于鼓起勇气问。

她转过身看着我，用睡袍的袖子擦了擦脸。"我要走了。"她说。

这太突然了，以至于我一时语塞。

"弗洛会杀了我，但我不在乎。克莱尔不会介意的。我觉得她从一开始就不在乎办不办单身派对，全都是弗洛奇怪地痴迷于做全世界最好的朋友。你觉得我能把车开下去吗？"

"能，"我说，"只是树下多了一层粉尘。听着，汤姆怎么办？你载他来的，不是吗？"

"只是从纽卡斯尔。"她又擦了下脸。梅拉妮现在看起来更镇静了，已经拿定了主意。"我肯定克莱尔或妮娜又或者别人会带他回去，这没什么大不了的。"

"我猜是吧。"我咬咬嘴唇，想象弗洛对所有这些的反应。"听着，你确定不想多留一小会儿吗？他们会很快把电话线接通的，我肯定。"

"不，我已经想好了，现在就走。我是说，会等到弗洛起床，我现在要去收拾行李了。噢！真是如释重负！"她突然面露微笑，只短短几分钟的时间她的脸色就从多云变成晴天，酒窝又重新回到了她的脸颊。"谢谢倾听。对不起我有点儿不知所措，但你真的让我不再纠结了。我是说你说的对——如果过得很烂，留在这里意义何在呢？克莱尔不会想让我感觉痛苦地留在这里的。"

我注视着她缓缓走上楼梯，想来是要去重新打包行李，思索着她最后几句话。

留在这里意义何在呢？我突然意识到，我并不想她离开。不是因为我喜欢她，或者会想念她——我和她还熟不至此，尽管她看起来完完全全是个好人——而是因为我自己有逃跑的幻想。被她落在后面会让逃跑难得多——为了弥补梅拉妮的离席，留下的人身上会增加小部分压力。

　　没有车，没有小婴儿做托词，我可以提出什么理由才能不被认为是因为詹姆斯，因为更好的女人赢了，抢走了我的前男友而产生了酸葡萄心理？

　　我以为自己早已经对克莱尔·卡文迪许对我的看法不再他妈的当回事了。慢慢走回厨房时，我意识到自己错了。

13

　　我是这样认识克莱尔的。那是小学生活的第一天,我独自坐在书桌前努力不哭。其他人都上过幼儿园而我没上过,也不认识任何人。我又瘦又小,梳着硬邦邦的小辫子,妈妈把它们编进我头皮侧面以"防头虱"。

　　我能认字,但我不想任何人知道。母亲说看起来像小"无所不知小姐"会令我不受欢迎,老师们会告诉我如何正确地阅读,而不是用我的既成方式。

　　在其他孩子配成同桌入座闲谈时,我一个人坐着,然后克莱尔走了进来。我从没见过如此美丽的人。她不顾校规散着一头长发,头发像潘婷商业广告一样在阳光下闪耀。她环顾房间看看其他孩子,其中有一两个人一边抱有希望地轻拍着身旁的椅子一边说:"克莱尔!克莱尔,跟我坐!"

　　她选了我。

我不晓得你是否知道被像克莱尔这样的人选中是什么感觉。就仿佛一只温暖的探照灯把你挑了出来，让你沐浴在它的灯光下。你一下子感觉暴露无遗，受宠若惊。每个人都看你，你能看出他们在纳闷儿，为什么是她？

克莱尔坐在我旁边，我感觉自己从无名之辈变成了一个人物，一个别人确实想要交谈和交朋友的人物。

她面带笑容，我发现自己也对她回以微笑。

"你好，"她说，"我是克莱尔·卡文迪许，我的头发太长了我都能坐在上面。我会在校剧里扮演玛丽。"

"我是——"我试图回应，"我是利——"

我是利奥诺拉，这才是我试图说的。克莱尔只是笑笑。

"你好，利。"

"克莱尔·卡文迪许，"是班主任，她边说边把黑板擦猛击在黑板上以引起我们的注意，"为什么你的头发没梳起来？"

"梳辫子会让我有偏头痛。"克莱尔把她天使般阳光灿烂的脸转向老师，"我妈妈说我不用梳，我有医生的字条。"

克莱尔非常喜欢那种伎俩。

她真的可能有医生的字条吗？哪个头脑正常的医生会给一个五岁的小孩写字条允许她披散着头发？

但不管怎样那无关紧要了。克莱尔·卡文迪许那样说了，它就成了事实。她的确成为了校剧中的玛丽。而我成了利，胆小如鼠、说话结巴的利，她最好的朋友。

我永远忘不了克莱尔在那第一天的所作所为。她可以选任何人。她可以使用那张欢迎卡，和其中一个头发上别着芭比发夹，脚上穿着莱利·凯利童鞋的女孩坐在一起。

但她反而选了那个独自坐着、默不作声的女孩，她改变了我。

作为克莱尔最好的朋友我总是可以参与各种游戏，不用被迫等待，孤独却努力不被看出来地在操场边上等着有人叫我去玩。我受邀参加生日派对，因为克莱尔想让我去。当大家知道克莱尔来过我家跟我玩，并且对我的秋千和玩具小屋加以赞许时，其他女孩开始接受我支支吾吾的邀请。

五岁的孩子可以残酷到令人难以置信。他们说成年人永远不会说的话——对你的样子、家庭、说话方式、闻起来的味道、穿的衣服做尖酸刻薄的评论。如果在办公室里有人用那种方式跟你说话，他们会因职场欺凌而被解雇，然而在学校这只是事情的自然规律。每个班都有一个不受欢迎的替罪羊，没人愿意和他坐在一起，每件事都受责备，所有团队游戏都是最后一个被选。而且，也许就好像不可避免地，每个班都有一个社交女王。如果我们班曾经有社交女王，那就是克莱尔，而如果没有跟她的友谊，我可能很容易就成了替罪羊，永远独自坐在那张桌子前。部分的我，在我成人的躯壳里那个害怕的五岁小孩，会永远对这件事心存感激。

别误会，做克莱尔的朋友并不总是那么容易。这只探照灯爱和温暖的光束撤离的速度可以和它被赠予的速度一样快。你可能会发现她愚弄和嘲笑你而不是为你辩解，有很多天我因为克莱尔说了什么话或是做了什么事而哭着回家。但她有趣而慷慨，而且她的救生索是我不能没有的，最后我总是莫名其妙地原谅了她。

另一方面，我妈妈不认同克莱尔，原因让我永远也想不明白。说不通，就因为克莱尔在很多方面都和妈妈一直试图让我成为的样子相似——迷人，健谈，受欢迎，不会太学究气。要上中学时我妈妈说出了她对我会考入当地的文法学校而克莱尔考不上的希望。但她考上了。克莱尔不是苦读的人，没人能指责她读书刻苦，但她聪明，而且考试的时候能发挥好。

于是我妈妈就改成去找老师，要求把我们分在不同班级。我在课上找到了新朋友，一个看似不太可能会与我为伍的伙伴——尖刻、逗趣的妮娜，她有着棕色皮包骨的瘦腿和深色的大眼睛。妮娜的长处正是我的短处，她能在两分三十秒内跑完800米，她很有趣，谁也不怕。在妮娜左右很危险，她的毒舌分不清敌友——你可能一边做她逗趣的笑柄一边大笑。但我喜欢她。而且在很多方面，我感觉和她在一起比和克莱尔一起安全。

尽管如此，却没什么不一样。除了上课，克莱尔都找我。我们一起吃午饭，我们逃学去沃尔沃斯[1]用零用钱消费，买克莱尔喜欢的那些CD，做学校禁止我们涂抹的闪闪发亮的指甲。只被逮住过一次，那时我们十五岁。一只手沉重地落在肩膀上，我们回过头，看到班宁顿先生异常愤怒的脸赫然就在眼前。他威胁要让我们休学，告诉家长，把我们终生监禁……

克莱尔只是抬头看着他，她清澈的蓝眼睛充满真诚。"对不起，班宁顿先生，"她说，"今天利的爷爷过生日。你知道，她曾和爷爷一起住的。"她顿了顿，意味深长地看了他一眼，邀他想起来，顺点连线。"利很难过，没法儿好好上课。我很抱歉，如果我们做错了。"

一时间我目瞪口呆。当天是爷爷的生日吗？他去世有一年了。我真的忘了吗？然后我的识别力回来了，随之而来的还有愤怒。不，不是，那天当然不是爷爷的生日。他的生日在五月，那时才三月。

---

1 译者注：沃尔沃斯，起源于澳大利亚的零售商，核心商业为超市家族。

班宁顿先生站着，一边皱着眉头一边咬着他的八字胡。然后他把一只手放到我的肩膀上："嗯，在这种情况下……我不能容忍这种行为，女孩们，如果有火警响起，为了找你们可能会让别人的生命受到威胁。你们明白吗？所以请不要让逃学成为习惯。但在这种情况下，就下不为例吧。只此一次。"

"对不起，班宁顿先生。"克莱尔垂下头，一副愧疚又沮丧的样子，"我只是想努力做个好朋友。这对利来说很难熬，你懂吗？"

班宁顿先生闷咳了一声，短暂而清晰地点了一下头，猛地向后转身，离开了。

我太生气了，以至于在回学校的路上说不出话来。她怎么敢，她怎么敢。

在学校门口，她把一只手搭在我的肩膀上："利，听着，我希望你不介意，我只是想不出别的借口了。你知道吗？是我劝你逃学的，我认为让咱们脱离困境是我的责任。"

我绷着脸。我试图想象如果自己休学了我妈妈会说什么，还有克莱尔是如何让我们脱离困境的。我想到五月，还有我将如何度过那一天——爷爷真正生日的那天，那天我不能提起这个事实，而且以后再也不能提起了。

"谢谢。"我用生硬不自然的声音说道，没有结巴，听起来并不像我。

克莱尔只是微笑，我感觉到她阳光般的温暖："不客气。"

我感到自己变得不再冷淡，几乎不由自主地对她回以微笑。

毕竟，克莱尔只是想试图做个好的朋友。

"不。"

"弗洛——"

"你不准走。"

梅拉妮在厨房中间站了一会儿，仿佛试图在考虑说些什么。最后她用鼻子哼出一声不相信的笑声。

"但显然……我要走了。"她把包挎到肩上，试图从弗洛身边朝门口挤过去。

"不！"弗洛大叫道，声音濒临歇斯底里，"我不会让你毁了它！"

"弗洛，别再当脑子进水的人了！"梅拉妮反驳道，"我知道——我知道这对你很重要，但看看你自己！克莱尔才他妈的不在乎我在不在这儿。你在自己头脑中勾勒了一幅事情应该怎样的图画，你不能强迫别人附和你。控制一下！"

"你——"弗洛用一根手指戳了戳梅拉妮，"——你是一个坏朋友，还是个坏人。"

"我不是一个坏朋友，"梅拉妮突然听起来非常疲惫，"我只是个母亲，我的生活不是绕着该死的克莱尔·卡文迪许转的。现在麻烦你，别挡我的路。"

她挤过弗洛张开的双臂，朝门厅走去，抬起头。

"克莱尔！你醒了！"

"什么情况？"

克莱尔穿着一件皱巴巴的亚麻罩衫走下楼来。阳光透过玻璃窗从她头后方照射下来，像一圈光晕照亮了她的头发。

"我听到喊叫声。什么情况啊？"她重复道。

"我要走了。"梅拉妮往楼上走了几步，轻快地吻了她一下，然后把包又往肩上拉了拉。"对不起——我不该来。我没做好离开本的准备，而电话的状况让事情更糟了——"

"电话出了什么状况？"

"线路断了。"梅拉妮说，"但那不是重点，不完全是。我只是……我想回家，我不该来。你不会介意的，对吗？"

"当然不。"克莱尔打了个哈欠，把头发从眼前撩开。"别傻了。如果你觉得郁闷那就走吧，反正我会在婚礼见到你的。"

"是啊。"梅拉妮点了点头。然后她身体前倾，扭过头迅速地瞥了弗洛一眼，小声说道，"听着，克莱尔，帮她控制一下，好吧？这不……这不健康，对任何人都是。"

然后，梅拉妮打开门走出去，"砰"的一声关上了门。我们最后听到的是随她沿着坑坑洼洼的车道向小路行驶时车子轮胎碾压的声音。

弗洛开始沉重地哭起来，流着鼻涕。一时间我边站着边纳闷儿自己应该怎么做，能做什么。然后克莱尔打着哈欠走下剩余几级台阶，抓起弗洛的一只胳膊，把她带进了厨房。我听到弗洛一边大口喘气一边干呕着抽泣和克莱尔安慰的声音，在那之下是烧水壶的冒泡声。

"你救了我的命，"弗洛在啜泣之间喘息着说，"我怎么能忘了？"

"亲爱的，"我听到克莱尔说，她的声音有些愤怒又流露着爱意，"多少次——"

我倒着退回到楼上，保持轻手轻脚悄无声息，然后在楼梯平台上转过身仓皇而逃。我知道自己在做胆小鬼，但我没办法。

我和妮娜同住的卧室门关着，我正要转动门把手闯进去时，却听到妮娜的声音从房里传来，她的声音一反常态，充满了渴望的柔软。

"……我也想你。天啊，我希望我在家跟你一起。你上床了吗？"长的停顿。"你的声音断断续续。是啊，信号很差，我昨晚试着给你打电话，一点儿信号也没有。我现在只有半格。"又一个停顿。"不，只是一个叫汤姆的小子。他还好。哦，甜心，杰斯，我爱你——"

我咳嗽一声，不想在她的对话中间闯进去。妮娜不常放松警惕，而当她那样做时，不想被别人看到。我从经验中知道的。

"……真希望我和你依偎在一起，我太想你了。这上面很偏远——除了树和山啥也没有。我有点儿想离开，但我觉得诺拉不——"

我又咳嗽一声，声音更大了，晃动门把手，她停下来喊道："有人吗？"

我打开了门，而她咧开嘴笑起来。

"哦，诺拉刚进来了，我们住一间房。什么？又开始断断续续了。"停顿。"哈——别担心，绝对不！是啊，我会告诉她。好吧，我最好挂了，我几乎听不到你说什么了。我也爱你。再见，爱你。"她挂断电话，从枕头堆里抬头对我微笑，"杰斯向你问好。"

"哦，真高兴你能和她通话。她好吗？"我爱杰斯。她又小又圆，很舒服，有着能点亮房间的微笑，而且一点儿也不蜇人——实际上和妮娜刚好相反。她们是完美的一对。

"是的，她很好。在想我，那是自然。"妮娜伸个懒腰，直到关节啪啪响，然后叹了口气，"天，我希望她在这儿，或者我不在。二选一就行。"

"那个，有空位了。我们少了一个。"

"什么？"

"梅拉妮，她走了。电话线断了，那是最后一根稻草。"

"天啊，你在开玩笑吗？这好像该死的阿加莎·克里斯蒂和十个小爱斯基摩人。"

"印第安人。"

"什么？"

"十个小印第安人，书里写的。"

"是爱斯基摩人。"

"才他妈的不是。"我坐到床上，"其实是黑人，如果你追根溯源的话，然后是印第安人，他们判定海上的少数民族也许有一点儿奇怪，就成了军人。从来都不是爱斯基摩人。"

"嗯，无所谓了。"妮娜一挥手，草草了结了爱斯基摩人，"楼下有咖啡吗？"

"没有。只有茶，记得吗？"我伸手去够一件针织衫，把它从头上套过去，抚平头发。"克莱尔不喝咖啡，所以我们也不喝。"

"哦，天哪，去他的弗洛和爱的卫星。她对梅拉妮的离开做何反应？"

"唔。听，你也许能……"我的声音越来越轻，我们都听到沉重的呜咽声清晰地从厨房传上来。妮娜翻了个白眼。

"她精神错乱了，我真的没开玩笑。大学时她就很怪——你注意到她怎么模仿克莱尔的穿着了吗？她那时候也那么做。但现在……"

"我不觉得她神经错乱。"我不自在地转换话题，"克莱尔的个性很强——如果你不是非常自信……"我停了下来，努力想把自己一直有的感觉用语言表达出来——我自己的个性是一片空白、真空，像克莱尔那样的人可以冲进来把它填满。我知道那是妮娜永远不会理解的——纵使千错万错，缺乏个性不是她的错。她躺在那儿，靠在枕头上若有所思地审视着我，然后耸耸肩。

"克莱尔是完美的，你懂我的意思吗？"我终于说，"很容易让你自己也想要那样，觉得通过模仿可以得到。"

"也许吧。"妮娜坐起来，把小里小气的背心拉直。"我还是觉得弗洛是少了一些樱桃的乳脂蛋糕，但随便吧。听着，我一直想说的是，昨晚我真的很抱歉，我不知道那是你那么大的痛处。说真的，如果你对那一切的感觉仍旧是那样，为什么要来呢？"

我提起牛仔裤，然后站着，一边咬着嘴唇一边思量我告诉过妮娜什么，又没告诉她什么。不透露任何讯息一直是我的本能，不知为什么。我不喜欢让别人，甚至是朋友对自己有哪怕一点点掌控。我一直是个孤僻的人，而自从我开始独自生活和工作，那样的倾向更明显了。但我知道，那样的倾向能让我用自己的方式把自己变得和弗洛一样疯狂——如果我放任它的话。

"我来是因为——"我深吸一口气，强迫自己继续，"——因为我不知道克莱尔要嫁给詹姆斯。"

"什么？"妮娜把双腿晃出床外看着我。我轻颤着耸耸肩。这样一说，的确听起来……有点儿可悲。"什么，你是认真的吗？所以克莱尔，像是，把你哄过来好把这件烂事告诉你？"

"不、不算是。"该死，别再结巴了。"她说她想当面亲口告诉我，她觉得自己应该那样。"

"去他妈的！"妮娜把一件 T 恤从头上套下去，一时间声音含混不清，随着她的脑袋突然冒出来，她的声音变得清晰，脸颊因为愤慨涨得绯红。"如果她想跟你面对面，正常的方法是邀你出去喝一杯！而不是把你哄到什么荒凉的森林里。她在想什么啊？"

"我……我想她并不是故意那样的。"天，我在为她辩护什么呢？"我想她只是不觉得——"

"呃！"妮娜站起来，开始生气地梳头，当她在发间拉动梳子，缕缕发丝发出噼里啪啦的声音。"她怎么干完恶心事还能逃脱惩罚呢？而且每次她还成了圣母白莲花！你记不记得十年级的时候她告诉所有人我喜欢黛比·哈利[1]？然后声称那是因为她为我不得不"活在谎言里"而难过，而所有人都表现得像是她在他妈的帮我的忙？"

"我——"我不知该说些什么。黛比·哈利事件很野蛮。我仍然记得妮娜进到教室里时震惊的表情，而克莱尔正在哼唱《拿着电话》，全班同学都在偷笑。

"全都是关于她。她看起来如何，感觉怎样。那时候她想让自己看起来是个体贴、开明、包容的朋友，于是也不管我是否准备好告诉别人，就那样说了出去。而现在，她想让自己毫无愧疚地跑去跟詹姆斯开花结果——于是冷不防地，把你强迫到一个几乎没有选择余地，不得不原谅她的位置。"

我之前并不是那样看的。但在某种程度上，妮娜说的没错。

"我并非对克莱尔的所作所为感到难过，"我说，尽管我知道，在我心里这句话半真半假，"真正让我烦恼的……"

"什么？"

我突然说不出来了。那种一丝不挂的感觉又回来了，我只是摇摇头，一边转过身去一边穿上袜子。

在失去勇气前，我想要说的是：詹姆斯对此知道多少？他同意这个计划了吗？

---

1 译者注：黛比·哈利，1945年出生，美国歌手和演员，Blondie乐队主唱。

"我们可以走。"妮娜扣紧牛仔裤，边站起来伸懒腰边以聊天的口吻说，她整个人有六英尺一英寸高。"我们可以开车离开了结它，留下克莱尔和弗洛一起发疯就好了。"

"还有汤姆。"

"哦，对，还有汤姆。"

"我们可以，难道我们不能……"那是一幅诱人的画面，我考虑了大约一分钟，此时妮娜又开始梳头。

但我们不能，我真的知道。或者更确切地说是我不能。

假如甚至是在来之前，我拒绝了邀请，那是一回事。回到当下，单身派对进行到一半——只有一种解释了，我能想象我离开后他们都在推测原因：可怜的诺拉，可怜的母牛，她怎么也忘不了詹姆斯，她毁了克莱尔的女子单身派对，因为她不能为克莱尔感到开心。

而最糟的是——他会知道。我现在就能看到，他们在两人位于伦敦的完美公寓里，一起蜷缩在床上，克莱尔边叹气边表示对我的担忧。我很担心，詹姆斯，似乎她从未忘记你。

而他——而他——

我发现自己的双手攥成了拳头，妮娜好奇地凝视着我。我不得不有意地放松双手，发出一小声听起来很假的笑。

"要是——对吗？但我们不能。在梅拉妮离开之后，我们再走就太混蛋了。"

妮娜沉重地看了我良久，然后摇了摇头。

"好吧。我觉得你有点儿受虐倾向。好吧。"

"我们只用再过一个晚上了。"此刻我在说服自己，"我能消受一个晚上。"

"好吧。就一个晚上了。"

14

要是，要是我那时候走了就好了。

我希望自己能睡着，但我不能，即便听着轻柔的咔嗒声和吗啡驱动机的呼呼声。我醒着躺在床上，听着走廊里的声音，警察和女警在低声讨论着发生的事，而那个词在我脑海中回荡：谋杀。谋杀。谋杀。

那会是真的吗？那有可能是真的吗？

克莱尔？弗洛？妮娜？

想到这个我的心脏都停跳了。不是妮娜。不是美丽、鲁莽、朝气蓬勃的妮娜。拜托……

我必须记起来。我必须努力记起接下来发生了什么。我知道等天一亮，他们就会进到病房里问我问题。他们正在外面等我醒来，等着跟我谈话。

到那时，关于事件的始末，我必须把自己的版本梳理好。

但接下来究竟发生了什么？那天发生的事情在我的头脑中打转，重重地敲击，真真假假，互相混淆、缠结在一起。我只剩几小时的时间来试图厘清它。

那么，一步一步来。接下来发生了什么？

我把一只手放到肩膀上，摸着正在扩散的瘀伤。

15

当妮娜和我下了楼，弗洛已经停止了哭泣，把自己收拾干净，正吃着吐司和果酱，显然她下定决心假装什么也没发生。

"有咖啡吗？"妮娜无辜地问道，从她的语气里我知道她只是在刺激弗洛。

弗洛痛苦地抬起头，嘴唇又颤抖了。

"我……我忘了，记得吗？但我保证今天我们去靶场的时候会买一些。"

"什么？"我们都盯着弗洛，她淡淡一笑。

"是的，我想给你们一个惊喜。我们要去打飞碟。"

我吓了一跳，短笑一声。妮娜没动。

"认真的？"

"当然。为什么这么问？"

"因为……就像是……女子单身派对？射击？"

"我觉得会很好玩。我表哥在他的婚前男子单身派对就去射击了。"

"是啊，但……"妮娜的声音减弱了，我能看到她的头脑里跑过各种念头，它们清晰得就好像写在自动收报机的字条上，从她的脑门儿蹦了出来：为什么我们不能像正常人那样去做个该死的水疗然后再去夜店？不过话说回来，她不可能让我们在靶场围粉红色的羽毛长围巾，对吗？所以那样可能更糟。

我也好奇，妮娜是不是想起了哥伦比亚，想起了不久前她处理的枪伤。

"嗯……好吧。"最后她说。

"它们就像陶土盘子一样。"弗洛诚挚地说着，"所以如果你吃素或者反对猎杀活动，不必担心。"

"我不是素食者。"

"我知道。但如果你是的话。"

"我不是素食者。"妮娜翻了个白眼，穿行到面包箱旁，找更多的面包去烤。

"我是想我们会在这里吃一点儿早午餐——也许同时玩些游戏？我做了一个小测试！"

妮娜夸张地皱了皱眉。

"然后，那之后我们就可以启程了，回来以后再喝酒吃咖喱。"

"咖喱？"我们全都转过身，看见汤姆穿着睡衣和一件敞开的睡袍，一边揉着眼睛一边走下楼梯。他的睡裤系得很低，勉强在髋骨以上，展示出数量可观的健美肌肉。

"蒂姆，不乐意地告诉你，你忘记穿衬衫了。"妮娜说，"我觉得你应该穿上。你不会想诱使可怜的诺拉看超越她承受范围的东西。"

我把一块吐司皮朝妮娜扔过去。她一个闪避，吐司皮打在了弗洛身上。

"哎呀，抱歉弗洛。"

"你们俩别闹了！"弗洛责骂道。汤姆只是打了个哈欠，但他把睡袍的腰带系了起来，对我使了个眼色。

"那么，今天有什么计划？"他从弗洛推给他的盘子里拿起一片吐司时问道。

"射击。"妮娜面无表情地回答。汤姆的眉毛抬得几乎被头发遮住了。

"请再说一遍？"

"射击。显然是弗洛的欢乐主意。"

弗洛看了妮娜一眼，不太确定她是否在拿自己开玩笑。

"实际上是飞碟射击，"弗洛不服气地说，"好玩的！"

"好吧。"汤姆嚼嚼吐司，环顾桌子一圈。"我是最后一个起床的吗？哦——不是。梅拉妮还在睡，我估计是？"

"梅拉妮——"弗洛愤慨地开始抱怨，但此时克莱尔从客厅走来，坚定地抬高嗓门，盖过弗洛的声音。

"梅拉妮不得不走，"她说，"家事。别担心，汤姆，我或者妮娜会载你回纽卡斯尔。不过好消息是，这意味着咱们现在可以都坐进同一辆车里了，所以不必担心导航了——我来开车，弗洛可以指路，她知道目的地在哪儿。"

"太好了，"妮娜说，"好极了。我们可以唱着《十个绿瓶子》[1]在

---

1 译者注：《十个绿瓶子》，少儿英文歌曲，源于加拿大籍犹太裔作家薇薇安·珍妮特·卡普兰的小说《十个绿瓶子》，小说以纪实手法讲述了从纳粹占领的欧洲逃至中国的犹太家庭的故事。

后座打架了。我都等不及了。"

"好了，我想是时候进行问答比赛了。"弗洛说，她在座位上探过身来看看坐在后面的我、妮娜和汤姆。我坐在中间快被挤扁了，闻着汤姆身上令人无法忍受的浓重的须后水味，已经有了晕车的感觉。又或许是克莱尔的香水味在作祟，在封闭的空间里很难判断。我想打开一扇窗子，但外面在下雪，而且暖风正开到最大。

"克莱尔对你们大家，"弗洛继续说道，"请准备抢答第一轮。"

"等等，等等，"妮娜喊道，"关于什么的问答？还有奖励是啥？"

"当然是关于詹姆斯的问答了，"坐在前座的克莱尔说，她被逗笑了，"对吧，弗洛洛？"

"当然！"弗洛边说边大笑。我感觉越来越想吐了。"奖励……我不知道。荣誉？哦，不，有了。输了的队伍在今天剩余的时间里可以穿着这些。"

她在帆布背包里翻找，抓出一把又小又暴露的内裤来，内裤的后侧醒目地印着"我♡詹姆斯·库珀"的标语。

我感到自己身上的每一块肌肉都因气愤变得僵硬。妮娜咳嗽几声，同情地瞥了我一眼。

"呃，弗洛……"她用不一样的方式说，但弗洛坚定不移。

"别担心！穿在裤子外面我是说——或是戴在头上或者怎样。好了，第一个问题。这是给'后座队'的，如果你们哪道题答不出来，而克莱尔答对了，就给她加一分。詹姆斯的中间名是什么？"

我闭上眼睛抵抗晕车感，听着妮娜和汤姆就此争论着。

"非常确定是 C 开头的，"汤姆正在说，"所以我想，克里斯？"

卡尔，是 K 开头。

"不是，"妮娜坚持道，"跟俄罗斯有关。他爸爸是研究俄罗斯政治的教授。西奥多的名字是什么？"

"约瑟夫。但我确定不是约瑟夫。"

"好吧，再说一个著名的俄罗斯人名。"

我咬紧牙关。卡尔。

"陀斯妥耶夫斯基？马克思？"

"马克思！"妮娜喊道，"是卡尔，我肯定。"

尽管恶心的感觉不断增加，我不得不为她的竞争力展颜一笑。妮娜无论做什么都不能输——争论也好，棋牌游戏也罢——她常说这就是她参加任何竞技类体育运动的原因，因为受不了输给别人，即使那个别人是尤塞恩·博尔特。

"这是你们最后的答案吗？"弗洛严肃地问。我仍然闭着眼睛，但感觉到了妮娜在我旁边用力地点着头。

"卡尔，K 开头的。"

"正确！第二个问题。詹姆斯是什么星座的？"

"他在年级里算大的，"妮娜马上说，"我记得这个。他绝对是九月或者十月的。"

"不，我觉得是八月。"汤姆说，"我确定是八月。"

他们友好地来回争论，交换着证据，直到妮娜说："诺拉，你怎么——等等，你还好吗？你的脸色有点儿发绿。"

"我感觉有点儿恶心。"我简短地说。

"哦，天啊。"妮娜几乎是生理上后缩了一下，尽管在狭窄的后座上让她能远离我的距离有所限制。"谁打开扇窗户。汤姆，汤姆，把你的也摇下来。"她轻推我的肋骨说，"睁开你的眼睛。看着路可以缓解——要做的是给大脑输送你正在移动的信息。"

我不情愿地睁开眼。弗洛在前座咧着嘴笑，克莱尔平静地开着车，我能从后视镜里看到她脸上挂着愉快的微笑。有短暂的瞬间她在后视镜里看到了我的眼睛，笑容抽动了一下。有一瞬间——只是那么一瞬间——我想一巴掌扇过她完美的漂亮颧骨。

"我确定是八月，"汤姆又说道，"我记得有一年跟他和布鲁斯去参加毕业舞会。"

"天哪，别搞了，"我呵斥道，"是九月二十日，我不知道是什么星座。"

"处女座。"汤姆马上说，他似乎并未对我的急脾气耿耿于怀，"你对日期确定吗，诺拉？"

我点点头。

"好吧，处女座。这是我们的答案。"

"后座司机队得两分！"弗洛高兴地说，"克莱尔你得要赶超了。下一个问题，詹姆斯最喜欢的食物是什么？"

我想闭上眼睛，但不敢。真折磨人。

我低头看着自己的大腿，把视线从克莱尔身上移开，用指甲戳着手掌，试图从恶心的感觉和不由自主涌进脑子的记忆中分散注意力。一幅关于詹姆斯轮廓鲜明的画面一闪而过，放学后的他四肢摊开躺在床上，吃着一碗小柑橘。他喜欢那些东西。有一瞬间我鼻孔中的气味很明显——强烈的甜油味，他房间的味道——散乱的被单还有他。我曾经很爱小柑橘——爱它们在他手指上的味道，爱在他口袋里找到橘皮。现在我再也不碰它们了。

"娘惹咖喱？"汤姆不确定地说，弗洛做了个鬼脸。

"差不多了——但我只能给你半分。娘惹咖喱配……？"

"豆腐。"汤姆立即回答，弗洛点点头。

"三分！克莱尔那轮开始前还有两道题。第四题——詹姆斯在西区的处女秀是哪部剧？"

"哪种意义上的西区？"汤姆问，"我是说你们把国家剧院算在西区吗？因为我个人不会。"

弗洛和克莱尔在前座轻声低语地讨论了一番，弗洛转过身来。

"好吧，让我换一种说法吧，伦敦处女秀。"

我用谷歌搜索过詹姆斯一次，只有一次。谷歌上有很多他的图像——他穿着戏服的，在舞台上的，宣传剧照，在慈善活动和首演之夜的微笑快照。我不能忍受的是那些他直接看着镜头的照片，直接看向镜头外，看着我。当我向下滚动屏幕看到他在《马》里的裸体剧照时，不得不用颤抖的手关上浏览器，仿佛无意中发现了什么暴力或者淫秽的东西。

汤姆和妮娜在我头顶上方商讨着。

"我们觉得是《高校男生》里的一个替补演员。"最后妮娜说。弗洛倒抽一口气。

"哦哦哦！接近了。抱歉——那是他的第二个角色。轮到克莱尔？"

"《文森特在布里克斯顿》，"克莱尔说，"我得一分。"

"从没听说过。"妮娜说。汤姆倾斜身体，越过我用拳头打了她一下。

"赢了劳伦斯·奥利弗奖[1]的最佳新剧奖！还有托尼奖[2]。"

---

1 译者注：劳伦斯·奥利弗奖，英国最重要的戏剧及音乐奖项。
2 译者注：托尼奖，设立于1947年，被视为美国话剧和音乐剧的最高奖，常设奖项24个，每年六月举行颁奖仪式，通过哥伦比亚广播公司播出。

"也没听说过，谁是托尼？"

"天！"汤姆绝望了，"我和一个该死的庸人坐在一辆车里。"

"好了，"弗洛大声说，声音盖过了他俩的对话，"在我们把答题权交给克莱尔开始她的那轮之前，第五道也是最后一题。詹姆斯是在何时何地向克莱尔求婚的？"

我再次闭上了双眼，听着汤姆和妮娜异口同声的抗议。

"这不公平！"

"这些问题至少要是克莱尔有可能不知道的。"

"他在她生日那天求的婚，"汤姆说，"这我知道。因为第二天他们来跟我和布鲁斯吃午饭，克莱尔炫耀那枚戒指来着。戒指呢，克莱尔？"

"哦，我——"由于我们通过一个交叉路口时速度过快，我听到克莱尔在驾驶座换了挡，摸索着变速杆。"我把它留在家里了。跟你们说实话，我还没习惯戴着它，总是恐慌自己会把它弄丢。"

"至于地点……"我能听到汤姆声音里的不悦，"我打算纯赌一把了，在 J. 希基[1]？"

"哦哦，非常接近了！"弗洛倒吸一口气，"生日说对了，不过是在南岸的一家酒吧里。抱歉，得半分。所以就是……三分半，克莱尔一分半。"

"有些题算作弊，"汤姆抱怨道，"我们会报仇的。"

"好的，第二轮，克莱尔的第一题。詹姆斯的第一个宠物叫什么？"

"啊呀，"克莱尔听起来被难住了，"我想是一只仓鼠，但说实话

---

1 译者注：J. 希基，伦敦西区一家海鲜餐吧。

我不知道。"

"后座队？"

"不知道，"妮娜说，"诺拉？"

她通情达理地用尴尬的口吻问我，仿佛知道这一切有多痛苦。我的确知道，但如果我告诉他们会遭人嫌。我只是摇摇头。

"一只叫明迪的豚鼠。零分。第二题，詹姆斯理想中的女性名人是谁？"

克莱尔忽然放声大笑："好吧，为了自尊我会说看起来最像我的人。那就是……天，我像谁呢？天啊，无论说什么总是会听起来有妄想症。好吧，他喜欢坚强的女人，风趣的女人。我会说……比莉·派佩[1]。"

"你一点儿也不像比莉·派佩！"妮娜反对道，"嗯，除了你们都是金发。"

"嗯，不是比莉·派佩，"弗洛说，"是——"她查阅了一下自己那张纸。"天，我不知道这是谁：基恩，那个怎么念？莫楼？克莱尔？"

"我也从没听说过她。她是舞台剧演员吗，汤姆？"

"在这里。"弗洛插话道，我们的车子转过一个弯，令人作呕地摇摆了一下。

"珍妮·莫罗，"汤姆说，"她是个法国演员，出演了特吕弗的那部电影。《祖与占》[2]，我想是这个。但我不知道她是詹姆斯最喜欢的女演员。"

---

1 译者注：比莉·派佩，英国演员、歌手，1982 年出生在英国威尔特郡的斯温顿。
2 译者注：《祖与占》，又名《朱尔与吉姆》，1962 年上映的法国影片。

"嗯，我觉得她不能算名人。"克莱尔嘟囔道，此时我们左摇右晃地驶过一座拱形桥，加快了速度。恶心的感觉更强烈了。"下一题。"

"詹姆斯最喜欢的服装设计师品牌？"

最喜欢的服装设计师品牌？我之前认识的詹姆斯会嘲笑这个问题本身的提出。我纳闷儿这个问题是不是个陷阱，而克莱尔即将要回答乐施会。

克莱尔边用手指轻敲方向盘边思考着："我在亚历山大·麦昆，"她最后说，"和CDG之间犹豫。不过我打算选……麦昆。主要是因为他实际上穿麦昆。"

哭死。

"正确！"弗洛说，"嗯，其实写的是'如果说我认为很酷的人，八成是维维安·韦斯特伍德，但如果你是说我穿的设计师品牌，是麦昆'。所以我觉得那算是。第四题，詹姆斯十岁时——"她开始大笑起来，"在木工课上切掉了身体的哪个部位？"

"他把指关节切掉了一块，"克莱尔马上说，"疤还在那里呢。"

我把眼睛闭得更紧了。那个疤痕在我记忆中如此清晰，那是在他小指关节上的一个白圈，还有一条长长的银线一直延伸到他的手腕外侧，在他黝黑皮肤的映衬下显得苍白。我记得我沿着那条线亲吻他，向上亲到他的小臂，亲到他柔软的肘关节弯曲处。詹姆斯僵硬地躺在那里，颤抖着，在我的嘴唇擦过他手臂内侧怕痒的柔软皮肤时努力憋住不笑。

"正确！"弗洛说，"你答的不错。打平了。综合分是三分半。所以，最后这个问题是决胜局。如果克莱尔答对她就赢了，你们几个穿那些内裤。咚咚咚咚呛，詹姆斯是在几岁失去处男身的？"

恶心的感觉提到我的嗓子眼儿，我睁开眼睛。

"停车——车。"

"什么？"克莱尔从后视镜里朝我看了一眼，"天，利，你的脸青了。"

"停车，"我一只手捂住嘴，"我要……"我再也说不出话了。我紧紧把双唇闭在一起，通过鼻子喘着气，克莱尔将车子颠簸着急停下来，然后我从妮娜腿上爬过去冲到车外，站在被雪覆盖的路边，双手放在膝盖上，因恶心带来的不舒服的余波而发着抖。

"你还好吗？"我听到身后传来弗洛焦急的声音，"想要我做些什么吗？"

我说不出话。我只是激烈地摇摇头，希望她能走开，希望他们全都走开。

"你没事吧，利？"克莱尔的声音从窗口飘来。

诺拉，我恶狠狠地想，你这个蠢婊子。我什么也没说。只是等着我战栗的呼吸恢复正常，恶心的感觉平息。

"你还好吗，诺拉？"是妮娜，她在我旁边，一只手放在我的肩膀上。我点点头，然后慢慢直起身来，颤颤巍巍地长吸一口气。冷空气令我的肺里刺痛，但那是一股清透、有净化感的寒意，在车里的闷热不透气之后让我松了一口气。

"还好。我刚只是有点儿……我想是因为坐在后座的缘故。"

"我想是因为弗洛那该死的问答竞赛。"妮娜说。她懒得放低声音，而我为弗洛皱了一下眉头，抱歉地朝自己身后匆匆看了一眼，但要么是她没听见，要么是她无所谓，她正满不在乎地和克莱尔闲聊着。"弗洛，"妮娜边说边扭过头对着车子，"我觉得诺拉应该坐在前座，可以吗？"

"哦，是啊！完全，完全没问题。完全，诺拉，小可怜！之前感觉难受的话你应该说出来的。"

"我没事。"我生硬地说，但我坐了弗洛空出来的前座，滑进去坐到克莱尔旁边。她突然用同情的目光看了我一眼，而当弗洛在后座热情地说"好了！回到竞答！"时，克莱尔打断了她。

"我觉得我们就算打平了，是吧，弗洛洛？也许目前我们都答够了。"

"呃。"弗洛沉下脸来，我忍不住为她感到难过。不论这整场混乱是谁的错，错的都不是她。她唯一的罪行是努力做克莱尔的好朋友。

16

"利奥诺拉!"有一只手在晃动着我,把我摇醒,"利奥诺拉,我需要你醒来了,乖。利奥诺拉。"

我感觉到几根手指用力拉我的眼皮,一束亮得能把人照瞎的光射了进来。

"哎哟!"我眨眨眼睛一阵后缩,那只手放开了我的下巴。

"对不起,乖乖,现在你醒了吗?"

那张脸近得令人不安,她的双眼盯住我的眼睛。我又眨了下眼睛,然后点点头。

"是的。是的,我醒了。"

我不知道自己何时睡着的。感觉像是我在夜里有一半的时间是醒着的,透过玻璃注视着警察的轮廓,脑中翻阅着一件件事,试图记起来。飞碟射击,那块令人畏缩的瘀伤。我必须记起来,好告诉警察……如果我能让脑中的记忆连贯起来就好了。

越接近——接近发生过的事，它们就变得越模糊。发生了什么？我为什么在这儿？

我一定是把最后几个字大声讲了出来，因为护士给了我一个亲切的微笑。

"你出了车祸我亲爱的。"

"我没事吧？"

"没事，哪儿也没断。"她说话有和蔼可亲的诺森伯兰小舌音，"不过你可怜的脸撞上了什么糟糕的东西。你有了一对美丽的黑眼圈——但没有骨折。不过这就是我叫醒你的原因。我们每隔几小时得观察一下，只是确保你在夜里没有变糟的情况发生。"

"我睡着了。"我愚蠢地说，然后揉揉自己的脸。疼痛的感觉就好像我用头顶撞上了一扇窗户。

"现在要小心，"护士说，"你有一些割伤和瘀肿。"

我揉揉双脚，感受着脚上的污垢、沙砾和血。我觉得很恶心。我需要小便。

"我能冲个澡吗？"我问。我的头感觉蒙眬。

病房的角落里有一个浴室套间，我能看到。护士低头看看床脚处的图表："让我问问医生。我不是说不行，只想确定一下。"

她转身离开，我一眼看到门外的人影，昨晚听到的对话又回到了我的脑海。它令人毛骨悚然。那是真实的吗？我真的听到了我认为自己听到的东西，还是我梦到的？

"等等，"我说，"等等，昨晚我听到外面的人——"

她已经走了，随着一阵带有食物味道的风和走廊里的声音，门在她身后拍了回来。当她走出去，外面的女警抓住了她的胳膊，我听到一阵突发的对话，看到护士坚决地摇着头。"还不行，"我听

· 131 ·

到，"……得等……医生批准。"

"我觉得你没领会，"女警的声音很低但语调干脆，而且跟新闻播音员一样清楚，她的声音穿透玻璃比护士的北方小舌音清晰得多。"这是凶杀案调查。"

"呃呃，不！"护士很震惊，"那么，那个亲爱的小可怜不是凶手吧？"

"不是。"

所以，是真的，不是我想象的。它不是太多吗啡或者我撞坏的脑袋造成的。

是真的。

我挣扎着从枕头上起来，心脏在嗓子眼儿咚咚地跳着，在左边的检测仪上我看到小绿线紧靠着平线恐慌地抽动。

一定有人死了。

有人死了。

是谁呢？

17

　　"欢迎来到塔科特的树林，"男人用稍显烦人的澳洲口音说。他轮廓分明，皮肤晒得黝黑，让我想起汤姆·克鲁斯——而从弗洛凝视他的方式，她绿色的眼睛睁得很大，嘴巴稍微张开，我能看出自己不是唯一看到相似之处的人。"我的名字是格黎戈，今天我将是你们在这里的教练。"

　　他停下，似乎是要数人头，然后说道："等等，我的预订上说有六个人。有人擅离职守了？"

　　"是的，"弗洛紧绷地说，"当然有人擅离职守了。无奖竞猜，当我开火时会想着谁？"

　　"那所以我们今天是五个人了？"教练简单地说，似乎没注意到弗洛紧绷的恼火，"一视同仁。好了，首先我得跟你们讲一下我们的安全防范措施……"

　　他开始了一段关于护耳器、酒精、枪支所有人责任等的长篇大论。

一经我们确认：是的，我们都是初学者；不，我们没人持有猎枪执照；还有是的，我们都过了十八岁且神志清醒，我们就签署了一份长长的权利保证书，成群结队地穿行到拓展中心的后半部分，在那里教练对我们做了一番评估。

"我只能说谢天谢地你们没人戴着粉红色羽毛的长围巾和所有那些乱七八糟的。女子单身派对给我们带来的麻烦会让你们难以置信。你，"他指了指弗洛，"弗洛，是吗？你的夹克有点儿薄。你大概会想要个厚一点儿的东西对抗后坐力。"他在身后的箱子里翻了翻，掏出一件带衬垫的巴伯尔[1]。弗洛做了个鬼脸，不过还是把它穿上了。

"抱歉，我得问一下，"她边拉上拉链边说，"你的名字真是格黎戈吗？那是绰号吗？"

"不，格黎戈。格里戈利的简称。"

"哦，格雷戈[2]。"弗洛说着笑起来，笑声有点儿太大了。格雷戈用稍显古怪的眼神看了她一眼。

"是啊，格黎戈。我说的就是。现在要记住的事情，"他继续道，边说边拿出一把散弹猎枪放在支架台上，"是，枪的设计意图是猎杀，它是武切[3]。永远不要忘了。尊重待它，它也会尊重待你。拿它胡乱摆弄，很可能你的结局就是一团糟。而最重要的是，永远、永远不要把枪口对人，无论上没上子弹。如果子弹打不出来，不要

---

1 译者注：巴伯尔，英国老牌的服装品牌，以生产防水外套而出名，在英国名气极大，地位也极高。
2 译者注：此处对同一个名字的不同发音是由于英国和澳洲口音的差异。
3 译者注：此处同样是澳洲口音所致。

沿着枪杆去看怎么了。所有这些听起来简单，但人不遵守简单的安全预防措施的频率有多高，会让你们吃惊的。"

"好了。现在把一些关于上子弹的基础知识过一遍，然后我们出发，到树林里去试几个靶子。有任何问题，就喊出来。目前，我们今天首先要打的弹药……"

当他从头到尾述说技术细则，我们大家都静静地听着，驱车旅行的愚蠢感就不剩什么了。我很高兴有事能让自己专心，很高兴可以停止想到克莱尔和詹姆斯，而且我觉得其他人也有同感，至少多数人是。当弗洛试图开始讨论蜜月计划时，妮娜和克莱尔都转换了话题。汤姆什么也没说，在接下来的车程里把大部分时间花在了敲打他的黑莓手机上。不过我看到他快速地抬头瞥了我和克莱尔一眼，我知道他在把这一切归档。

如果你写这个，我想，我会她妈的杀了你，但我默不作声。只是在格雷戈说到有关自动抛靶机的时候点了点头。

终于他说完了，我们跟着格雷戈成群结队地走出棚屋，进入稀疏的松树林，我们的散弹猎枪挂在胳膊上。

"嘿，如果你喜欢这个，也许你应该把猎枪放在婚礼礼品单里！"弗洛对克莱尔说，并且对她发出刺耳的笑声，"猎枪婚姻[1]最字面的意思，哈？"

克莱尔大笑起来："我想如果我现在开始乱改礼品单，詹姆斯会杀了我的。你们不会相信我们之前争论成什么样——不过是选一个咖啡机就花了两小时。有赫斯顿·布卢门撒尔[2]的代言是加分还是减分？我们需要奶泡器吗？我们该买全自动咖啡机还是那些胶囊咖啡

---

1 译者注：猎枪婚姻，此为直译，原文作shotgun wedding，奉子成婚的意思。
2 译者注：赫斯顿·布卢门撒尔，世界知名的英国厨师。

机的一种——"

"呃，全自动，一定吧？"汤姆插话道，"乔治·克鲁尼可以说他喜欢胶囊咖啡机，但它们也太二十一世纪头十年了。它们就是如今的苏打水机广告词。朗朗上口，本质上却毫无意义而且不方便。"

"你的话听起来跟詹姆斯说的一模一样！"克莱尔说，"但另一方面，全自动咖啡机固然很好，不过如果研磨机没了你怎么办？这就是我的论据。你对一个没用的机器就去留两难了。然而如果你买一个单独的研磨机——"

"确实，确实，"汤姆边点头边说，"所以你们怎么决定的？"

"嗯，我是爱喝茶的女孩，你知道的，詹姆斯是咖啡迷。我把决定权交给了他，而他投给了赫斯顿·布卢门撒尔代言的 Sage 牌全自动咖啡机。"

"布鲁斯去年看了一个那个牌子的，彪形野兽。我记得大多数都要六百英镑？"

"差不多。"克莱尔同意道。

妮娜引起我的注意，做了个斗鸡眼。我努力保持面无表情，但我的心站在她那头。一台咖啡机要六百英镑？我喜欢咖啡，但六百英镑？而且在婚礼礼品单上。我知道她没别的意思，克莱尔对别人能在她身上或者会想在她身上花那么多钱的随意假设虽出于无心却令人反感。

或许是詹姆斯的设想。

这个想法在我嘴里留下一股不好的味道。

"好了，"随着树木减少，变成长满草的空地时格雷戈说。在远处的那边有一面小防风墙。"所有人站在这儿别动。现在说说我们今天将要使用的弹药，"格雷戈说，带着背诵一段滔滔不绝的陈词滥调的神情，"是 7.5 毫米的。这是很好的中等距离射击弹药，适用于几乎所有类型的飞碟射击，无论是运动飞靶、双向飞碟还是飞靶发射机。这个，"他举起一颗子弹，"是一颗 7.5 口径的实弹，弹药本身装在顶端——"他敲了敲圆形的一端，"——弹塞在中间，火药和底漆在这里的金属端。现在，在行动之前，我要给你们演示一个装满 7.5 口径子弹的弹匣在人身上的作用。"

"接下来可别找志愿者！"弗洛大声叫嚣道。

格雷戈一脸严肃地转向她："你站出来真是太体贴了，年轻的女士。"

弗洛紧张地一笑。她看起来吃了一惊，同时又有点儿激动。"应该用母鸡才对，真的！"当格雷戈示意时她抗议道，但无论如何她走了过去站在格雷戈旁边，边红着脸边在无声的畏惧中遮着脸。

"好了。弗洛在这里贴心地自愿帮忙演示一杆装满弹药的枪造成的近距离影响。"格雷戈暂停一拍，使了个眼色，"别担心，枪口不会对着她。我这里拿的，"他举起一张黑色轮廓线的大纸，"是一个纸靶，通常更多的用作手枪练习靶。"

他在口袋里摸索一番，掏出一些大头针，将靶纸别在附近的一棵树上。树皮爆裂了，布满坑洼的凹伤，不难猜出接下来要发生什么。

"请所有人往后站。戴上护耳器，弗洛。"

"我感觉自己像个 DJ！"弗洛说，边咧嘴笑着边把防护耳罩戴在耳朵上。

"现在，我把弹匣装进枪里，"格雷戈把弹匣滑入位置，"像我们刚才在中心演示的一样关上枪杆。弗洛，过来这里，站在我前面。好了，把枪抬到你肩膀上。"他把枪在她身上压了压，固定好。弗洛得意忘形地窃笑了一下。

"我们的格雷戈很性感，不是吗？"汤姆对着我的耳朵小声说，"我不会介意他纠正我的站姿，弗洛看起来无疑也不打算反对。"

"拿稳了，"格雷戈说，"现在，把手指放在扳机上。"他边握住弗洛的手边把枪托和枪杆抵在弗洛身上。"轻轻地挤—压扳机，不要用力过猛……"

震耳欲聋的爆裂声响起，弗洛发出一小声短促的尖叫，往后一个趔趄，撞在格雷戈胸前，我们面前的纸炸成了碎片。

"天！"汤姆说。

我在美国电影里看过打靶——勾勒出轮廓的靶子靠近靶心的地方有细致整齐的小洞，但这个不一样。子弹完全打在胸的位置，整个纸靶的中段纵向毁掉了。当我们注视时，靶子的两条腿自由地颤振，轻轻飘落在铺满落叶的地面上。

"的确如此。"格雷戈把枪从弗洛身上拿下来，走过来站在我们附近。当弗洛在他旁边小跑过来时，脸上露出既惊恐又兴奋的表情，双颊绯红。我不确定那是否是子弹爆炸带来的激动，又或者，是像汤姆暗示的那样，她享受格雷戈一对一的注意。

"就像你们能看到的，"格雷戈继续道，"这个近距离的单发子弹发射造成了不小的损害。如果那是一个人，能不能撑到中心的前台都不一定，更别说到当地的医院了。所以，这个的教训就是，女士们先生们，尊重你的武器。好了，有问题吗？"

我们都默默摇头，只有弗洛笑容满面。妮娜看起来明显很冷酷。我记起了她在无国界医生组织处理的枪伤，好奇她正在想些什么。

格雷戈点了一下头，好像很满意，我们跟在他身后不出声地走向飞靶发射机。

18

"太好玩了！"弗洛向后倒在沙发上，把靴子踢掉，露出毛茸茸的粉色短袜。她抖落头上的雪——开车回来的路上雪又开始下了。"好棒啊！汤姆，你是神枪手啊！"

汤姆咧嘴笑起来，疲软地朝后瘫在扶手椅上："我十几岁的时候曾练过射箭。我猜技巧相似吧。"

"射箭？"妮娜不相信地定睛看着他，"就像，罗宾汉和他那些同伙吗？你得穿紧身裤吗？"

"就像，奥运会上他们做的。"汤姆说，他显然习惯并且擅长几近不露声色地调侃，"没有紧身裤。我以前也做竞技击剑。那对你很好，非常激烈。现在我的身材走样了。"

他弯曲一块二头肌，做出一脸应该是懊恼的表情，但稍微显露出有点儿自满的潜在情绪。

妮娜面露同情："天，是啊，有跟十几岁的少女乳房一样大的胸肌再配上六块腹肌一定很糟糕。我不知道布鲁斯怎么忍受的。"

"别说了，你们俩！"弗洛责骂道。

克莱尔坐在远处的沙发上注视着他们，而我发现自己正注视着她，想起了她曾经多爱观察，她曾经如何抛出一句话，就像把一块鹅卵石丢进池塘，然后安静地退后，在别人拳脚相向时注视着道道涟漪。这不是个讨人喜欢的习惯，却是我不能谴责的习惯。我太理解了。我，也同样，比起被注视更乐于注视别人。

克莱尔转过头，发现我正注视着她看汤姆和妮娜无聊地扯皮，她会意地一笑，好像在说：我看到你了。

我把目光移开。

她邀请我来这儿想达到什么目的呢？妮娜把它视作克莱尔为了减少对我造成精神损失的内疚感——相当于一个不忠的丈夫对妻子坦白。

我不这么认为。我不觉得克莱尔会为搭上詹姆斯有任何担忧。无论如何她都不应该受到我的谴责，她什么也不欠我，詹姆斯和我老早就分手了。

不。我想也许……也许她只不过是想注视我而已，看看我如何接受。也许这就是她揭露妮娜的理由。就像一个孩子看到了熙熙攘攘的蚁丘，只是忍不住不去捅它罢了。

然后，他们退后……注视着它。

"你呢，利？"弗洛突然说，我把目光从克莱尔身上移开，猛地从思绪中抽离。

"对不起，什么？"

"你玩得开心吗？"

"跟你们差不多。"我揉揉肩膀，能感觉到已经有瘀伤在形成了。"不过我的肩膀痛。"

"你在开第一枪的时候被后坐力向右震了一下，是吧？"

枪的后坐力令我吃惊，"砰"的一声向后重击在我的肱骨上，吓得我话都说不出来了。

"你得一开始就举稳了，"汤姆说，"你是像这样的，看。"他向上抬起猎枪，把它从壁炉台上方取下，用肩膀顶起来，给我看让我受伤的松散站姿。

猎枪的枪口直指着我。我吓呆了。

"嘿！"妮娜严厉地说。

"汤姆！"克莱尔从沙发垫上挣扎着坐起来，看看我再看看汤姆，然后又看看我。"把枪放下！"

汤姆只是咧嘴笑笑。我知道他在开玩笑，但还是不自主地感觉到每一寸肌肉都绷紧了。

"天，我感觉自己像杰森·伯恩[1]，"他说，"我真的能感觉到自己说话的时候有能量进到脑袋里。嗯……让我们询问几个人吧。以这个开始怎么样：诺拉，为什么我认识克莱尔这些年来她从没提过你的名字？"

我试着说话——但喉咙突然很干，干到几乎咽不了口水。

"汤姆！"克莱尔更加严厉地说，"就当我偏执狂吧，在格黎戈所有那些关于枪的教导都他妈灌到你的脑子里以后，你应该拿着那个东西挥来挥去吗？"

"没上子弹。"弗洛说着打了个哈欠，"我姨妈用它吓唬兔子的。"

"还是吓人。"克莱尔说。

---

1 译者注：杰森·伯恩，系列电影《谍影重重》的男主角。

"只是开玩笑嘛。"汤姆说。他又咧开嘴贪婪地笑了一下，露出那些不自然的白色牙齿，然后放低枪口，把猎枪挂回它的挂钉上。

我向后跌靠在沙发上，感到肾上腺素的浪潮减弱，手指从僵硬的拳头里舒展开来。我的双手颤抖着。

"真他妈好笑。"克莱尔说。她皱着眉头，像是某个根本完全没能看到任何可笑面的人。"下次你再想拿着那个东西挥来挥去，你能确保枪口指的不是我朋友吗？"

我向她投去感激的眼神，她冲我翻了个白眼，仿佛在说"傻瓜"。

"抱歉，"汤姆温和地说，"就像我说的，只是开玩笑，但如果冒犯到了，我道歉。"他朝我的方向虚假地鞠了一躬。

"好了，不好意思，我，"弗洛说着又打了一个哈欠，"我最好开始准备晚餐了。"

"想要帮手吗？"克莱尔说，弗洛脸上露出喜悦的神色。她的笑容超乎寻常——笑容把她整张脸转换成了另一个样子。

"真的吗？我想你应该表现得像今天的女皇。"

"才不呢，来吧。我来切菜或什么的。"

克莱尔把自己从沙发上拉起来，两个人走出房间，克莱尔的一只胳膊绕在弗洛的肩膀上。汤姆在后面看着她们，目送两人离开。

"有趣的一对，不是吗？"他说。

"你什么意思？"我问。

"我不太能把我认识的克莱尔跟弗洛组合在一起，她们太……不一样了。"

这句话应该讲不通，考虑到她们的体格太相似了，而且穿着几乎一模一样统一的石磨水洗牛仔裤和条纹上衣。但我知道他的意思。

妮娜伸了伸懒腰："不过她们俩有一个共同的兴趣。"

"是什么？"

"她们都觉得克莱尔是他妈的宇宙中心。"

汤姆用鼻子哼了一声，我努力不笑出来。妮娜只是把她闪闪发光的黑眼睛看向一边，有一丝苦笑在她的嘴角抽动着。然后她伸伸懒腰，耸耸肩，一切如行云流水般自然。

"好了。我或许该给老婆打电话了。"她把手机掏出来，做了个鬼脸，"没信号。你的呢，利？"

诺拉。几乎我每次纠正别人都会显得过分霸道。

"我不知道，"说完我摸摸口袋，"奇怪，不在这儿。我确定在靶场时手机在我身上——我记得自己查看过微博。也许我把它落在车里了。不过我觉得我的也没信号——来这儿以后就一格也没有。之前你在我们的房间有一点儿信号，不是吗？"

"是啊。"妮娜拿起了电话听筒，轻摇着支架。"这个还是没通。好吧，我打算上楼去阳台上待会儿，试着找到一两格信号。也许我能发条短信。"

"什么事那么紧急？"汤姆问。

妮娜摇摇头："没事。只是……你懂的，我想她。"

"好吧。"

我们俩注视着妮娜一双长腿一次迈上两级台阶，消失在楼上。汤姆叹了口气，躺到长沙发椅上。

"你不打算给布鲁斯打电话吗？"我问。

他摇摇头："说实话我们有一点儿……分歧，就算是吧，在我离开前。"

"哦，好吧。"我保持声音中立。

在这种情形下我从来不知说什么好。我讨厌别人打听我的事，所以自以为别人也有同感。但有时候似乎他们想要倾诉，然后你看起来冷漠又古怪，躲着他们的知心话。我努力完全不带评判性——不逼问秘密，也不排斥自白。事实上，尽管部分的我并不真的想听他们小气的嫉妒和奇怪的痴迷，另一部分的我想怂恿他们。那个部分的我站在那里点着头，一边记着笔记一边把它全部存档，就好像把机器从后面打开去看里面粗糙的运转不断重复着。有让人虚度光阴的乏味带来的失望，但同时，也有一种看到内部的线圈和齿轮产生的陶醉感。

问题是，第二天他们几乎总是怨恨你曾看到他们赤裸裸毫无防备的样子。所以我故意有所保留，不置可否，试图不要误导他们。不知怎的这似乎并不奏效。我往往以难以脱身告终，听着冗长的故事：某某如何羞辱他们，然后他说了这个，然后她跟他交好，然后他的前女友做了那个……

你会以为人们对一个作家倾诉时会很警惕，你会以为他们知道我们本质上是吃腐肉的鸟，在陈年旧事和被遗忘的争吵里挑挑拣拣，把它们回收到我们的作品里再利用——让它们变成自己前生转世的僵尸，根据我们的设计缝成一个新的补缀品。

汤姆应该比任何人都更了解这一点，但他没阻止自己。他当前正张口说着话，拖腔带调无聊的声音并未掩盖住他显然还在生他丈夫的气："……你要明白的是布鲁斯给了詹姆斯第一个大好机会，他在《黑领带，白领带》里指导他表演，那是在……天，什么，我们一定是在聊七八年前的事？也许——我是说，我不知道——我从没问过怎么了，但布鲁斯在那方面可不是省油的灯。那时候我们当然没在一起。但自然而然地布鲁斯感觉詹姆斯欠他点儿什么，也许同样自然而然地詹姆斯觉得自己不欠他什么。我知道布鲁斯因为跟《科里奥兰纳斯》的合作还有埃蒙站在詹姆斯一边的事实大为恼火……然后当那些关于他和理查德的流言传开时，只可能有一个源头。布鲁斯发誓他从没发那条短信给克莱夫。"

他继续说下去，说了一连串对我来说毫无意义的人名和地名，还有在我自己的文化背景里只留下粗略印象的剧名。那些政治观点从我左耳朵进右耳朵出，但重点很清楚：布鲁斯在生詹姆斯的气，而且跟他有一段过去——不管哪种过去。布鲁斯不想让汤姆来参加婚前女子单身派对，但汤姆来了。

"无论如何，去他的。"汤姆最后不屑一顾地说。我不确定他是在说布鲁斯还是詹姆斯。他走到餐具柜旁，那上面立着一组瓶子：金酒、伏特加、昨晚龙舌兰酒可怜的残余。"想喝一杯吗？金汤力？"

"不，谢谢。嗯，也许就来个汤力水吧。"

汤姆点点头，出去拿冰和青柠，然后带着两个玻璃杯回来了。

"干了。"汤姆说，他的脸上出现了几道皱纹，令他看起来成熟了十岁。我抿了一口，咳嗽起来。里面有汤力水，也有金酒。我本可以对此大吵大闹，但汤姆对喜剧节奏的把握如此完美，在恰到好处的时间点扬起一条眉毛，而我只能大笑，再吞下酒。

"那么告诉我，"他说，这时他喝光了自己杯子里的酒，回去重新斟满。"你跟詹姆斯之间发生了什么？昨晚是怎么回事？"

起初我没有回答。我又长长地抿了一口酒，一边缓缓咽下，一边想着要说什么。我的本能让我想不在乎地一笑了之，但他之后会从克莱尔或妮娜那里知道的。最好直言不讳。

"詹姆斯是……曾经是……"我摇晃着杯子里的酒，冰块在我努力思考如何措辞时叮当作响。"我前男友。"我最后说。这是实话——整个真相离得那么远，让它听起来几乎像个谎言。"我们上学的时候曾经在一起。"

"上学的时候？"这次汤姆两条眉毛都扬了起来，"好家伙，黑暗时代。青梅竹马？"

"是，我想是的。"

"但你们现在是朋友？"

我能说什么？不，从他发短信给我的那天起我就再也没见过他。

不，我从未原谅他说的话和他的所作所为。

不。

"我……并不是。我们可以说失去了联系。"

突然一阵寂静来临，静得能听到隔壁克莱尔和弗洛聊天的声音，还有楼上淋浴的哗哗声。妮娜一定放弃了给杰斯打电话的尝试。

"所以，你们在学校认识的？"汤姆问。

"算是吧。我们一起出演一部剧……"我慢慢地说。谈论这个感觉很怪。作为一个成年人，你不常谈及这个：你是如何初尝心碎的滋味，汤姆是除了不知名的陌生人以外最好的选择了。我极有可能在这个周末过后再也见不到他，而且从某种程度上，告诉他让我有种解脱的感觉。"《朱门巧妇》[1]。我演麦琪而詹姆斯演布里克。讽刺啊，真的是。"

"为什么讽刺了？"汤姆不解地问。我不能回答。我想起了在那出戏的最后一幕中麦琪的台词，关于让谎言成真的台词。但我知道，如果我引用那句台词，汤姆比任何人都更会知道它的意思，他

---

1 译者注：《朱门巧妇》，另译名《热铁皮屋顶上的猫》，描述美国出身贫寒的南部地主身患重病不久于世，他的两个性格相反的儿子布里克和古柏带着各自的妻子参加他六十五岁的生日聚会，由此发生的一系列故事。

会知道麦琪指的是什么。

我取而代之地咽了咽口水，说："就是……讽刺。"

"得了吧，"他说着笑笑，黝黑的脸颊泛起褶皱，"你一定意有所指。"

我叹了口气。我不打算把真相告诉他，或者说不打算把我一直在想的真相告诉他。那么，就告诉他一个不同的真相吧。

"嗯，我本该是替角。克莱尔扮演麦琪——她几乎在我们演过的每一部剧里都是主角，从小学开始就如此。"

"所以，发生了什么？"

"她得了腺热，落了一整个学期的课。而我被迫上台。"我总是替角。我记台词很在行，而且认真负责。我感觉到汤姆看着我，不解讽刺之处在哪儿。

"讽刺在她本该是那个和他在一起的人，而现在她就跟他一起？你是这个意思吗？"

"不，不完全是……何止是讽刺，鉴于我讨厌被看，被注视，而我扮演主角。也许所有的作家都更愿意在书页后面而不是站在台上，你觉得呢？"

汤姆没有回答。他只是转过身看向大玻璃窗外，看向外面的森林，而我知道他在想自己前一晚说的话：关于舞台的话。观众。夜幕中的监视者。

片刻过后，我顺着他凝视的方向望去。看起来和昨晚不同：有人打开了外部安全灯，可以看到空旷的白色草坪向外伸展，有如一张连续不断的雪白色地毯，而哨兵般的树木，它们的树干在树冠之下光秃秃的带着刺。这本该令我感觉好一些——你能看到未受破坏的空白画布，从视觉上证明了没人跟我们在一起，证明了之前弄乱了雪的人没回来。不知怎的，这却不能令人安心。这其至让此处更像舞台了，就像照亮舞台的泛光灯，把观众抛进金色池塘之外的黑色泥沼里，黑暗中藏着看不到的监视者。

有一瞬间我令自己不寒而栗，想象着夜色中的无数双眼睛：灯光下眼冒黄光的狐狸，白翅的猫头鹰，受惊的鼩鼱[1]。但今早的脚印不是动物留下的，它们有着非常非常明显的人类特征。

"雪停了，"汤姆多余地说，"我必须承认，我很高兴。我并不想一连几天被雪堵在这里。"

"被雪堵住？"我说，"在十一月？你觉得真能发生那样的事吗？"

"呃，是的。"弗洛的声音从我们后面传来，让我跳了起来。她端着一个盛有薯片和坚果的托盘，当把盘子小心地放到桌上时，她很是甜蜜地把舌头在齿间夹紧。"在一月一向都会如此。这也是我姨妈冬天并不真的住在这里的原因之一。如果行车道上遇有大块积雪就不能通过了。在十一月从没下过那么大，我觉得今天也不会，天气预报没再说今晚有雪了。而且看起来很漂亮，不是吗？"

她一边揉着眼睛一边直起身，我们都凝视着窗外阴沉的树木和白色的雪。看起来并不漂亮，而是荒凉又不近人情。我没说出口，反而问了那个一直不断烦扰着我的问题。

"弗洛，我是想问，今天上午走出去到车库的脚印——是你的吗？"

"脚印？"弗洛不解地问，"什么时候？"

"早上。我八点多跑步回来的时候它们就在那儿了。也许之前就

---

1 译者注：鼩鼱，属于食虫目鼩鼱科，靠吃蚯蚓、昆虫等为生，长得极像老鼠，但其实两者没有任何关系。它是最早的有胎盘类动物，产生于中生代的白垩纪，是世界上最小的哺乳动物。

在，我出去的时候没注意。"

"不是我。你说它们在哪儿来着？"

"在车库和房子的侧门之间。"

弗洛皱起眉头。

"不……绝对不是我，真奇怪。"她咬了片刻嘴唇，然后说，"听着，如果你们不介意，我也许现在就把门锁上——以免我们过会儿忘了。"

"你是什么意思？你觉得有可能是别人？从外面来的人？"

弗洛欢快的脸突然看起来不安："嗯，我之前正告诉妮娜。我姨妈在建这栋房子的时候遇到了麻烦——有很多规划异议，首先当地人不喜欢它是第二个家的事实，而且关于构造风格和位置也有许多抱怨。"

"别告诉我，"汤姆拉长音调说，"印第安人的老坟场，对吧？"

弗洛用一张纸巾打了他一下，从担心中展颜一笑："完全不是那样。据我所知，这附近唯一埋着的只有羊。这是一个保护区——我不确定它是否真的在国家公园里面，但几乎无关紧要了。它建了起来是因为它是在扩建一个已经存在的建筑——一个古老的小农场式的建筑。人们说它没有本着最初的精神……反正，长话短说，在建了一半的时候它被烧毁了，我想很多人都接受纵火的说法，尽管什么证明也没有。"

"天！"汤姆看起来吓坏了。他瞥了一眼窗外，仿佛预期会看到熊熊的火炬随时朝山上而来。

"我是说没关系的！"弗洛安慰我们，"它是建在中间的，所以这里之前是空的，其实结果对我姨妈真的很好，因为保险非常不错，她最后建了个更高规格的构造。根据最初的计划，她得适当地保留一点儿原来的小农场，它被烧为平地了，也就意味着她不用再为那个烦扰了。总的来看，我想说他们帮了她的忙。但是，你们懂的，这或多或少影响了她对邻居们的看法。

"这儿有任何邻居吗？"汤姆想知道。

"哦，是的。那个方向穿过森林大约一英里有一小群房子。"她指了指，"山谷下方有一个农场。"

"你们知道吗——"我自言自语道，"真正让我害怕的不是脚印——或者说不仅是脚印。而是如果不是有雪，我们永远都不会知道这件事。"

"我们看向外面，注视着横在通往森林的小路上连续不断的白色地毯。早上我自己跑步的脚印已经被填上了，现在你永远不会知道有一双人类的脚曾经经过。很长一段时间我们都静默地站着，琢磨着那个事实，琢磨着每一次我们可能在完全无意识的情况下被观察。

弗洛走到窗子前试了试闩锁，锁得紧紧的。

"很好！"她欢快地说，"我打算去查看一下后门，然后我想我们应该停止这场阴郁的对话，再喝一杯。"

"说的对，说的对。"汤姆冷静地说。他拿起我的空杯子，这次，当他给我倒了两倍的酒时，我没抱怨。

19

　　我上楼为晚餐换装时，妮娜坐在床上，头埋在手里。我进去时，她抬起头，面容苍白憔悴，表情和她通常讥笑挖苦时的样子大不相同，令我不由得一怔。

　　"你没事吧？"

　　"没事。"她把有光泽的深色头发推到脸后，站了起来。"我只是……啊，我烦死在这里了。感觉像回到了上学的时候，我正记起所有那时候讨厌自己的地方。好像我们退回了十年前，你不觉得吗？"

　　"我不知道。"我坐到自己的床上，仔细思考她的话。尽管昨晚我有非常相似的想法，在日光下它们让人感觉不公平。在我的记忆中，学生时代的克莱尔对弗洛一秒钟也容忍不了——或者说除非她有什么强大的动力。她会对弗洛更加愚蠢的言论点头附和，把她引入歧途，说出非常奇怪的话来，此时她会往后站，指指点点地大笑。这个周末我没看到任何那样残酷的行为。反而，她的宽容令我印象深刻。弗洛显然是个有些受到伤害的人——而我欣赏克莱尔试图帮助她的恻隐之心。我不知道自己能否忍受弗洛十天，更别提十年了。很明显，克莱尔是个比我曾下过的评判更大方、更好的人。

"我觉得克莱尔变了好多，其实，"我说，"她似乎更……"我停下来，搜寻着合适的字眼。也许没有合适的词。"她只是似乎更善良了，我猜。"

"人是不会变的，"妮娜苦涩地说，"他们只是变得更加谨小慎微地隐藏真实的自己了。"

我揣摩她的话时咬了咬嘴唇。是真的吗？我变了——至少，我告诉自己我变了。我自信多了，自给自足多了。整个学生时代我都依靠朋友获得自尊和支持，想要和别人打成一片，想要合群。最终我认识到那不可能，我更快乐了——尽管更孤独了——从那以后一直都是。

也许妮娜是对的。也许不过是我学会了隐藏自己曾经的样子——那个笨拙的，不顾一切想要合群的孩子。也许我变成的这个自己只是一层薄薄的外饰，准备好被痛苦地打回原形。

午餐很叫人难受。完全是关于婚礼的讨论：欢迎会将在哪里举办，克莱尔穿什么，伴娘穿什么，烟熏三文鱼做头盘会不会太夸张，还有为什么素食选择总是包括羊奶酪。当意识到我穿过了一条看不见的线，越过了那个我可以承认自己没被邀请的点时，事情变得更糟了。我在第一天晚上应该马上说些什么，承认了，对此用玩笑带过。现在已经走得太远，看起来只能欺骗了，我因为有所保留而陷入了一个谎言。克莱尔时不时同情的扫视并没有帮助。

"我不打算说'难缠的新娘'，"妮娜继续道，"因为我觉得这儿实际上更像是有个难缠的伴娘。但如果我不得不再听一遍有关婚礼回礼，或者除腿毛，又或者伴郎发言……你们能想象詹姆斯在这一切的中间吗？"

我一直有意避免去想詹姆斯和婚礼，那就像皮肤上的一处痛处，不能忍受被碰触。但现在，我努力了，我意识到自己做不到。我记忆中的詹姆斯，刮掉了后脑的头发，在头顶梳着发髻，戴着扯破的校服领带；那个詹姆斯曾用他爸爸的威士忌把自己灌醉，在午夜爬上学校的战争纪念碑，向夜空中大喊维尔弗莱德·欧文[1]的诗句；那个詹姆斯曾在夏季学期的最后一天用口红在班主任的汽车上写平克·弗洛伊德[2]的歌词……那个詹姆斯，我无法想象他穿着一件晚礼服，一边亲吻着克莱尔的母亲一边恭顺地对伴郎的发言大笑。

整个事情令人难堪到了反胃的地步，妮娜偷偷摸摸的样子让情况变得更糟了。如果有一样东西比受伤害更让我不喜欢，那就是被看到受伤害。我一向更喜欢偷偷离开，私下舔舐伤口，但妮娜是对的。这不是一个难缠新娘的案例。事实上克莱尔整个午饭期间一反常态地安静。是弗洛驱动对话，汤姆在一旁鼓动。克莱尔甚至一度建议他们换话题。不见得是她自从离开学校后便失去了对做众人关注中心的热爱。更像是，她在考虑我。

"如果我有更多的舞会，我就说不了。"妮娜闷闷不乐地说，"对婚礼，我是说。但杰斯会杀了我的。她可爱婚礼了，就像是她的什么强迫症。她已经为此买了个新的羽毛头饰。我告诉你，一个该死的羽毛头饰。"

---

1 译者注：维尔弗莱德·欧文，英国反战诗人，生于 1893 年，于二十五岁英年早逝。
2 译者注：平克·弗洛伊德，英国摇滚乐队。

"她会原谅你的，"我轻轻地说，"不过你也许得向她求婚来补偿她了。"

"也许会是那个结果。你会来吗？"

"当然。"我在她胳膊上捶了一拳，"我甚至会去你的婚前女子单身派对，如果你有的话。"

"去他的。"妮娜说，"如果——我重复如果——我可能结婚的话，我就去夜店玩一个晚上，仅此而已。绝没有这种在远得离谱的小屋子里折腾的戏码。"她叹了口气，把自己押直。"你知道弗洛今晚给我们安排了什么吗？"

"什么？"

"只有一个该死的通灵板。我告诉你，如果那板子上有'性感'的答案，我就把那把枪从壁炉台上拿下来，枪口推到让她痛苦的地方——不管上的是不是空弹。"

"好了，这个，"弗洛边说边在咖啡桌上铺上几张纸，"应该会好玩。"

"魔法八号球[1]说别指望它。"妮娜咕哝道。克莱尔瞥了她一眼，但弗洛要么是没听到，要么是选择无视挖苦。她继续忙碌地收拾桌子，把蜡烛点缀在半空的葡萄酒瓶间。

"有人有打火机吗？"

---

1 译者注：魔法八号球，美国二十世纪八九十年代的一种玩具。这种玩具是个巨大的撞球，里面装满了蓝色的液体，有一个清楚的窗口，通过该窗口可以看到一个漂浮在液体中的二十面体。这二十个面的每一面上都是一个问题的答案，答案只有是或否两种。

妮娜在她的牛仔迷你裙里翻了翻，出示了一个之宝打火机，弗洛带着礼仪性的崇敬神情点燃蜡烛。随着每一支蜡烛点燃，窗子上就有一个对应的火苗在反射的视野里发光。弗洛关上了外面的安全灯，森林除了月亮的一点儿光以外一片漆黑。房间里光线昏暗，我们能看到树的总体形状，苍白的雪，在发光的天空映衬下的林冠的轮廓。现在，它看起来仿佛是磷火在树上舞蹈，在双层玻璃窗上反射出两层摇摇晃晃的鬼焰。

我走到窗前，在玻璃上哈了口气，手窝成杯子状看向外面的夜。万籁俱寂。我又想到了脚印，还有断了的电话线，控制不住自己偷偷地检查落地窗的闩锁，是关紧的。

"梅拉会讨厌这个的，"当我重新坐回桌子旁而弗洛点燃最后一支蜡烛时，克莱尔若有所思地说，"我很肯定她跟大学时相比是更虔诚的基督徒了。"

"我真的看不出，跟一个想象中的人沟通和跟一群想象中的人沟通有什么不同。"妮娜尖刻地说。

"听着，那是她的信仰，好吗？没有必要无礼。"

"我没无礼。从定义上讲，你不能对不在场的人无礼。无礼得有接受方，不是只有给予方。"

"如果一棵树掉进一片空森林，会发出声响吗？"汤姆带着冷冰冰的微笑说。他向后靠在沙发上，长长地吞了一大口葡萄酒。"啊呀，我做这个都是几年前了。我姨妈非常热衷于所有这些通灵的东西。我以前放学绕去她家，她会让我用传统的通灵板，你们懂的，上面有字母的那种。"

我知道他的意思——那些是我在电影里看到过的通灵板。弗洛正在搭建的有点儿不一样，更像一支有轮子的圆珠笔。

"这样的方式更简单。"弗洛说，当她试图把笔放在支架上时她的舌头放在齿间。"我以前试过那个，指针的问题在于，除非你非常快，不然会漏掉很多字母。这种方法会有永久的记录。"

"你接收到什么了吗？"克莱尔问，"我是说，以前试的时候？"

弗洛严肃地点点头："呃，是的。我通常能接收到某些信息。我妈说我和灵界有自然共振。"

"啊哈。"妮娜面无表情地说。我能看出某种挖苦的评论正在滋生。

"它说什么？"我匆忙插话道，试图在关口阻止妮娜，"我的意思是，上一次？"

"是有关我祖父的，"弗洛说，"他想告诉奶奶他很快乐，还有如果她想的话可以再婚。反正，好啦，都弄好了。我们准备好了吗？"

"我随时都准备好了。"克莱尔说。她吞下杯中剩余的葡萄酒，放下杯子。"好的，我们做什么？"

弗洛示意我们靠近一些。

"好的——把你们的手指放到通灵板上。轻轻地就好——你们不要试图去引导它，不论你从灵界得到什么脉冲，做它的导管就好了。"

妮娜翻了个白眼，把手指放到通灵板上。汤姆和我跟着做了，克莱尔是最后一个。

"准备好了？"弗洛问。

"好了。"克莱尔回答。

弗洛深吸一口气，闭上了眼睛。烛光中她的脸发着光，仿佛光是从她体内发出的。我看到她的眼球在眼皮下移动，快速地左右来回切换，探寻着某些她看不到的东西。"

"有想跟我们说话的灵魂在吗？"她吟诵道。

通灵板不安地旋动，一圈又一圈，没有形成任何有意义的形状。没人在推着它，我很确定。

"今晚这里有灵魂吗？"弗洛严肃地重复道。我看到妮娜偷笑了一下。通灵板开始以更有意义的方式动起来。

Y[1]。

"哇哦！"弗洛低语道。她抬起头，脸上闪着光。"你们看到了吗？好像它被一块磁铁推着。大家都感觉到了吗？"

我感到了什么。感觉更像是被这一圈里的别的什么人推着的，但我没作声。

"这个灵魂叫什么名字？"弗洛急切地问。

通灵板又开始移动了：

Te⋯ qui⋯长时间的停顿⋯te⋯qui⋯

"'Qui'在法语里是'谁'的意思，"弗洛低声说，"也许我们接收到了一个法国的指导灵？"

⋯l⋯当最后一个字母 a 从通灵板下面拖拽出来时，汤姆和妮娜都开始大笑起来[2]，甚至连克莱尔也闷声用鼻子哼了一声。通灵板突然朝纸的边缘转向，然后"咔嗒"一声落在地板上，我们都咯咯笑起来。

弗洛看了那页纸一会儿，皱着眉头，没领会到笑点。然后她悟到了。她从桌边向后跪下，双臂交叉。

"好的。"她看看克莱尔，再看向汤姆，然后看向我。我努力板起脸。"是谁干的？这不是玩笑！我是说，是，有一点儿好玩，但如果你们一直乱玩我们永远找不到任何东西！汤姆？"

---

1 译者注：Y，yes 的首字母，代表"是"，表示肯定的答案。
2 译者注：tequila，龙舌兰酒。

"不是我!"汤姆举起双手。妮娜脸上一副最无辜的表情,我严重怀疑是她干的。

"嗯,不管是谁,"弗洛面色绯红,神情恼怒,"我并不感动。我惹上了好多麻烦,而且你们在毁——"

"嘿,嘿,弗洛洛。"克莱尔伸出一只手,"冷静,好吗?只是个玩笑。他们不会再那样了。是吧?"她严厉地看了一圈大家的脸,我们都摆出一副最懊悔的表情。

"好吧,"弗洛不高兴地说,"下不为例!如果你们再胡闹,我就把这个收起来,我们就要都玩……我们就要都玩'打破砂锅问到底'!"

"好吓人,"汤姆严肃地说,尽管他的嘴角在抽搐,"我以我的立场保证,我会管好自己。别面红耳赤地威胁我。"

"好吧。"弗洛说。她深吸了一口气,当我们都再次把手指搁在通灵板上等待时,它抽搐起来。我看到妮娜的肩膀仍在颤抖,她忍住不笑出声来,不过当克莱尔盯着她看时,她咬住嘴唇,努力平息下来。

"我为我们这一圈人里某些人的轻浮道歉。"弗洛意味深长地说,"这里有愿意跟我们说话的灵魂吗?"

这一次通灵板移动得更慢了,更像是在按自愿意志在飘移。不过,显而易见,它正在塑造另一个 Y,然后它停了下来。

"你是这里某个人的朋友吗?"弗洛低声说。

? 通灵板说。

这一次我觉得没有人在推——我能看到其他人也有同感。他们不再笑了。克莱尔看起来甚至稍有不安。

"你知道吗,弗洛洛,我不确定……"她说。

汤姆轻轻拍拍她的手："没事，亲爱的。并不真的是灵魂——只是大家的潜意识在写字，有时候结果很有启发性。"

"谁在这儿？"弗洛闭上了眼睛，她的手指非常轻地放在通灵板上。如果有人在控制它，我确定不是她。通灵板又开始移动，用循环往复、自由形态的手迹塑造着字母。当它们出现时，汤姆大声读了出来。

"M…A，也许[1]？或者那是 N 吗？…X…W…E…L…L…好吧，是个词。麦克斯韦尔，有人认识一个叫麦克斯韦尔的吗？"

我们都摇摇头。

"也许是以前的小农场里其中一个佃农的灵魂，"妮娜严肃地说，"来对我们践踏他们神圣的羊骨发出警告的。"

"也许。"弗洛说。她睁开眼睛，它们在黑暗中大张着，呈绿色。她看起来非常苍白，面红耳赤的坏脾气消得不剩什么了。她又闭上眼睛，用虔诚的语调低声说，"这里有你想说话的人吗，麦克斯韦尔？"

Y。

"你有想传达给我们其中一个人的信息吗？"

Y。

"我们当中的谁？"

F…fl…f…

"我？"弗洛猛地睁开眼睛。她看起来吓了一跳，到了惊恐的程度。实际上，她像是已经在后悔这个主意了。"你有要给我的信息吗？"

---

1 译者注：也许，英文拼写为 maybe。

Y。

弗洛倒吸一口气。我看到她不受约束的那只手紧握着咖啡桌的边缘，握得太紧以至于指关节都发白了。

B…U…它慢慢地描绘，然后突然间疾速飞舞起来：Y[1] coffee[2]。

片刻的寂静，然后妮娜用一声吠叫式的短促的大笑声打破了它。

"滚开！"弗洛大叫。我们都一激灵，我意识到这是我第一次记得她骂人。她突然从座位上起身，让通灵板飞掠着穿过桌面。葡萄酒杯和蜡烛摔到地板上，蜡溅落在了地毯上。"是谁？这不是开玩笑，各位！我烦透了。妮娜？汤姆？"

"不是我！"妮娜说，她笑得太猛力，眼泪都要从眼睛里流出来了。汤姆更努力地掩藏他的欢笑，但他忍俊不禁，用一只手遮着。

"对不起。"他说，无可奈何地努力让表情好转，"对不起，不、不好——"他没法儿把整句话说完。

弗洛突然责备地转向我。我轻抹着小地毯上的葡萄酒。

"你非常安静，利，坐在那里假装天真无辜！"

"什么？"我抬起头，由衷地感到意外，"请再说、说一遍好吗？"

"你听到我说的了！我烦透了你像个恶毒的小老鼠一样坐在那儿，在我背后大笑。"

"我没有。"我不自在地说，想起了在我们刚到时我屈从于嘲笑妮娜戏弄的方式。"我是说……不是说——"

"你们都觉得自己太完美了。"弗洛沉重地喘息着，一边呜咽一边倒抽着巨大的粗气。我觉得她就要哭起来了。"你们都觉得自己太棒了，你们的学位，你们的工作，还有你们在伦敦的公寓。"

---

1 译者注：buy，"买"的意思。
2 译者注：coffee，"咖啡"的意思。

"弗洛——"克莱尔说。她再次把一只手放在弗洛的胳膊上，弗洛把它甩掉了。

"得了吧，"汤姆安慰道，"听着，我不知道是谁做的，但我保证这是最后一次有人胡闹了，对吗？"他环视一周，"对吧，各位？我们保证，好吧？这次来真的。"

他在试图帮忙，我却感到自己的胃不舒服地扭转。在弗洛第一次发怒时我们就应该叫停——在弗洛愈加生气而演变成盛怒的情况下，像这样继续推动下去是自找麻烦。

"你们不觉、觉得——"我紧张地说。

"我觉、觉得你应该闭上嘴。"弗洛怒气冲冲地模仿着我的口吃，精准得令人不可思议。我大吃一惊，沉默不语，只是张着嘴坐着，盯着她，就好像有个天线宝宝往我脸上吐了口痰。

"嘿，来吧，现在。"克莱尔说，"再一次机会，好吗，弗洛洛？我保证这次每个人都会认真对待。如果不是的话，我来替他们承担责任。"

弗洛一只手颤抖地举起酒杯将酒吞下。然后她沉重地在桌前坐下，把手放到通灵板上。"下不为例。"她粗野地说。

大家都点点头，我不情愿地把手指放回板子上。

"这次让我们问它一个问题，"汤姆安慰道，"以助事情顺利。就问……克莱尔和詹姆斯会不会长久快乐地生活在一起怎么样？"

"不！"克莱尔大声说。我们都转过头，被她激烈的反应吓了一跳。"不——听着，我只是……我不想把詹姆斯扯进来，好吗？感觉不对。这是有点儿好玩，但我不想某支笔告诉我自己会在三十岁前离婚。"

"好吧。"汤姆温和地说，但我感觉到了他的惊讶。"那问关于我的怎么样。布鲁斯和我将会庆祝什么结婚纪念日？”

我们都把指尖放到板子上，之后，非常缓慢地，我感觉到它开始移动了。

这一次和之前很不一样。不是时断时续的推推拉拉，而是沿着螺旋形回路在页面上长时间、慢吞吞的流畅笔迹。

“P…a…p…a”弗洛读了出来，“爸爸？那是什么意思？那不是结婚纪念日。”

“纸[1]，也许？”汤姆对着纸皱眉，“不过那讲不通啊。纸婚是像……第二年之类的。我们去年庆祝过了。也许它是说蛋白石[2]婚。第一个P可能是个O。”

“也许它是在告诉我们它的名字。”弗洛气喘吁吁地说。她之前片刻的愤怒消失了，看起来很兴奋，几乎对此亢奋了。她再次把酒杯斟满，鲁莽地三口把酒喝光，然后摇摇晃晃地把杯子放回地板上。我看到她银灰色的上衣——跟克莱尔正穿着的一样的上衣——其中一只袖子上有一块红酒渍。“它们不总是执行命令，你们懂的。让我们问问它。你的名字叫什么，灵魂？”

笔又开始动了，在纸上迅速地画起圈来，快速写成的字母占据了纸上的空间，在之前写下的其他笔迹上乱涂着。

Pa……我看到，然后在页面更远的地方……by。它放慢速度，停住了。弗洛探过头去把内容读了出来。

“百格比爸爸。哇。那究竟是谁？”

“天啊，不！”我条件反射式地说道。说实话，我可不只有一点儿吓到了。之前那些事很明显是开玩笑，这感觉分明很古怪，其他

1 译者注：纸，英文为 paper。
2 译者注：蛋白石，英文原文为 opal。

人看起来和我感觉的一样忧心忡忡。克莱尔咬着一撮头发的发尾。妮娜看起来煞费苦心地毫不在意，但我能看到她的手指在兜里玩着打火机，在衣服下面紧张地把它来回转。汤姆看起来实在很惊愕，甚至在微光中也面色苍白。只有弗洛由衷地欣喜若狂。

"哇，"她低声说，"一个真正的灵魂。百格比爸爸。也许他是这个小农场曾经的主人？百格比爸爸。"她对着我们头顶的空间恭敬地说，"百格比爸爸，今晚你在这里有信息要传达给我们吗？"

笔又开始移动，这次更不平稳了。

M……我读了出来。霎时间我心里一沉，不再是关于咖啡的玩笑了。

M…m…m…

书写速度变得越来越快，然后突然"嘎吱"一声，通灵板发出刺耳的摩擦声，颤颤巍巍地停了下来。克莱尔把它举起来，一只手掩住了嘴。

"呃，弗洛洛，对不起。"

我低头看看桌子。圆珠笔芯穿透了纸页，钻进了下面打磨过的木材里。

"你姨妈——"

"哦，别在意，"弗洛不耐烦地说。她把通灵板放到一边，抬起页面。"它说什么？"

我们都看起来，当她慢慢把页面朝这又朝那转动时越过她的肩膀读着，读着那弯曲的螺旋形笔迹。

M m mmmmuurderrrrrrrrrrrrrrer[1]

---

1 译者注：murderer，凶手。

"我的天啊。"汤姆一只手放到嘴上。

"这不好笑。"妮娜说。她脸色苍白,从人群中退后一步,审视着我们的脸。"谁干的?"

"听着,"汤姆说,"我举手投降,咖啡那个是我干的。但我可没说那个——我不会!"

大家面面相觑,在其他人眼中搜寻着愧疚。

"也许你们搞错情况了。"弗洛说。她的脸又红了,这次我觉得比起愤怒,更多的是成功的喜悦。"也许这是一条真心的信息。终究我还是知道了关于你的一些事,关于你的一切。"

"你什么意思?"汤姆问,他的声音小心翼翼,"克莱尔,她滔滔不绝地说什么呢?"

克莱尔默不作声,只是摇头。她脸色很白,嘴唇在唇彩下毫无血色。我发现自己正急促地喘着粗气,几乎要换气过度了。

"嘿,"妮娜突然说,声音的质感有些古怪,仿佛从远处传来,"嘿,诺拉,你还好吗?"

"我很好。"我说,或者试图说。我不确定是否说出来了。就在玻璃窗伸展开来时,房间似乎正在关闭,好像一口松树般的牙,等待着把我们全部吞下。我感到自己的双手抓住胳膊,将自己推倒在沙发上,把头埋在双膝间。

"你没事的,"我听到妮娜坚定的声音,突然间很容易地想起她是一个医生,一个专业的大夫,而不只是每隔几个月都和我去喝酒的朋友。"你没事。谁拿个袋子来,纸袋子。"

"大惊小怪。"我听到弗洛生气地嘘声说,跺着脚走出了房间。

"我很好,"我说,我一边推开妮娜的双手一边试图坐起来,"我不需要纸袋。我没事。"

"你确定?"妮娜探究地凝视我的脸。我点点头,试图让自己看起来有说服力。

"我完全没事。抱歉,我不知道为什么自己突然那么好笑。喝太多酒了,但我没事,我保证。"

"太戏剧化了。"汤姆小声说,他的语气严肃,我知道他不是说我。

"我只是——我想我要去呼吸点儿新鲜空气。这里太热了。"

的确很热,炉子好像熔炉一样往外排放着热气。妮娜点了点头。

"我跟你一起去。"

"不!"我说,语气比我的本意强烈。然后,更从容了一些,"说实话,我更想一个人去。我只是想要喘口气,好吗?"

在外面,我背靠着厨房的玻璃滑门站着。头顶的天空像深蓝色的天鹅绒,月亮白得惊人,上面镶了一圈暗淡的霜晕。我感觉到夜晚的冷空气将我包围,寒冷给我发烫的脸和出汗的手掌降着温。我站着,听着自己的心跳,试图让它减速,试图冷静下来。

如此可笑的惊慌有些荒谬,谁也没说那条信息是在说我。不过,弗洛最后说的又是什么呢?

我知道你的一些事情……

她是什么意思?她在对我们当中的哪个人说?

如果是我,她指的只可能是一件事,而克莱尔是唯一知道发生了什么的人。她告诉弗洛了吗?

我不确定。我想要觉得她没有。我努力记起多年来我向克莱尔倾诉的所有秘密,那些秘密她之前都忠实地保守着。

但我想起了上学的时候参加法语理解力考试，排队的其他女孩中有一个把一只手放在我的胳膊上。实在对不起，她说，你太勇敢了。她的脸上带着诚恳的同情，也透着一种幸灾乐祸，那种你有时在关于一个朋友的不幸离世而受访的青少年脸上看到的幸灾乐祸。有悲伤，是真实的，不过这一切戏剧性且真实的地方在于还有一丝潜在的兴奋。

我不确定是否知道她的意指——她也许是在说我和詹姆斯分手的事。不过她对那件事的反应看起来有些过激，而我也开始好奇克莱尔是否把发生的事告诉了谁。整场考试我从头至尾都在绞尽脑汁想那个问题。而当两小时的时间到了，我知道我不得不怎么做了。因为我知道那个疑惑会把我逼疯的。

我再也没回去。

现在，我闭上眼睛，感受脸上的寒冷，雪渗透我的薄袜，我倾听夜晚轻柔的声音：落满雪的树枝在重压下咯吱作响，突然断裂，猫头鹰的鸣叫，挥之不去的狐狸的奇怪尖叫声。

我从未在乡下生活过。我在雷丁郊区长大，刚满十八岁就搬去了伦敦。之后一直住在那里。

但我能想象住在这里，在寂静和孤独中，只在你想要见人的时候见人。不过我不会住在一个巨大的钟罩里，我会住在风景中某个小小的不引人注目的部分。

我想到农夫的小屋在焚毁前曾伫立于此。我想象一栋长长的低矮建筑，它的轮廓像一只试图潜伏起来的动物，像一只把自己的形态压平到草里的野兔。我本可以住在那里的，我想。

当我睁开眼睛时，房子发出的光反射在雪上刺痛我的视网膜。太鲁莽，太浪费了——就像一座金色的灯塔，把它的风采照射进黑暗里。只是……灯塔是告诉船只远离的。这个地方更像是信号灯，像一只吸引飞蛾的灯笼。

我不寒而栗，我必须停止如此迷信的想法。这是一幢美丽的房子。我们能住在这里很幸运，即使只住上几天。我不喜欢它，我不相信弗洛，我也等不及明早离开了。我想知道自己最早可以多早地体面离开。妮娜跟我有下午五点那趟火车的座位，但我的票可以任意改签。

"你还好吧？"声音从我身后传来，接着是一口长长的吸烟的吐气声，我转过身看到妮娜站在那儿，一只手夹着香烟，另一只胳膊缠绕住自己的肋部御寒。"抱歉。我知道你说你想一个人。我只是……需要抽根烟，需要脱身。啊，那个弗洛！她让我精神紧张。所有那些关于知道我们秘密的奇怪东西是什么啊？"

"我不知道。"我不自在地说。

"八成只是狗屁。"妮娜深吸一口烟，"但必须承认，我坐在那儿把我这些年来告诉过克莱尔的事情都过了一遍，那感觉可不是非常舒服，琢磨着她可能把什么传给弗洛了。汤姆看起来很心烦意乱，不是吗？好奇他有什么不可告人的秘密吗？"

"我不知道。"我重复道。寒意正开始入骨，我发起抖来。

"我想梅拉妮是对的，"妮娜最后说，"弗洛不正常。还有她与克莱尔有关的古怪之处——'不健康'说得太轻了。诸如模仿克莱尔的穿着——有点儿"双面女郎"的意思，不是吗？依我看，她离重演《惊魂记》里淋浴的那场戏就差几片赞安诺[1]了。"

"哦，看在上帝的分儿上，"我呵斥道。弗洛是古怪，但这不公

---

1 译者注：赞安诺，精神科用药，主要用于抗焦虑。

平。"她不是疯子，她只不过不是非常自信。我知道那种感觉，总是感到第二好。跟克莱尔做朋友可不总是最轻松的。"

"不，不，别试图给她找借口，诺拉。着装之类的——我是说，无论如何，很怪，不过如果克莱尔想要容忍，那是她的决定。今晚那场小展演可直指向我们啊，我不打算忍了。听着，我刚才在想，明天——我知道我们订了下午五点的票，但是——"

"我们可以提前走？我刚才也在想一模一样的事。"

"我已经忍无可忍了，说实话。如果我头脑足够清醒今晚就会走，但我没有开车的状态。你认为呢——早餐后就直接走？"

"弗洛会发疯的。"我严肃地说。明天有更多的活动计划，我不确定是什么，但指示很清楚——下午两点离开，之前不行。

"我知道。我刚才其实是在想……"妮娜长长地深吸一口烟，"我在想我们溜走就是了。那样会显得怯懦吗？"

"是的，"我明确地说，"非常。"

"哦，好吧。"她边叹气边呼出一团烟，在月光中呈现白色。"也许我能虚构出某种医院危机。今晚我会想个借口。"

"你怎么会知道呢？"我说，"鉴于没手机信号也没有电话？"

"呃，那他妈的是另一回事了，不是吗？假使丧心病狂的当地人果真上山来，弹着班卓琴，拿着长矛，我们究竟该怎么做？朝他们扔雪球吗？"

"别耸人听闻。没有丧心病狂的当地人。弗洛的姨妈八成为了保险自己放火烧了这地方，又把责任推到那些农场主身上。"

"我希望你是对的。我看过《生死狂澜》[1]。"

---

1 译者注:《生死狂澜》，另译名《激流四勇士》，美国电影，讲述了四名男子前往野外漂流，遭受袭击后逃生的故事。

"我为你高兴，不过回到手边的问题……"

"哦，我打算就假装在夜里收到了一条意外的短信。反正就算弗洛不信，她能说什么？"

能说很多，是我的猜测，除非她把门封上，不然我觉得她说什么都不会让妮娜改变原计划。

很长时间没人说话。妮娜拿着烟往寂静的夜空里吹着烟圈，而我吐出团团白气。

"刚才在那儿发生了什么？"妮娜终于问道，"那个小急性焦虑症发作，我是指。那是信息吗？"

"可以那么说吧。"

"但你觉得不是说你，对吗？"她斜着眼好奇地看我，吐出一个烟圈，"我的意思是，你有可能做了什么杀死某个人呢？"

我耸耸肩："没，并没有。反正，那也可能不是'凶手'，有可能是'谋杀[1]'。太多重复了，我不确定那个词究竟是什么。"

"什么，你是说像是个警告？"妮娜问，"所以，我们又回到丧心病狂的当地人了，是吗？"

我又耸了耸肩。

"我不打算说谎，"她又喷出一个烟圈，"我觉得也许指的是我。我的意思是——我从没有意杀过人，但是无疑有些人因为我犯的错死掉。"

"什么——你觉得那是个真的信息？"

"不。"她又吸了一大口烟，"那种东西我一点儿也不信。我只是说，我觉得有人在瞎猜，试图捉弄我。绝对是弗洛，毫无疑问。我

---

1 译者注：谋杀，英文原文为 murder。

觉得她因为我们一开始胡闹而不爽了，决定惩罚我们。那个龙舌兰酒的信息是我弄的，她大概知道。"

"你这样觉得吗？"我抬头看看晴空。天空不是黑色，而是深海军蓝色，颜色太纯令我双眼感到疼痛。远远的高空中一颗卫星正朝月球行进。我努力回想，回想当弗洛念出那个词时她的脸，回想她闭着的眼睛和狂喜的表情。"我不知道。我一直站在这里试图想出答案，我不确定是她。她看起来真的很震惊，而且她是唯一一真正相信整件事的人。我觉得她不会推着它去干扰灵魂。"

"那么，现在你认为那是真的了？"妮娜的声音里透着怀疑的态度。我摇摇头。

"不，我不是那个意思。我觉得有人在推它，我只是不确定是她。"

"所以怎样——那就剩下，汤姆和克莱尔了？"妮娜丢掉烟，"哒"的一声把它碾灭在雪地里。"真的吗？"

"我知道。那就是一定程度上令我难过的事。我觉得是……"我停下，试图摆脱对整件事的不安。"不是信息的问题，是恶意。无论你怎么认为，不论你觉得那是谁做的，是不是人类，说出那个很可怕。那个房间里有人想把我们的脑子搞坏。"

"目的达到了。"

我们都转身回头看着房子。透过窗户我能看到克莱尔在客厅里走来走去，收集杯子，从地毯里把坚果挑出来。汤姆不见了踪影——我猜他上楼了。弗洛正带着一股紧张的野蛮活力在厨房往洗碗机里装东西，如此用力地碰撞着杯子，以至于杯子没破都令我惊讶。

我不想回去。刹那间，尽管有雪，尽管气温在零度以下，我真的打算跟妮娜借钥匙，睡在车里。

"来吧，"妮娜最后说，"我们不能整晚都待在外面。我们回去吧，道晚安，倒头睡。然后早上第一件事，就是离开这儿。好不？"

"好吧。"

我跟着她穿过厨房门回去，把门在我们身后关上。

"请把它锁上。"弗洛马上说。她从洗碗机那里抬头看着我们，脸上一片蒙眬，睫毛膏沿着双颊往下糊到了脸蛋中间，头发散落地分布在脸上。

"弗洛，别弄了。"妮娜说，"拜托，我保证早上我们会帮忙的。"

"没事，"弗洛紧绷地说，"我不需要任何帮忙。"

"好吧！"妮娜认输了，"你说的对。早餐见。"她转过身然后小声抱怨道，"该死的殉道者。"说着离开了房间。

20

妮娜几乎立刻就睡着了，躺在那儿，四肢摊开，像晒黑了的长腿爸爸，鼾声渐浓。

我醒着躺在床上，努力想要睡着，反而回想起晚上的事和这个周末被克莱尔聚集到她身边的这一小群奇怪的人来。我太想离开了，甚至感到痛苦——想回到家里，躺在自己的床上，和自己的物品在一起，置身充满喜悦的平和与宁静之中。现在我一边倒数着时间，一边听着妮娜轻柔的鼾声，还有鼾声之后房子和森林的寂静。

并不是很寂静。正当我迷迷糊糊的时候，传来一声轻轻的嘎吱声，然后是"砰"的一声，声音不大，就好像是门在风中砰砰作响。

当声音再次传来时我几乎打起了瞌睡，又慢又长的咔咔咔咔咔声，然后是一声不连贯的咔嗒。

古怪的事情是，听起来像是房子里发出的。

我坐起来，屏住呼吸，试图在妮娜的鼾声之上听到那个声响。

咔咔咔咔咔咔咔咔……咔嗒！

这次毫无疑问了。声音肯定不是从窗外传进来的，而是从楼梯井飘上来的。我起身，抓起睡衣，蹑手蹑脚地向门口走去。

当我打开门时几乎尖叫起来：一个像鬼一样的人影正站在楼梯口，在栏杆旁低着头弯着腰。

我没叫出来。但我一定发出了某种窒息的喘息声，因为那个人影转过身来，把一根手指放到嘴唇上。是弗洛，她穿着一件白底粉花的睡袍，在月光的漂白下显得苍白。

"你也听到了？"我低声问。

她点点头："是的。我以为可能是花园里的一扇门，但不是，是房子里面。"

身后传来"嘎吱"一声，我俩都转过身去，看到克莱尔正一边揉着眼睛一边从卧室里出来。

"怎么回事？"

"嘘，"弗洛低声说，"楼下有动静。听。"

我们都停顿下来。

咔咔咔咔咔咔咔咔咔……咔嗒！

"只是门在风中的声音。"克莱尔打着哈欠说。弗洛猛烈地摇了摇头。

"是房子里面的。房子里面能有什么风？一定有人没关上门。"

"不可能，"克莱尔说，"所有的门我都检查过了。"

弗洛双手叠放在喉咙上，看起来突然吓坏了："我们得下去，不是吗？"

"我们把汤姆叫醒吧，"克莱尔说，"他看起来高大威猛。"

她踮着脚尖走进他的房间，我听到她低声说："汤姆！汤姆！房子里有声音。"

汤姆走出来，脸色苍白，睡眼蒙眬，我们一起蹑手蹑脚地缓缓走下楼梯。

有一扇门开着，我们刚走到一层就看到了。楼下冷得像冰窖，一阵微风正吹过门厅，从厨房吹来。弗洛的脸彻底变白了。

"我去拿枪。"她低声说，声音小得几乎听不到。

"我以为你说，"克莱尔喃喃地说道，"枪里上的是空弹。"

"是啊，"弗洛不高兴地说，"但他不会知道，会吗？"她猛地把头凑到客厅门口，"你先，汤姆。"

"我？"汤姆惊恐地小声说道，他翻了翻白眼，还是侧着头在门边缓缓前移。然后他没出声地示意，我们匆忙跟上他，可以说是松了一口气。房间空荡荡的，月光在苍白的地毯上泛滥。弗洛伸手到壁炉台上方把枪拿了下来。她脸色苍白却神情坚定。

"你确定是空弹吗？"克莱尔再次问道。

"完全确定。但如果有人在，它会好好地吓一吓他。"

"如果你举着枪，我在你后面走，"汤姆嘘声说，"不管是不是空弹。"

"好吧。"

无论我对弗洛有什么意见，她的勇气都让人无可挑剔。她在走廊里站了片刻，我能看到她双手发抖。然后她颤抖着深吸一口气，猛地打开厨房门，这一下太用力了，门撞到了铺着瓷砖的墙上。

没人。玻璃门敞开着立在月光中，一小层积雪吹过铺着瓷砖的地板。

不一会儿，克莱尔在房间对面了，她光着脚轻柔地踩在砖地上。"有脚印，看。"她朝草地的方向指出来：松松垮垮的大脚印，像是长筒雨靴或者雪地靴踩出来的。

"该死。"汤姆脸色苍白，"发生了什么？"他转向我，"你是最后离开那扇门的。你没锁吗？"

"我——我确定我锁了。"我努力回想。想到妮娜帮助我，弗洛生气的崩溃。我清晰地记得自己的手放在门锁上。"我锁了，我确定我锁上了。"

"呃，你肯定没锁好！"弗洛对我责骂道。月光下的黑暗中，她看起来像一座雕像，脸和大理石一样坚固而刚强。

"我锁好了。"我开始感到生气了，"无论如何，我以为你说克莱尔检查过了？"

"我只是把每扇门都推了推，"克莱尔说，她的眼睛睁得巨大，眼窝里的阴影好像瘀青一样。"我没检查所有门锁。如果它没开，我就当它是关上了。"

"我锁上了。"我倔强地说。弗洛发出一小声暴怒的声音，几乎像是一声咆哮。然后她把猎枪夹在腋下，大踏步地上楼去了。

"我锁了。"我一边看看克莱尔再看看汤姆，一边重复道，"你们不相信我吗？"

"听着，"克莱尔说，"谁都不怪。"她走到门边，用力使劲一推，同时扭转钥匙。"反正，它现在他妈的锁好了。我们上楼睡吧。"

我们排着队走回楼上，感觉身体系统里消耗的肾上腺素逐渐消逝成酸痛的抖动。当我在楼梯口绕行时妮娜站在台阶顶端，不解地擦着眼睛。

"怎么了？"当我上到她所在的那层台阶时妮娜问道，"为什么我刚看到弗洛举着那把该死的枪跷着脚走过去了？"

"我们被吓到了。"汤姆一边从我后面上来一边马上说道，"有人，"他瞥了我一眼，"没锁厨房门。"

"不是我。"我固执地说。

"嗯，随便吧。它之前是开着的。我们听到它砰砰响，外面有脚印。"

"该死。"妮娜现在跟我们其他人一样完全清醒了。

她一只手再次放到脸上，揉走眼中的睡意："他们走了吗？丢了什么东西没有？"

"我没注意到丢了什么。"汤姆看看我和克莱尔，"你们能想到什么吗？电视在。所有像电视一样明显的东西都在。有人把钱包乱放吗？我的在我房间里。"

"我的也是。"克莱尔说，她转过身往外面的行车道上瞥了一眼，"所有的车都仍然在那儿。"

"我的包在我房间里，我想。"我说道，把头伸到门边查看，"是的，在那儿。"

"呃……看起来他们不像是入室抢劫，"汤姆不安地说，"如果不是那些脚印，你几乎可以认为只是没锁好门。"

但脚印在那里，无可争辩地摆在那里。

"觉得我们应该报警吗？"他问。

"我们不能，能吗？"妮娜不悦地说，"有线电话不通也没有该死的信号。"

"昨天你有两格信号。"我提醒她，她摇了摇头。

"肯定是昙花一现，之后就一点儿也没有了。呃，往好的一面看，没有汽油味所以很幸运，不是丧心病狂的当地人带着他们的油桶回来第二次点篝火。"

一阵沉默。没人笑。

"我们应该回去上床，试着睡会儿觉。"克莱尔最后说。我们都点了点头。

"想把你的床垫拉进来跟我们一起吗？"妮娜居然对汤姆说，"我不会想要自己一个人的。"

"谢谢，"汤姆说，"真是——真是非常友善啊，但我不会有事的。我会把门锁上，以防万一有人觊觎我的贞操。并不是说我还剩下很多。"

"很好啊，"在我们跟汤姆和克莱尔道过晚安，蜷缩在自己的床上时我对妮娜说，"你对汤姆说的话，我是说。"

"好，顺水人情而已。我为那个可怜的家伙感到难过。再加上如果真有人闯进来，他看起来好像会重拳出击的样子。"她叹了口气，翻了个身，"想要我留着灯吗？"

"不，没事。现在那扇门锁上了——那是主要的。"

"有道理。"妮娜按下开关关上灯，我看到了她手机的亮光。"过了两点了。该死的。还是一格信号都没有。你呢？有吗？"

我伸手去够手机。

手机不在。

"等等，我需要把灯打开。我找不到手机了。"

我轻弹了一下开关，四下张望，床底下，床头桌底下，然后是我的包里。没有手机，哪儿都没有，实际上——只有解开的充电器拖曳在地板上。我试图记起它最后在我身上是什么时候？也许是在车里？我记得午饭的时候用了。但那之后，我不能确定了。我在这里摆脱了查看手机的习惯——没有信号，它似乎没有意义。我以为自己记得晚饭之前把它拿上来充电了，但也许那是星期五。十有八九它是在车上从口袋里滑了出去。

"不在这儿。"我说，"我想一定是落在车里了。"

"没关系，"妮娜说，她打了个哈欠，"只要记得明天在我们离开前找到就好了，是吧？"

"好吧。安。"

"晚安。"

当她缩成一团时，羽绒被发出一阵沙沙的声响。我闭上眼睛，试着入睡。

接下来发生了什么……？

天啊。接下来发生了什么。我不确定我能……

我仍然坐在那里，试图理清自己混乱不清的思维，这时门开了，护士推着手推车回来了。

"医生想要稍微看一下你的扫描图，他说那之后你很有可能可以洗澡。我这里有些给你的早餐。"

"听着，"我试着靠在下滑位移的枕头上坐起来，"听着，门外的警察——他们在这儿是因为我吗？"

她看起来有些不安，摆放小盒子里的脆米花、一罐牛奶和一只小柑橘时，她凝视的目光滑到了那块方形小玻璃上。"他们在调查事故，"她终于说，"我肯定他们会想要噶[1]你谈话，但是医生不得不签字让你休息。我告诉他们了，在这时候不能闯进医院病房。他们将不搭不等等。"

"我听到……"我用力咽了咽口水，喉咙痛得就好像有什么东西试图逃跑——一阵呜咽或是一声尖叫。"我听到他们说了什么有关死、死亡……"

"哎呀！"她看起来有些气恼，用不必要的大力"砰"地把抽屉关上。"他们不应噶让这些烦扰你，你可怜的脑袋。"

"是真的吗？有人死了？"

"我不能说那些。我不囊讨论其他病人。"

"是真的吗？"

"我将不搭不请你冷静下来。"她说，摊开双手做了个职业的抚慰动作，这令我想要尖叫。"像这样难过对你的头不好。"

"难过？我的一个朋友很可能死了，你跟我说我不应该难过？谁？看在上帝的分儿上，谁？为什么我想不起来？为什么我想不起来在那个事故之前发生了什么？"

"这很常见，"她说，她的声音仍然在那个抚慰的腔调里，仿佛在跟一个小孩或者有理解障碍的人说话。"在头部受伤以后，和大脑把短期记忆转换成长期记忆有关系。如果有什么妨碍这个过程，你会失去一点儿时间。"

天哪，我必须记起。我必须记起发生了什么，因为有人死了，而且警察在外面，他们会进来问我，如果我不知道发生了什么，我怎么能知道，我怎么能知道自己将要说什么，自己将要揭露什么？

---

1 译者注：这里把"跟"说成"噶"和下文的"不搭不"等都是由于护士的口音造成的。

我看到我自己，跑啊跑，跑着穿过树林，双手、脸上和衣服上都沾着血迹……

"拜托，"我说，我的声音接近破裂，近乎恳求，我恨自己如此软弱无能。"请告诉我，请帮帮我，发生了什么？我的朋友们怎么了？为什么我身上有那么多血？我头上的伤没那么严重，所有这些血是从哪来的？"

"我不知道。"她轻柔地说，这次她的声音里有真正的怜悯，"我不知道，乖乖。我把医生叫来吧，也许他能告诉你更多。与此同时，我想要你吃点儿早餐，你得保持体力，医生也会想看到你有好胃口。"

然后，她拉着身前的手推车退到门外，门转着关上了，只剩下我一个人和一只盛着脆米花的塑料碗，脆米花浸入甜的糊状物里时发出爆裂声，咔咔嗒嗒地消失了。

我应该起床。我应该强迫自己虚弱混乱的四肢尽职，把它们从床上摆下去，朝走廊进军，要求外面那些警察给我答案。但我没有。我只是坐在那儿，眼泪从脸上滚下来，顺着下巴滴进脆米花里，小柑橘闻起来熟过了头，让人头痛，提醒着我记不起来也忘不了的什么东西。

拜托，我想，拜托。振作起来，你这个笨婊子。起床。弄清楚发生了什么，弄清楚谁死了。

我没动。不只因为我头痛、腿痛，肌肉感觉像湿纸巾。

我没动因为我怕。因为我不想听到警察将要说出的名字。

而且我怕他们是为我而来。

21

　　大脑记不清楚。它讲故事。它填补缺口，把那些幻想当作记忆植入其中。

　　我必须得努力得到真相。

　　我不知道自己会记起发生过的事，还是我希望发生过的事。我是个作家。我是个专业的骗子。很难知道什么时候收手，你懂吗？你在故事里看到一个缺口，你想要把它填上，用一个原因和一个动机，一个看似合理的解释。

　　而我越是紧逼，真相就越多地在我手指下消散……

　　我知道自己猛地惊醒了。我不知道当时几点，但天色昏暗。我身旁的妮娜端坐在床上，深色的眼睛大睁着闪闪发光。

　　"你听到了吗？"她低声说。

我点点头。楼梯口有脚步声，然后是一扇门轻轻打开的声音。

我把羽绒被向后推，抓起睡衣，此时我的心在嗓子眼儿跳动着。我想起厨房门大开，雪里的脚印。

我们之前应该把房子其他地方检查一下的。

我在门边站着听了片刻，然后小心翼翼地打开门。克莱尔和弗洛正站在外面，她们大睁着眼睛，脸被吓得煞白。弗洛举着枪。

"你们听到什么了吗？"我小声说，尽可能把声音放到最低。克莱尔明显地点了一下头，指了指楼梯，手指向下戳着。我努力听，试图让自己颤抖的呼吸和怦怦的心跳平静下来。一阵剐蹭声，然后是清晰明确的"喵"的一声，就像是一扇门轻轻关上的声音。楼下有人。

"汤姆？"我做了个口型。但正当我这么做时，他的房门打开了一条缝，汤姆的脸朝外面窥探出来。

"你们……那个声音？"他低声说。克莱尔严肃地点了点头。

这一次没有开着的门，没有风。这一次我们都能听到：有人穿过铺着瓷砖的厨房，走过门厅的镶木地板时清晰的脚步声，然后是明确的一只脚轻轻踩在第一级台阶上的咯吱声。

我们设法聚拢成一小团，我感觉到有谁的手摸索着我的手。弗洛在中央，举起了枪，尽管枪口剧烈地抖动。我伸出另一只手把它扶稳。

楼梯上又传来"咯吱"一声，我们所有人倒吸了一口气，然后楼梯中柱旁一个上到一半的人影映在俯视森林的平板玻璃上。

是一个男人——高个子男人。他穿着某种连帽衫，我看不到他的脸。他正低头看着自己的手机，手机屏幕在黑暗中发着鬼魅的白光。

"滚开，别烦我们！"弗洛尖叫道，枪响了。

一声灾难性的"砰"震耳欲聋，伴随玻璃碎裂的声音，枪像马匹一样向后反冲。我记起——我记起有人摔倒。

我记起自己抬头看到——这讲不通啊——巨大的平板玻璃窗碎了——玻璃向外溅落到雪上，哗啦啦落在木制楼梯上。

我记起那个楼梯上的男人哽住一声惊呼——比起疼痛，似乎更多的是被吓了一跳——然后他一下子摔倒，像电影里的特技演员般砰然跌下楼梯。

我不知道谁开了灯。但它们让高高的门厅充满了令我畏缩的光明，我遮住双眼——我看到了。

我看到结了一层霜的苍白的楼梯上溅落着血渍，看到破碎的窗户，还有那个男人滑落到一楼的所经之处缓缓留下了的长长血迹。

"我的天哪，"弗洛呜咽道，"枪——上了膛！"

当护士回来时，我正在哭泣。

"发生了什么？"我支撑着说，"有人死了——请告诉我，请告诉我谁死了！"

"我不能告诉你，亲爱的。"她看起来由衷地抱歉，"我希望我能，但我不能。不过我把米勒医生带来了，让他来看看你。"

"早上好，利奥诺拉。"那个米勒医生边说边来到床边，轻柔的声音里充满怜悯。我想要挥拳打他和他那该死的同情心。"我很抱歉我们今天有点儿悲痛。"

"有人死了，"我非常清楚地说道，努力保持呼吸均匀，避免大口喘气和啜泣，"有人死了，没人要告诉我是谁。警察正坐在外面。

为什么？"

"现下我们不要为那个担心——"

"我就是担心！"我大喊道。走廊里的警察转过头来。医生伸出一只抚慰的手，轻拍着我盖在毛毯下的腿，他拍的方式令我想战栗。我瘀肿带伤，穿着一件后开口的病号服。我失去了尊严，连同所有其他东西一起。别他妈的碰我，你这个屈尊俯就的混蛋。我想回家。

"听着，"他说，"我理解你很难过，警察将有望给你一些答案，但我要给你做个检查，确保你可以跟他们讲话，而只有你冷静的时候我才能那么做。你明白吗，利奥诺拉？"

我默默点点头，然后当他检查我头上的敷料，对照着机器上的读数查看我的脉搏和血压时，我把头转向墙。我闭上眼睛，让屈辱消退。我回答他的问题。

我的名字是利奥诺拉·肖。

我二十六岁。

今天是……这里我不得不求助了，护士给了我提示。是星期天。我到这里甚至还不到十二小时。也就是说，今天是十一月十六日。我想比起失忆这该算是迷乱。

我，我不恶心。我视力没问题，谢谢。

是的，我对某些记忆的恢复遇到了困难。有些事你不该被迫想起。

"呃，你似乎恢复得极好。"米勒医生最后说。他把听诊器挂到脖子上，小手电放回上衣口袋。"夜里所有的观察结果都没问题，你的扫描也让人放心。记忆的问题有一点儿令我担忧——失去冲撞前几分钟的记忆是很典型的，但听起来你的问题似乎比那更往前一点

184

儿，对吗？"

想到整个晚上爆炸式涌入我脑海的零零散散、断断续续的影像：树、血、晃来晃去的照明灯，我不情愿地点点头。

"嗯，你也许会发现记忆开始回来了。并非所有导致记忆故障的原因——"他避开了"失忆症"这个词，我注意到了。"——都归结于物理创伤。有些更多的是和……压力有关。"

不久后，我第一次抬头直视他的眼睛："你是什么意思？"

"呃，你懂的，这不是我的专长——我从事的是和头部物理创伤有关的工作。但有时候……有时候大脑压制那些我们没太准备好去应对的事件。我认为这是一个……应对机制，如果你愿意的话。"

"什么样的事件？"我的声音冷冰冰的。他笑了笑，又把手放回到我的腿上。我抑制住畏缩的冲动。

"你经历了艰难的时刻，利奥诺拉。现在，我们能打给什么人吗？你想要什么人陪你吗？你妈妈已经收到通知了，我理解，但她在澳大利亚，对吗？"

"没错。"

"其他亲属呢？男朋友？同伴？"

"没有。拜托……"我咽了咽口水，没道理再拖下去了。不知道带来的烦闷变得越来越令人痛苦了。"拜托，我现在想见警察。"

"嗯。"他站着，看着他的图表。"我不确信你能应对，利奥诺拉。我们已经告诉过他们你不适合回答问题。"

"我想见警察。"

他们是唯一一会给我答案的人。我不得不见他们。我盯着他，此时他假装研究眼前的图表，拿着主意。

终于他呼出一口气，一口沮丧的半叹气式的长气，把图表塞进了床脚的支托里。

"那好。他们最多只能有半小时，护士，我不想有任何有压力的东西。如果肖小姐开始觉得会谈困难……"

"明白了。"护士轻快地说道。

米勒医生伸出手，我握了握，试着不去看自己胳膊上的擦伤和血渍。

他转身离开。

"哦——等等，对不起，"当他走到门口时我脱口而出，"我能先冲个澡吗？"我想见警察，但我不想像这样面对他们。

"泡个澡。"米勒医生说着简略地点了点头，"你头上有敷料，我比较不想让你碰到它。如果你保持头在水面之上，是的，你可以泡个澡。"

他转身走了。

解开连在机器上的所有东西花了好长时间。有传感器、注射针，还有我两腿之间的失禁垫，当我把腿摆到地上时，感觉到它的体积，这让我羞愧地忽冷忽热。我夜里尿床了吗？没有强烈的尿味，但我不能确定。

当我站起来时护士把一只胳膊伸过来，尽管我想推开她，却发现自己对此感激涕零。我不愿意承认，当我蹒跚着痛苦地走进浴室时，那么重的倚靠在她身上。

浴室里，灯自动打开了，护士放了洗澡水，帮我解开病号服的带子。

"剩下的我可以自己来。"我说。想到要在陌生人面前脱衣服，即便是专业人士，也让我很难为情，但她摇了摇头。

"我不能让你没有帮手地进浴盆，抱歉。如果你滑倒……"她没说完，但我知道她要说什么：在我已经受创的头上又是一次重击。

我点点头，离开那个令人厌恶的成人尿布（我还来不及担心它是不是脏了，护士已经快速地把它移走了）。我任病号服落到地板上，光着身子瑟瑟发抖，尽管浴室里热得让人流汗。

有股味道，我惭愧地意识到。我有股恐惧加上汗和血的气味。

当我摇摇晃晃地走进浴盆时，护士握着我的一只手，在我放低身体浸到滚烫的水里时她抓住了扶手。

"太烫吗？"当我倒抽一口气时护士马上问，我摇了摇头。不算太烫，没有什么能太烫。如果能用热水给自己杀菌消毒，我愿意。

终于我仰靠在水里，用力发着抖。

"我能不能……我想要一个人待着，拜、拜托。"我尴尬地说。护士深吸了一口气，我能看出她就要拒绝了，而突然间我再也忍受不了了——我忍受不了他们的监督，他们的好意，他们持续不断的注视。"拜托，"我粗暴地说，虽然这并非我的本意，"看在上帝的分儿上，我不会在六英尺的水里淹死的。"

"好吧，"她说，语气里透着不情愿，"但连想都别想试着自己出来——你要拉绳子，我会进来帮你。"

护士走了，把门留下刚好一个微开的缝隙。我闭上眼睛，沉入冒着热气的水里，把门外警惕的她屏蔽，把医院的气味和声音，还有荧光灯的嗡嗡声屏蔽。

当我躺在浴盆里时，双手摸过所有的伤口、刮痕和瘀青，感受着血块和结痂在我手掌下面变软、溶解，我努力回想是什么让我双手沾着血跑步穿过树林，我努力回想。我不确定自己是否能承受真相。

　　在护士帮我从浴缸里出来后，我一边看着自己熟悉的身体还有上面不熟悉的伤口和缝针的痕迹，一边轻轻地用毛巾把自己擦干。我两条小腿上有割伤。它们既深又凹凸不平，似乎我曾跑着穿过荆棘或是带刺的铁丝网。我的双脚和双手上都有伤口，或是赤脚在玻璃上跑留下的，或是为了遮挡朝脸部飞来的碎片留下的。

　　终于，我走到镜子前，拭去水蒸气，自从事故以后，我第一次看到了自己。

　　我从来不是引人侧目的类型——不像克莱尔有着让人难以忽视的美貌，也不像妮娜以清瘦又有男子气的方式引人注目——但我从来不是一个怪物。现在，当我凝视水蒸气扩散的镜中的自己时，我意识到如果在街上看到自己，我会因为同情或者惊恐而转过身去。

　　我发际线上的敷料没帮上忙——看起来仿佛我的脑子几乎没放在适当的位置——遍布在我颧骨和额头上斑驳的更小的伤口和擦伤也没帮上忙，它们不是最糟糕的。最糟糕的是我的眼睛——两个深红棕色的乌眼青从鼻梁处绽放出来，在我两个下眼睑底下过滤成黑眼圈，经过颧骨以后褪成黄色。

　　右边的那个很是惊人，左边的好一点儿。我看起来像曾被人用拳头反反复复地捶在脸上。但我活着，有人死了。

　　是那个念头让我穿上了病号服，系上带子，拖着脚走到外面去面对这个世界。

　　"在欣赏你的乌眼青吗？"护士安逸地笑了笑，"别担心，它们做完了所有的扫描，没有颅底骨折。你只是脸部遭到一次重击，或者两次。"

"颅，颅底…？"

"头颅骨折的一种。可能会非常严重，但他们已经排除了它的可能性，所以别发愁。车祸后有黑眼圈并不罕见，几天以后它们就会消退了。"

"我准备好了，"我说，"见警察。"

"你确定你能行吗，妞？你不是非得那样。"

"我能行。"我坚定地说。

我回到床上，手拿一杯护士所谓的"咖啡"坐着——除非头部创伤损坏了我的味觉——那并不是咖啡，这时有人敲了敲门。

我猛地抬起头，心怦怦跳着。外面，透过门上带铁丝网的玻璃窗格，一个女警正在微笑。她四十几岁，容貌不可思议地标致，是那种你也许会在 T 台上看到的经过雕刻般的样子。感觉极端不协调，但我不知道为什么。为什么警官不应该有大卫·鲍威[1]老婆那样的脸？

"进、进来。"我说。别结巴，妈的。

"你好，"她打开门进到房间里，仍然保持着微笑。她有着长跑运动员般苗条的格雷伊猎犬框架。"我是拉玛尔探员。"她的声音温暖，元音是紫红色的，"你今天感觉怎么样？"

"好些了，谢谢。"好些了？比什么好些了？我在医院，穿着一件没有背面的袍子，顶着两个黑黑的眼睛。我不确定还能更糟到哪

---

1 译者注：大卫·鲍威，英国著名摇滚音乐家。

儿去。

然后我纠正了自己：我从机器上解绑了，他们也撤走了尿布，显然相信我可以自己小便了。这，的确，好些了。

"我和你的医生们聊了，他们说你或许可以应付回答几个问题，但如果太过了我们可以停止，只要说出来就好。这样可以吗？"

我点点头。她说："昨晚……你能把你记得的告诉我吗？"

"不记得，我什么也不记得了。"这句话说出来比我的本意要生硬和紧绷。令我恐惧的是，我感到喉咙哽塞，猛烈地吞咽了一下。我不会哭！我是个成年女人，看在那个该死的原因上，不是某个在操场擦伤膝盖哀号着叫爸爸的小孩。

"喂，那不是实话。"她说，没用指责的口吻。她的声音是老师或者姐姐那种温柔鼓励的语调，"米勒医生跟我说你对导致事故的事件很清楚。你为何不从一开始说起呢？"

"一开始？你不想听我童年的创伤等等那些吧，想吗？"

"也许啊，"她不顾医院的规定，坐在床脚。"如果它们和发生的事有关联。要不这样吧，我们为什么不从一些简单的问题开始呢，只是热一下身？你叫什么名字，这个怎么样？"

我挤出一个笑，不是因为她认为的原因。我叫什么名字？我以为我知道自己是谁，我变成了谁。现在，这个周末过后，我不再那么确定了。

"利奥诺拉·肖，"我说，"叫我诺拉就好。"

"那很好啊，诺拉。你多大了？"

我知道她一定已经知道所有这些了。也许这是某种测试，看看我的记忆实际上有多差。

"二十六。"

"现在告诉我，你最后怎么到了这里？"

"什么，到医院里？"

"到医院里，在这里，实际上主要是诺森伯兰。"

"你没有北方口音。"我所答非所问地说。

"我在萨里出生的。"拉玛尔说。她用被拉下水的表情对我笑了笑，告知我这不太符合程序，她应该在提问，而不是回答问题。这是什么事的小预兆，我不太想得出是什么。一个交换：她的一点换我的一点。

只可惜这让我听起来精疲力竭。

"所以，"她继续说道，"你最后怎么到这里了？"

"是……"我把一只手放到额头上。我想揉它，但敷料挡在那里，我怕把它弄歪了。底下的皮肤又热又痒。"我们本来在过单身女子周末，她在这里上过大学。克莱尔，我是说，派对的主角。听着，我能问你点儿什么吗——我是嫌疑人吗？"

"嫌疑人？"她丰富多彩的美丽声音把这个词说得像音乐一样动听，令这个阴冷尖刻的名词变成了优美的音符。然后，她摇了摇头，"在调查的这个阶段，不是的。我们仍然在收集信息，但没排除任何可能。"

翻译：不是嫌疑人——目前还不是。

"好了，告诉我，关于昨晚你记得什么？"她切回主题，像一只非常美丽且有良好教养的猫围着老鼠洞转一样。我想回家。

敷料下面的痂刺痛瘙痒，我不能集中精神。突然我用余光看到了储物柜上没吃的小柑橘，我不得不看向别处。

"我记得……"我眨了眨眼睛，让我害怕的是，我感觉到眼睛里充满了眼泪。"我记得……"我猛烈地咽了咽口水，把指甲戳进撕裂带血的掌心里，让疼痛驱散他躺在蜂蜜色镶木地板上往我胳膊上渗血的记忆。"拜托，拜托告诉我吧——谁——"我停住了。我说不出来，说不出来。

我又试了一次。"是——？"那个字卡在我的喉咙里。我闭上眼睛，数到十，把指甲戳进掌心的伤口里，直到整只胳膊因为疼痛而抖动。

我听到拉玛尔探员呼了一口气，当我睁开眼睛，她看起来，第一次，有些担心。

"在把水搅浑之前，我们希望能从你的视角了解整件事。"她最后说，神情焦虑，我知道，我知道她不被允许说出来的是什么。

"没关系。"我勉强说，体内有什么东西正在瓦解、破碎，"你不需要告诉我。哦，天，天啊——"

然后我说不出话了。眼泪流啊流啊流啊。那是我怕的。那是我知道的。

"诺拉——"我听到拉玛尔说，我摇了摇头。我的双眼紧闭着，但我能感觉到眼泪沿着鼻子往下流，刺痛了脸上的伤口。她发出一小声无言的同情的声音，站了起来。

"我会给你点儿时间。"她说。我听到房门"嘎吱"一声打开，然后"啪"地关上了，在两个合页上摆动。我一个人了。我哭啊哭啊，直到眼泪流干了。

22

我尽可能快地跑下楼梯，一边努力不让脚被玻璃割伤，一边扶着栏杆以免在男人湿湿的血迹中滑倒。他就在那儿，在楼梯底部蜷缩成可怜的一小堆。

他活着。当他挣扎着呼吸时，我能听到他轻柔的呜咽声。

"妮娜！"我吼道，"妮娜，下来！他活着！谁打一下999！"

"没有该死的信号。"妮娜回喊道，同时急忙走下楼梯。

"利奥。"男人低声说，我的心停跳了。他从痛苦地蜷作一团的身体里把头抬了起来，我知道了。我知道。我知道。

我完完全全、清清楚楚地记得那个惊心动魄的时刻。

"詹姆斯？"先开口的是妮娜，不是我。与其说是走，还不如说她是滑下了最后几级台阶，一下子落到我们旁边。她轻轻地感觉他的脉搏，声音变得沙哑，"詹姆斯？你他妈的在这儿干吗呢？我的天哪！"妮娜几乎哭了起来，但双手自动地工作着，检查血从哪里流出来，检查他的脉搏。

"詹姆斯，和我说话。"她说，"诺拉，让他一直说话，让他保持清醒！"

"詹姆斯……"我不知道说什么。我们有十年没说过话了，而现在——而现在，"詹姆斯，我的天啊，詹姆斯……为什么，现在？"

"短……"他说着咳嗽起来，血溅在他的嘴唇上，"利奥？"

这听起来像是个问句，但我不知道他的意思。短？短利奥？我只是摇摇头。太多血了。

妮娜拉开他的连帽衫拉链，她在什么地方找到了剪刀，正撕开他的 T 恤。看到他的身体时我几乎闭上了眼睛，我曾经亲吻和碰触过的皮肤，每一寸，被枪伤溅满了血迹。

"哦，该死，"妮娜哀叹道，"我们需要救护车。"

"她……"詹姆斯不顾鲜血在嘴边冒着泡，正试图说话，"她……告诉你了吗？"

关于婚礼？

"他的肺被刺穿了，很可能正在内出血。按住这个。"妮娜把我的手引向压在詹姆斯大腿上的一块撕毁的 T 恤上，血正从那里涌出，快得吓人。

"我们能做什么？"我试着不哭。

"此时此刻？试着给他止血。如果那条动脉保持那样流下去，无论如何他都会死。按得再用力点，它仍然在流血。我会试试止血带，不过……"

"我的天啊。"是弗洛，她看起来像个鬼魂一样站在那里，双手遮住脸。"我的天啊。太……太对不起了——我应付不了……应付不了血……"她气喘吁吁地小叹了一口气，瘫倒了。我听到妮娜压低嗓子咒骂，声音又小又长。

"汤姆！"她大吼道，"把弗洛从这儿弄走！她晕了，把她带到房间去。"妮娜把头发拨到脸后，她那一侧的颧骨和眉毛沾上了血。

"克莱尔……"詹姆斯说。他舔了舔嘴唇，目光锁定在我的双眼上，好像试图要告诉我什么。我捏了捏他的手，努力紧紧地握在一起。

"她就来了。"她究竟在哪儿？"克莱尔！"我大喊。没人回答。

"不……"詹姆斯勉强说出，"克莱尔……短信……她说了吗？"他的声音太微弱，以至于很难弄清楚他试图说什么。

"什么？"

他闭上了眼睛。那只在我手里的手放松了。

"他要死了。"我对妮娜说，听到自己的声音越来越歇斯底里，"妮娜，做点儿什么。"

"你觉得我他妈在做什么？开茶话会吗？给我拿条毛巾来。不，等等——别放开他大腿上的那块布垫。我去拿。克莱尔他妈的在哪儿？"

妮娜起身朝厨房跑去，我听到她"砰砰砰"地推拉着抽屉。

詹姆斯一动也不动地躺着。

"詹姆斯？"我说，突然恐慌起来，"詹姆斯，坚持住！"

他痛苦地睁开眼睛，躺着抬头看向我，他的眼睛在大厅柔和的灯光下又黑又亮。他的 T 恤像被剥皮的水果一样裂开着，染血的胸膛和腹部暴露在冷空气中。我想要触摸他，亲吻他，告诉他一切都好，但我不能。因为那是个谎言。

我咬紧牙关，更用力地按住他大腿上的布垫，希望血能别再不停淤积。

"对……不起……"他说，声音非常微弱，太微弱了，以至于我以为自己听错了。

"什么？"我把头凑近，努力想听到。

"对不起……"他捏了捏我的手，然后，令我吃惊的是，他抬起身子，努力举起的胳膊颤抖着，摸了摸我的脸颊。他的呼吸在喉咙里咯咯作响，一小滴血从他的嘴角淌下来。

我紧紧闭上眼睛，试着不去哭。"别傻了，"我努力说道，"那是很久以前的事了。现在都结束了。"

"克莱尔……"

哦，该死，她在哪儿？

一滴眼泪从我的鼻子上滴到他的胸口，詹姆斯再次抬起身子试图帮我擦脸，但他的胳膊太虚弱，他任由它落了回去。

"别……哭……"

"哦，詹姆斯，"我能做到的就只有这样了，一句试图说出所有我不能说的话，却哽住了的劝导。詹姆斯，别死，求你别死。

"利奥……"他轻柔地说着，闭上了眼睛。只有詹姆斯曾这样叫我。只有他。总是他。

当敲门声传来时我仍在哭泣，我挣扎着想从枕头里坐起来，之后才想到可以按床头自动升起的电子按钮。

床吱吱嘎嘎地把我调成坐姿，我战栗着深吸一口气，擦了擦眼睛。

"进来。"

门开了，是拉玛尔。我知道自己的眼睛一定又红又湿，喉咙沙哑，但我并不在乎。

"告诉我真相。"我说，在她能说其他任何话之前——甚至在她坐下之前。"求你。我会把我能记得的所有事都告诉你，但我得知道，他死了吗？"

"对不起。"她说，于是我知道了。我试图说话，但说不出来。我坐着，一边摇着头一边努力让话说出来，可它们出不来。

当我拼命想要控制自己的时候，拉玛尔默默地坐着，然后终于，当我呼吸舒缓下来时，她递过来端着的纸托盘。

"咖啡？"她温柔地问。

我不应该在乎了。詹姆斯死了。咖啡有什么所谓？

我有点儿不情愿地点点头。当她把咖啡递给我时，我长长地抿了一口，咖啡又烫又浓，既不像医院无味的肉汁也不像戈贡佐拉的粉笔。我感到它正流入我体内的每一个细胞，把我叫醒。无法相信我能活着而詹姆斯死了。

把杯子放下时，我感到脸僵头痛。"谢谢。"我设法开口说道，声音刺耳。拉玛尔把身子探过我们之间的距离，捏住我的手。

"这是我能做的最起码的事了。对不起。我不想让你像那样发现，警局要求我——"她停下来重新组织语言，"警局认为不对你说多于你已知的事情是明智的。我们想得到你的说法，不受影响的。"

我什么也没说，只是低下了头。我写过这种东西，这种会谈，成年以后一直在写，可我从未有一刻想象过自己会置身其中。

"我知道这很痛苦，"她最后说，沉默持续了一阵，"拜托了，你能回忆一下昨晚吗？你记得什么？"

"我记得直到——枪击，"我说，"我记得跑下楼梯，看到他……看到他，躺在那儿……"我咬紧牙关暂停了片刻，气息在牙齿间咝咝作响。我不会再哭，反而喝了一大口咖啡，不在乎吞咽的时候它会烫伤我。"你一定知道枪击的事情，"我最后说，"他们告诉你了吗，其他人？妮娜和克莱尔还有所有人？"

"我们有几个不同的叙述。"她说，声音中有躲闪的迹象，"但我们需要得到所有的观点。"

"我们当时很怕。"我说，试着回想。那似乎是一百年前的事了，像裹在一层肾上腺素的雾里，那时我们都在那栋房子里蹑手蹑脚，喝醉的兴奋和由衷的恐惧掺杂在一起，有点儿歇斯底里。"通灵板上有一条信息——关于一个凶手的。"讽刺的是，当我说的时候，几乎难以承受。"我们不相信——大部分人不信，反正——我认为它令我们精神紧张了，而且外面的雪里有脚印。当我们醒来的时候，我是说第一次醒来，厨房门是开着的。"

"怎么开的？"

"我不知道。之前有人把它锁上了——或者是说过把它锁上了。我想是弗洛，或者是克莱尔吗？无论如何，有人检查过了。但它被吹开了，它只是让我们都更疯狂和害怕了。所以，当我们听到脚步声……"

"拿上枪是谁的主意？"

"我不知道。弗洛之前拿上的，我想是，从门被吹开时。它不该有子弹，它装的应该是空弹。"

"当时是你举着它，对吗？"

"我？"我抬头看她，着实吓了一跳，"不！是弗洛，我想。绝对是她。"

"枪杆上有你的指纹。"

他们提取了枪上的指纹？我盯着她，然后我意识到她在等回答。"枪、枪杆上，是啊。"该死，别结巴。"但不是——另一头。枪把那头。枪柄，我是说。听着，她当时像疯了一样拿着枪摆来摆去。我在试图让枪口远离我们。"

"为什么，如果你认为它没子弹？"

这个问题让我吃了一惊。突然间，虽然有太阳，房间里感觉很冷。我又一次想问，我是否是嫌疑人，她说过我不是，如果一直问不会看起来很奇怪吗？

"因、因为我不喜欢被枪指着，不管它装的是什么，好吗？"

"好吧。"她温和地说着在便签簿上做了个笔记。她突然把一张纸翻转，然后又翻了回去。"我们往回一点儿吧。詹姆斯——你怎么认识他的？"

我闭上眼睛。我从里面咬了咬腮帮子，以免哭出来。我有太多选项了：我们曾在一起上学。我们曾是朋友。他是克莱尔的未婚夫。生前是，我无声地纠正自己，难以相信他走了。而我突然间意识到自己的悲伤很自私。我一直在想詹姆斯，但克莱尔——克莱尔失去了一切。昨天她还即将成为新娘，今天她是……什么？甚至没有一个词可以描述她是什么。不是寡妇——只是失去了未婚夫。

"他……我们曾在一起过。"我终于说。最好坦诚，想必是吧？至少尽我所能地坦诚。

"你们何时分手的？"

"很久以前了。我们当时……呃……十六七岁。"

那个"呃"有点儿不坦诚，它让我的回答听起来像估计。实际上，我知道我们分手的日子。当时我十六岁零两个月，詹姆斯只差几个月就要过十七岁生日了。

"和平分手？"

"当时不是，不。"

"你们从什么时候以后和解了？我是说，你去参加克莱尔的婚前女子单身派对了……"拉玛尔的声音越来越小，引导我插话，带着那种时间可以治愈一切，十六岁的背叛在二十六岁看起来如何可笑的态度。

不料我却没那么做。我应该说什么呢？实话吗？

有什么冷冷的东西悄悄包围了我的心脏，尽管有医院的暖气和夕阳，一股冷气还是钻了进来。

我不喜欢这些问题。

詹姆斯的死是一场意外：一把本不该有子弹的枪失误地走火了。所以，为什么这个女警在这里，问着与多年前的分手有关的事？

"这和詹姆斯的死有什么关系？"我唐突地问。太唐突了。她把头从记事簿上抬起来，同时紫红色的嘴唇无声地做出"呃"的吃惊口型。该死。该死，该死，该死。

"我们只是在试图重塑事情的全貌。"她温和地说。

我整根脊柱上上下下都感到寒冷。

詹姆斯被一把应该没有上膛的枪击中了。所以，谁给枪上了膛？

我感觉到血液从自己的脸颊上流走，非常非常想问之前问过的那个问题：我是嫌疑人吗？

但我不能。我不能问，因为问会显得可疑。而突然间我非常不想显得可疑。

"很久以前了，"我一边试着恢复一边说，"当时很难受，但你会缓过劲儿来，不是吗？"

不，你不会，不会从那样的事里缓过来。或者至少，我不会。

她没从我的声音里听出谎言，反而平滑地改变了轨道："詹姆斯被击中以后发生了什么？"她问，"你记得你们大家接下来都做了什么吗？"

我闭上眼睛。

"试着带我回顾一遍，"拉玛尔说，她的声音轻柔，鼓舞人，近乎催眠，"你和他一起在门厅里……"

我和他一起在门厅里。我手上有血，我的睡衣上有血。他的血，好多好多。

他的眼睛渐渐闭上，几分钟后我把脸放低到他的脸旁，试着去听他是否仍在呼吸。他还在呼吸，我的脸颊上能感觉到他微弱的气息。

他跟我们在一起的时候有多不一样啊——眼周有了皱纹，下巴上有了胡茬，他的脸变瘦了，更加轮廓分明，但他还是詹姆斯。我知道他前额的轮廓，他的鼻梁，他唇下的凹坑，夏天的夜晚那里会挂着汗珠。

他仍然是我的詹姆斯，只可惜他又不是。克莱尔究竟在哪儿？

我听到身后有脚步声，但那是妮娜，手里拿着一段看起来像床单的白布。她跪下，开始把詹姆斯的腿非常紧地缠起来。

"我想我们最大的希望就是在把你送到医院前将你固定起来。"她说，声音非常大且清晰，不光和詹姆斯说，也对我说，我知道。"詹姆斯，你能听到吗？"

他没回应。他的脸变成了奇怪的蜡白色。妮娜摇摇头然后对我说："克莱尔最好开车，你指路。我会在后座，跟詹姆斯一起，试着让他活下去直到我们到医院。汤姆最好留下来陪弗洛，我想她休克了。"

"克莱尔在哪儿？"

"她刚才试图在花园的另一头上空找信号——据说有时候能在那儿收到。"

"什么也没有。"一个声音从我侧面传来，是克莱尔。她的脸色像脱脂牛奶，不过她穿戴好了。"他能说话吗？"

"他刚才说了几个字。"我说，声音因为眼泪变得破裂嘶哑，"但我……我想他现在没有意识了。"

"哦，该死。"她的脸色变得更白了，甚至连嘴唇也苍白得毫无血色。"我应该早点儿下来的。我只是以为——"

"别傻了，"妮娜打断了她，"那么做是对的——叫救护车是最重要的事，如果我们能有该死的信号就好了。好了，我想我已经尽力把那个止血带绑到最好了——现在我不打算试着做其他任何事了，我们把他弄出去吧。"

"我来开车。"克莱尔立刻说。

妮娜点了点头。"我会跟詹姆斯一起在后座。"她向窗外看去，"克莱尔，你把车开到尽可能接近前门的地方。"克莱尔点点头，离开去拿她的车钥匙了。妮娜继续，这次是和我说了，"我们需要什么东西来抬他，如果就这么把他抬起来会大大地伤害到他。"

"什么样的东西？"

"理想上是平的东西，像担架那样的。"我们俩左顾右盼，没什么明显的东西。

"可以把一扇门卸下来。"汤姆的声音从身后传来，让我和妮娜都跳了起来。汤姆低头凝视地板上的詹姆斯——他现在已经完全失去意识地躺在自己扩散着的血泊里——表情里有一种惊恐。"弗洛在卧室里不动弹了。他会没事吗？"

"老实说吗？"妮娜说。她瞥了詹姆斯一眼，我看到她面露疲倦，从她接手以来，我第一次看到她流露出恐惧的痕迹。"老实说，我不知道。有可能他会活下来。门是个好主意。你能找到一把螺丝刀吗？我想楼梯底下有一盒东西。"

汤姆简短地点点头就消失了。

妮娜把头埋进手里。"该死，"她对着自己握成杯子状消声的手掌说道，"该死，该死，该死。"

"你还好吗？"

"不，是的。"她抬起头，"我很好。只是——我的天哪。多他妈愚蠢浪费的死法啊。到底是谁在不知道枪里装了什么的时候开了枪？"

我想到汤姆昨天开玩笑地把枪摆来摆去，突然觉得想吐。

"可怜的弗洛。"我说。

"她扣动了扳机吗？"妮娜问。

"我、我认为是。我不知道，她当时举着枪。"

"我以为是你举着枪。"

"我？"我感到自己又惊又怕地张大了嘴，"天啊，不。但任何人都可能让她受到惊吓而扣动扳机——我们站得那么近。"

外面传来一阵隆隆声，我听到克莱尔的轮胎碾压过前门外被雪覆盖的碎石。与此同时，客厅传来"砰"的一声，汤姆拖着一扇沉重的橡木门出现了，门把手还连在上面。

"这门有一吨重，"他说，"还好我们只需要把它弄到车子那里。"

"好的。"妮娜又一次掌控起局面来，她的权威毫不费力。"汤姆，你抬他的肩膀，我来抬他的脚。诺拉，当我们抬的时候你托着他的臀部，把它们抬到门上；试着别妨碍到他大腿上的包扎物，小心别钩住门把手上的任何东西。准备好了？我来倒数，说到抬就抬。三、二、一，抬。"

　　我们都用力举了起来，詹姆斯不由自主地发出一种呻吟的呜咽声，一股鲜血涌到他的嘴唇上，然后他到了临时担架上。我跑过去打开巨大的钢制前门——第一次对这栋房子的规模谢天谢地，内部的门可以容易地通过——然后回去帮妮娜抬门的下端。它非常沉，我们拼命把它举过门厅，抬到外面严寒的夜里，克莱尔正在那儿等着，引擎空转着，排出的废气在冷空气里形成一朵白云。

　　"他还好吗？"克莱尔一边扭头问一边伸手去开后门，"他还在呼吸吗？"

　　"他还在呼吸，"妮娜说，"但处境危险，好了，我们把他从这扇门上弄下来吧。"

　　不管怎样，在可怕的、颤抖的、血液四溅的匆忙中，我们把詹姆斯弄到了车后座上，他陷落地躺在那儿，急浅的呼吸令我害怕。他的一条腿悬在车外，荒唐的是，我看到渗出的血在寒冷的空气里冒着蒸汽。这场景令我停下脚步，只是站在那里，太过震惊，以至于没法儿去想接下来要做什么了。这时汤姆轻轻地把那条腿合拢，放到搁脚空间里，然后关上了门。

　　"空间不够我们两个人。"妮娜说。我一时间不知道她在说什么，然后我意识到：詹姆斯一个人把后座都占满了。妮娜没法儿像她提议的那样坐到后面。

　　"我留下，"我说，"你应该跟他们走。"

妮娜没试图争辩。

"诺拉？"拉玛尔的声音温和却迫切，"诺拉？你醒着吗？能把你记起的告诉我吗？"

我睁开了眼睛。

"我们把詹姆斯弄到外面的车上。我们没有东西能抬他，所以汤姆把一扇门拆了下来。克莱尔将要开车——妮娜本该跟詹姆斯一起到后座去，我将指路。"

"本该？"

"它……有些误解，我不确定发生了什么。我们把詹姆斯弄到车里，意识到空间不够我们所有人。我对妮娜说她应该跟他一起去——她是医生——而我留下。她同意了，我们跑回房子里去拿她的手机，还有车上用的毛毯。但有事发生了……"

"继续。"

我闭上眼睛，试着回忆，种种事件开始模糊在一起。我记得克莱尔加大引擎的油门，汤姆扭过头喊着什么。"为什么不？"克莱尔回喊道。然后，她不耐烦地说，"哦，算了，我到那儿会打电话的。"

紧接着是轮胎碾压碎石的声音，在克莱尔沿着凹凸不平的小路颠簸到公路上时，我看到她的车尾灯发着红光。

"这是他妈的什么情况？"妮娜从楼上大喊，飞奔下楼梯吼道，"克莱尔！你在干吗？"

克莱尔已经不见了。

"有误会，"我对拉玛尔说，"汤姆说他告诉克莱尔我们这就来了，但克莱尔一定以为他说'他们不来了'。她没等妮娜就出发了。"

"然后呢？"

然后呢？那就是我不确定的了。

我记得克莱尔的外套挂在门廊的栏杆上，她一定是打算拿却忘了。我记得，我把它拿了起来。

我记得……

我记得……

我记得妮娜在哭。

我记得自己站在厨房里，双手放在水龙头下，注视着詹姆斯的血从塞孔流下去。

然后……我不知道是否因为受到惊吓，或是之后发生了什么，事情开始四分五裂。我越是努力逼自己，就越不能确定自己记起的是发生了的事还是我以为发生了的事。

我记得拿起克莱尔的夹克。或者那是克莱尔的吗？我脑海中突然浮现弗洛在飞碟射击时的画面，她穿着一件相似的黑色皮夹克。那是克莱尔的吗？或者是弗洛的？

我记得拿起那件夹克。

我记得那件夹克。

关于夹克我记不起的是什么呢？

然后我在奔跑，奔跑着穿过树林，不顾一切地想要阻止他们。

有什么事让我开始奔跑。有什么事让我在惊慌失措的绝望中把双脚塞进冰冷的运动鞋里，沿着狭窄的林中小径跌跌撞撞地疾速前行，手里的手电筒疯狂地晃动。

不过是什么呢？

我低头看。我的手里捧着什么，好像在试图抓牢某个又小又硬的东西。真相，也许是。

"我记不起来，"我对拉玛尔说，"这时候就开始真的模糊不清了。我能记得跑着穿过树林……"

我停下来，试图把所有情节拼凑起来。我抬头凝视刺眼的照明灯，然后又低头凝视自己的双手，仿佛它们能给我启示。但我手中空空。

"我们从汤姆口中得到的陈述是，"拉玛尔最后说，"他说你当时拿着什么东西，低头看着自己的手掌，那东西就放在上面，然后你离开了，甚至没穿上外套。是什么让你出发的？"

"我不知道。"我的声音充满绝望，"我希望我知道。我记不起来。"

"请试一试，这非常重要。"

"我知道重要！"这句话是喊出来的，在小小的房间里声音大得惊人。我的手指紧紧抓住医院单薄的毛毯。"你、你以为我不知道吗？那是我的朋友，我的——我的——"

我说不出话了。我想不出哪个词能代表詹姆斯对我来说是什么——生前对我来说。我把膝盖向上抬到胸口，气喘吁吁，我想用头去撞膝盖，一直撞，直到记忆渗出来，但我不能，我记不起来。

"诺拉……"拉玛尔说，我不确定她的声音是在试图安慰还是警告我。也许都有吧。

"我想记起来，"我咬紧牙关，"比、比你想象中更想。"

"我相信你。"拉玛尔说，她的声音中透着哀伤。我感觉到她把一只手放到我的肩膀上，然后门"砰"的一声响了，护士推着手推车进来了。

"这儿发生什么了？"她看看我又看看拉玛尔，看到了我脸上的泪痕和毫无掩饰的苦恼，还有挂在拉玛尔圆脸上的微笑纹，露出不赞同的神情。"你，这位小姐，我不会让你像这样令我的病人难过！"她伸出一根手指指着拉玛尔，"她从一场差点儿丧命的车祸里逃生还不到二十四小时。出去！"

"她没有——"我试图说，"并不是……"

那只有部分属实。拉玛尔的确令我难过了，尽管有异议，我还是很乐意看到她离开，很乐意在护士把农家馅饼和松垮的青豆放到盘子里时侧躺着蜷缩在被单下面。护士一边准备餐食一边小声抱怨着警察的霸道，他们以为自己是谁，一句请原谅就闯进来，让她的病人们难过，不是让他们回忆几周前就是几天前的事……当她噼噼啪啪，盛盛舀舀，把餐盘在我旁边放下时，房间里充满了校餐的味道。

"现在把它吃光吧，乖乖。"护士说，声音中有种接近柔情的东西，"你只剩皮包骨了。脆米花很好，但靠它们不能康复，你需要肉和蔬菜。"

我不饿，但我点了点头。

不过当她离开了，我没吃。我只是侧躺着，顶着疼痛的肋部，试图把事情搞清楚。

我应该问问克莱尔怎么样了，她在哪儿？

还有妮娜，妮娜在哪儿？她还好吗？她为什么没来看我？我应该问问所有这些的，我错失了机会。

我一边躺着一边盯着储物柜的侧面，回想詹姆斯和我们对彼此来说的全部意义，还有我所做的和所失去的一切。因为当我握着他的手，他的血在地板上流的到处都是时，我意识到自己的怒气，那股我本以为无法逾越，永远不会消退的阴郁的怒气，已经在消失了，和詹姆斯的生命一起渗到了地板上。

发生过的事情带给我的辛酸，将我定义了如此之久。现在它不见了——辛酸不见了，然而詹姆斯也是，他是除了我以外唯一知道这件事的人。

了解到这一点令我感觉轻松，却也感觉可怕的沉重。

我躺在那儿，回想着第一次——不是我第一次遇到他，因为那一定是我们十二三岁时的事了，也许更年轻。而是我第一次注意到他。那是十年级的夏季学期，詹姆斯当时在学校话剧里出演巴格斯·马隆 [1]。克莱尔是——当然是——布劳西·布朗。她本来在那个角色和塔卢拉之间摇摆，但布劳西最后得到了她的男人，而克莱尔从来不喜欢扮演失败者。

我之前见过詹姆斯，在课堂上胡闹、轻弹纸飞机，在自己胳膊上画画。在舞台上……在舞台上他不知怎的点亮了房间。我那时刚过十五岁，詹姆斯还有几个月就十六岁了——他是我们年级最年长的人之一——那一年他剃了一个野蛮的剃光两侧头发的发型，把头顶剩下的黑色鬈发拧成了一个小髻扎在后脑勺上。那个发型看起来庞克而叛逆，但为了巴格斯，他用发油把它弄得光滑，而且不知何故，即便在排练的时候他穿着校服，那件简单的事情也让他看起来完全彻底地像一个二十世纪三十年代的流氓。他走路像，站着像，嘴角紧紧咬着的一根看不见的雪茄如此有说服力，以至于我都能闻到烟味——尽管他嘴里什么也没有。他说话带着干脆的鼻音。我想和他上床，我知道这间屋子里其他所有女孩，还有一些男孩也有同感。

我知道克莱尔怎么想，因为她告诉我了，她一边伏在我身后那

---

1 译者注：巴格斯·马隆，与后文的布劳西·布朗、塔卢拉分别为戏剧《龙蛇小霸王》的男女主角。

排椅子上一边对我咬耳朵，她粉红色的布劳西口红令我的头发发痒。

"我要得到詹姆斯·库珀，"她告诉我，"我打定主意了。"

我什么也没说。克莱尔通常都会得到她想要的。

整个暑假什么也没发生，我开始好奇克莱尔是不是忘了她的允诺。后来我们回到学校，我注意到很多细节：她轻拂头发的方式，她校服衬衫上没系的扣子数量，从上千件这样的小事中我意识到，克莱尔什么也没忘。她只是在等待时机。

秋季学期的戏剧是《朱门巧妇》，詹姆斯扮演布里克，克莱尔得到了麦琪的角色。她得意地向我炫耀在演播室下班后有必要单独进行额外的排练，但即便是克莱尔，也没能有足够的魅力让她免受腺热的侵袭。那个学期剩下的时间医生签字让她休病假，她的角色给了替补演员——我。

于是，我代替克莱尔演了麦琪，热辣、性感的麦琪。我每天晚上亲吻詹姆斯，亲了一个星期，和他争吵，淫荡地在他身上舒展自己的身体，在他把那种肉欲从我身体里唤醒以前，我都不知道自己拥有它。我没有结巴，甚至不再是利。我从没有过那样的表演，在那之前和之后都没有过。但詹姆斯当时是布里克，酗酒、生气、困惑的布里克，于是我成了麦琪。

最后一晚我们搞了一场闭幕派对，在我们叫绿屋的房间里喝可乐吃三明治，实际上那是大厅走廊上方的一间空教室。稍晚些，我们在停车场和洛伊斯·芬奇家的厨房里喝可乐和杰克丹尼威士忌。

詹姆斯拉起我的手，我们一起爬上楼梯，到了洛伊斯弟弟的卧室。我们躺在托比·芬奇嘎吱作响的单人床上，做了十年以后，即使在这里，在医院的病房里，当我想起仍然会颤抖的事。

詹姆斯·库珀在那晚失去了处男身。十六岁，在一个冬天的夜晚，在一个蜘蛛侠的羽绒被套上，模型飞机在我们头顶转来转去，我们亲吻，撕咬，喘息。

然后，我们在一起了——就是那么简单，没有更多的商量。

我的天，我曾经爱他。

现在他走了。似乎不能相信。

我想起拉玛尔轻柔的、紫红色的声音说：还有詹姆斯——你怎么认识他的？

如果我要说实话，该说什么呢？

我对他太了解了，以至于在黑暗中触碰到他的脸，我便会知道是他。

我对他太了解了，以至于我能告诉你他身上的每一处疤痕和记号，在他肚子右边的阑尾切口，他从自行车上摔下来缝的针，他的头发分成独立的三股，一股旋进一股编成辫子的方式。

我对他牢记于心。

而他走了。

我有十年没和他说过话，但我每一天都会想起他。

他走了——而我一直以来培育的愤怒，就在我最需要它的时候，也走了。即使当我告诉自己我不再在乎了，那是过去的一部分，它关起来，走了，结束了。

他走了。

也许如果我说得足够多，我会开始相信它。

23

　　尽管走廊中有噪声和机器的哔哔声以及令人反感的灯光，我那晚睡得像个死人。护士们不再每隔两小时就进来对我进行检查，我睡啊……睡啊……睡啊。

　　当我醒来时有种迷失的感觉——我在哪儿？今天星期几？我不自觉地找起自己的手机。

　　不在那里。取而代之的是一个塑料水壶。

　　然后，"当下"的重量猛地下压，撞在我后脑勺上。

　　今天是星期一。

　　我在医院里。

　　詹姆斯死了。

　　"醒了醒了，"一个新护士说，她正一边轻快地走进来一边用专业的眼神扫了一遍我的图表，"过几分钟早餐就来了。"

　　我仍旧穿着病号服，当她要离开时，我发现自己叫了出来：

"等等！"

她转过身，扬起一条眉毛，明摆着转到一半，没有心情停下。

"对、对不起，"我结结巴巴地说，"我只是想知道，可、可以给我点儿衣服吗？我想要自己的衣服。还有我的手机，如果可能的话。"

"我们请亲属把它们带来，"她活泼地说，"我们不是快递服务公司。"然后她走了，门在她身后摆动着关上。

话说回来，她不了解。关于我，关于发生了的事。我突然想到，那栋房子很可能是个犯罪现场。克莱尔和妮娜还有其他人不可能还在那里，蹑手蹑脚地待在詹姆斯凝结的血液周围。他们一定回家了——或者被送到一个家庭旅馆。我将不得不等拉玛尔进来的时候问她了，如果她进来的话。

我第一次意识到自己有多么依赖警察，他们是把我和外面世界联系起来的唯一路径。

当有人敲门时，大概是上午十一点。我正侧躺着收听第四广播台。播放的是《女人时间》的戏剧，如果把眼睛闭得足够紧，把耳机压在耳朵上，我几乎可以想象回到了自己家里，一杯咖啡——真正的咖啡——放在我身旁，窗外的行车轻柔地轰鸣着。

敲门声传来，我花了一小会儿时间才从带铁丝网的窗格里看清拉玛尔的脸。我把耳机拔出来，从枕头里挣扎着坐起来。

"进来。"

她进来的时候举着一个纸杯："咖啡？"

"哦，谢谢。"我试图让自己听起来没那么急切，试图不要从她手里一把夺过杯子，在医院这个金鱼缸一样的世界里，这些小事的意义大得惊人。通过触摸杯子我能感觉到咖啡太烫难以入口，我一边看着它一边思考自己想说的话要如何措辞。与此同时，拉玛尔闲聊着这个冬天反季节的美丽的天气，以及人们要如何清理周末那场雪后的道路。终于，她慢慢停了下来，我抓住机会。

"军士——"

"探员。"

"抱歉。"我对自己犯的错很恼火，试图不要乱了方寸。"听着，我想知道，克莱尔怎么样了？"

"克莱尔？"她向前探了探身子，"你记起什么了吗？"

"什么？"

"你开始想起你们离开房子以后发生的事了吗？"

"什么？"

我们面面相觑，然后她沮丧地摇摇头。

"对不起。你刚才说的让我以为……"

"你是什么意思？克莱尔发生什么事了吗？"

"告诉我你记得的事。"她说，我沉默了一会儿，试图从她美丽封闭的脸上看出点儿什么。她和我对视，但我什么也看不出。有什么事她不打算告诉我。

"我记得……"我慢慢地说，"我记得跑着穿过树林……我记得汽车前灯和玻璃……然后在事故之后，我记得自己跌跌撞撞地走，丢了一只鞋，路上有大块大块的玻璃。"在我说的时候，当时的场景在我眼前重现，阴沉的隧道里铺满光秃秃的树枝，在前车灯的照射下呈现灰白色，还有我边一瘸一拐地跑边试图拦下什么人——任何人——来帮忙。有一辆小货车沿路摇摆，车前灯在黑暗中扫射。我站着，拼命地挥手，泪如雨下，我以为他不会停下，有片刻我以为他会把我撞倒。但没有——他打着滑停了下来，当他把窗户摇下来时面色苍白。搞他妈什么鬼？他说，然后，你有没有……？剩下的话犹犹豫豫没说出口。"

"就是这样。记忆碎片之间，太乱七八糟了……好像那些影像变得越来越慌乱，然后就变成了一个空白点。听着，克莱尔发生什么事了吗？她没……"

我的天啊。

我的天啊。不会的。

我感到自己的手指紧挨着床单，被咬过的指甲往里埋得太过用力以至于手指有些痛。

她死了吗？

"她没事，"拉玛尔缓缓说道，小心谨慎，"她也经历了事故，和你经历了同一场事故。"

"她还好吗？我能见她吗？"

"不能，对不起。我们还不能采访她。我们需要得到她的说法，然后才能……"

拉玛尔的声音越来越小，我知道她打算说什么。她想要我口中的真相，还有克莱尔的真相——分开问，这样就可以比较我们两人的叙述。

我的心口又一次有了那种寒冷、翻滚的感觉。我是嫌疑人吗？我怎样才能没有嫌疑地获悉呢？

"她仍然不能真正应付得了接受查问。"拉玛尔最后说。

"她知道詹姆斯的事吗？"

"我想不知道，不。"拉玛尔面露怜悯之情，"她的状况还不够好，暂时不能告诉她。"

我不知道为什么，到目前为止，这比今天她说的任何话都让我恼火。想到克莱尔正躺在这间医院的某个地方而不知道詹姆斯离开了我就受不了。

她在纳闷儿为什么他没来吗？或者她的情况严重到无暇顾及那个了？

"她会没事吗？"说到最后一个字时我的声音变得破碎沙哑，我长长地喝了一大口咖啡，烫得喉咙痛，试图掩饰悲痛。

"医生们同意了，我们在等她的家人来，然后他们会考虑她情绪是否足够稳定，能不能告诉她。对不起——我希望我能告诉你更多，但讨论她的医疗细节真的不是我分内的事。"

"是啊，我知道。"我呆滞地说。泪水困在我的喉咙后方，令我头痛，当我试图清除它们而生气地眨眼时，双眼又会眩晕。"妮娜呢？"我终于勉强说出来，"我能见她吗？"

"我们仍然在给其他在房子里的人录口供。只要录完口供，我想会允许她来看你的。"

"今天吗？"

"但愿是今天，是的。如果你能记起你们离开房子之后发生了什么，那会非常非常有帮助。我们想要得到你的说法，不是其他任何人的，我们担心和其他人说话也许会……张冠李戴。"

我看不出她这是什么意思。她是担心我在等吗？假装失去记忆，如此一来我就可以直接从别人那里把故事照搬过来？或者她仅仅是担心我也许会把其他人的叙述植入自己记忆空白的地方呢？

我知道那么做有多容易——有几年的时间我都"记得"自己童年假期骑驴的事。壁炉台上有一张我骑驴的照片，我大约三四岁的样子，夕阳映衬出我的轮廓，只是一个模糊的黑影，被阳光照亮的头发给它镶了一圈光晕。但我能记得海风拂面，太阳照在海面波光粼粼，还有大腿间粗糙毛毯的触感。结果在我十五岁时妈妈提到那根本不是我，而是我的表妹瑞秋。我甚至都没去过那里。

所以，他们是什么意思呢？把记忆掏出来，我们就会让你跟你的朋友说话了？

"我正在努力回忆，"我苦涩地说，"相信我，我甚至比你更想让自己记起发生了什么。你不用拿妮娜来利诱我。"

"并非如此，"拉玛尔说，"我们只是想得到你的叙述——我保证这不是某种刑罚。"

"如果我不能见妮娜，至少给我一些我自己的衣服？还有我的手机？"若已经开始惦念手机，我一定是在好转了。所有那些邮件和短信越积越多，我却没有办法回复。现在是星期一了，工作日。我的编辑会就新草稿的事和我联络。还有我妈——她有没有一直试着打给我？"我真的需要我的手机，"我说，"我可以保证不和房子里的任何人联系，如果你担心那个的话。"

"啊，"拉玛尔说，她脸上有些什么，一种有所保留的神情。"嗯，其实这也是我们想问的事之一。我们想看一眼你的手机，如果你不介意的话。"

"我不介意。那之后我能要回来吗？"

"可以，但我们找不到它。"

这我可没想到。如果它不在他们手里，在哪儿呢？

"你离开房子的时候带了吗？"拉玛尔问。

我努力回想，我确定自己没带。实际上，那天的大部分时间我都不记得拿着手机。

"我想它在克莱尔的车里，"我最后说，"我想在我们去飞碟射击的时候我把它落在那儿了。"

拉玛尔摇摇头："车已经被检查了个底朝天，肯定没在那儿。我们在房子里也做了很彻底的搜寻。"

"也许在飞碟靶场？"

"我们会在那儿找找看，"她在便签簿上做了个笔记，"但我们一直在给它打电话，没人接听。我猜想如果是落在那里了，应该会有人听到它响。"

"它在响吗？"我很惊讶电池仍然在工作，我不记得最后一次充电是什么时候了。"什么，你是说你们一直在打我的号码？你们怎么知道号码的？"

"我们从达·苏扎医生那里得到的。"她简略地说。我用了一秒钟才突然明白她说的是妮娜。

"它确实在响吗？"我慢慢地说，"不是转到语音信箱了吗？"

"我……"拉玛尔顿了顿，我看出她在努力回忆。"我得查查，没错，我很确定它当时是在响。"

"嗯，如果打通了的话一定不在房子里，那里没信号。"

拉玛尔皱起眉头，在她完美的细眉间挤出一条皱纹。然后她摇摇头："嗯，我现在已经让技术人员插手了，他们无疑会给我们一个大概的位置。一旦有人接听我们会马上告诉你。"

"谢谢。"我说。但我没把自己脑子里咕哝着的问题加上：你们为什么想要我的手机？

我是这样知道自己正在康复的：我饿坏了——我看着几小时前

送来的午餐想：就这个？就像你在飞机上拿到那些玩具尺寸的餐食时会想，谁要吃一个汤匙那么点儿的土豆泥和跟我小指头一样大的香肠？那不是饭。那是自命不凡的非市场酒吧里的开胃点心。

我感到无聊。天，我很无聊。现在睡得没那么多了，我没事可做。没有手机，没有笔记本电脑。我可以写作，但无法查看我的笔记本电脑和最近的手稿我就无能为力。我甚至开始对广播生气。在家里，它就是我日常生活的背景音乐，我爱它不断的重复，令人安心的日循环，《开启一周》跟在《今天》后面，《女人时间》跟在《开启一周》后面，这就和星期一过后是星期二，星期二过后是星期三一样确定。在这里，它却开始有点儿要把我逼疯了。在发疯之前我还要把没完没了循环的新闻提要听上多少遍？

最糟糕的是，我害怕。

当你病得很重时会产生一种聚焦效应。我在爷爷身上看到过，当时他在弥留之际。你不再关心重要的事情，你的世界缩小到非常小的担忧上：睡衣带子如何不舒服地压在你的肋部；你脊椎的疼痛；你手里握着一只手的感觉。

我认为，是那样的缩小让你能够去对抗。更广阔的世界不再重要了。随着病情越来越严重，你的世界缩得更小，直到唯一重要的就是坚持不断地呼吸。

我正在向反方向发展。当我被带进来时，我关心的只有不要死掉。然后昨天我只想要独自一人睡觉养伤。

现在，今天，我开始担心了。

我不是官方认定的嫌疑人。通过写犯罪小说，我有足够的了解，如果是那样的话拉玛尔之前就得对我进行强制质询，为我提供一名律师，向我宣读我的权利。

但他们在四处摸索，搜寻什么东西。他们认为詹姆斯的死不是一场意外。

我想起第一天晚上透过厚玻璃传过来的话：天哪，所以现在我们以谋杀看待？那时候这句话似乎触目惊心却捕风捉影——我陷入打了麻醉的睡梦状态时只记得这个。现在它看起来好像太真实了。

24

当敲门声再度传来时我几乎没应声。我正戴着医院的耳机闭着眼躺着收听第四广播台，试图屏蔽噪声和隔壁病房的喧闹声，想象自己回到了家里。

护士们不敲门——她们敲门，只是敷衍地轻拍一下然后就进来了。只有拉玛尔敲门以后还会等应答。我无法面对拉玛尔，她带着那些友善、平静、好奇的执拗问题。我不记得。我不记得，好吗？我没在隐藏任何事，我只是不，他妈的，记得。

我紧闭双眼，在《弓箭手》节目的声音之上听着，看她是不是要走开，然后我听到门小心翼翼地打开了，好像有人正把头探进来。

"利？"我听到，有人非常轻声地说，"我是说，对不起，诺拉？"

我突然坐直了。是妮娜。

"妮娜！"我扯掉耳机，试着把双腿摆下床，但要么是我的头，要么只是低血压的缘故，房间突然变得空洞遥远，我被一阵眩晕压倒。

"嘿！"她的声音远远的，穿过我耳朵里的嗞嗞声传来，"嘿，悠着点儿。他们才刚把你的脑子缝回去，大家都这么说。"

"我没事，"我说，尽管不确定我是否是在试着使自己或使她安心，"我没事。我挺好。"

然后，我确实挺好了。那阵眩晕过去了，我能拥抱妮娜了，吸入她特别的气味：让·保罗·高缇耶的香水味和烟味。

"哦，天哪，看到你我太高兴了。"

"看到你我才高兴呢。"她撤身出来，用批判、担心的眼神看着我。"我不得不说，当他们告诉我们你遭遇了车祸，我……嗯，看到一个学生时期的朋友飙血致死已经够了。"

我一阵畏缩，她垂下了眼睛。

"狗屁，对不起。我——不是我——"

"我知道。"并非是妮娜冷血。她只是和大多数人的处理方式不同，挖苦是她对生活的防御。

"这么说吧，我很高兴你在这儿。"她拿起我的手亲吻了手背，这着实令我吃了一惊，看到她温和的脸皱巴巴的还有点儿感动。"尽管，你看起来状态不是最好，我不得不说。"她战战兢兢地笑了一下，"嘘，我需要根烟。你觉得如果我在窗子外面抽一根他们会发现吗？"

"妮娜，究竟发生了什么？"我边问边仍紧紧抓着她的手，"警察在这儿——他们在问所有的问题。詹姆斯死了，你之前知道吗？"

"是的，我知道。"妮娜轻声说，"他们星期天一早到房子里来了。他们没直接告诉我们，但……嗯，这么说吧，你不会在一场非

222

致命枪击案上花那样的人力，在他们开始打印我们的资料和做枪击残留物测试之后就很明显了。"

"发生了什么？那把枪怎么可能上了子弹？"

"依我看，"她的声音严肃沉着，"有两种可能性。一，"她举起食指，"弗洛的姨妈其实给那把枪上的不是空弹。不过从他们的问题范围来看，我觉得他们认为那个可能性不大。"

"二呢？"

"有人给它上了膛。"

我一直在想的就只有这个，但在医院隐居的小房间里听到它被大声说出来仍然很震惊。我们都默默地坐在那儿，沉思良久，想着前一晚汤姆拿着它到处嬉戏，想着所有的如何、为什么、要是……怎么办。

"杰斯对整件事做何反应？"我终于问道，比起其他任何原因，更多的是想换个话题。妮娜摆出一副不悦的面孔。

"你可以想象的，她还是平时那副规规矩矩的样子，只是放下手机以后情绪激动了四十五分钟。开始她对他们把我留在这儿做供述异常愤怒，然后她想要北上来找我，但我让她别来。"

"为什么不呢？"

妮娜用兼具同情和不相信的表情看了我一眼："好家伙，你在开玩笑吗？不管他们是因为什么狗屁原因认为詹姆斯是被谋杀的，你会想让自己最亲近最心爱的人卷进来吗？不。杰斯和这件事无关，谢天谢地，就让她一直无关吧。我想要她离这件事远远的。"

"有道理。"我快步走回床上坐下，环抱着膝盖。妮娜坐到椅子上，拿起我的图表，带着一脸毫无掩饰的好奇心浏览着。

"你介意吗？"我说，"我不确定我想要你知道我上一次大便和所有那些的细节。"

"抱歉，职业病。现在头怎么样了？听起来你好像被撞得挺重的。"

"是啊，感觉是那样的。不过没事了，只是……我一直有记忆问题。"我摩擦着头上的敷料，仿佛能把混乱的影像擦回到看似有秩序的样子。"只是我离开那栋房子之后的一点点。"

"嗯嗯。创伤后失忆症，通常只有几个片段。你的听起来像是……我不知道。你觉得多长？"

"要确定有点儿难，因为，哦，我提过吗，我想不起来。"我说。我能听到自己的声音越来越急躁，我的暴躁令我很烦，妮娜没去理会。

"肯定不长，对吧？"

"听着，我知道你是好意，"我揉揉太阳穴，"我们能不谈这个吗？我跟一个警官花了一上午试着想起来，但说实话，我受够了，想不起来。我担心如果我再试下去，强迫自己的话，结果就是我会编出点儿什么来，说服自己那就是真相。"

"好吧。"她沉默了片刻，然后说，"听着，我告诉他们你和詹姆斯的事了，我说你们曾经约会过。我认为你应该知道。我不知道你可能会说了什么但……"

"没关系。我不想要任何人说谎。我告诉拉玛尔我们曾经在一起，她是警官，被指派——"

"我知道，"妮娜插话道，"她也一直在和我们谈。她知道你们怎么分手的吗？"

"你是什么意思？"

"你懂的，那个大秘密。那个性传染病，或者不管你想叫它什么吧。"

"最后再说一次，没人传染我性病。"

"所以，你继续说啊。你告诉她了吗？"

"没，我什么也没说。你呢？"

"没，我没得可说。我就说你们曾经在一起，后来分手了。"

"很好，没什么可说的。"我强迫自己闭上了嘴。

"真的？嗯嗯，让我想想。"她开始掰着手指数起来，"分手，退学，和一半的朋友断联，十年不跟他说话。没什么可说的？"

"没有什么可说的。"我一边固执地重复一边盯着自己放在膝盖上交叉的手指。伤口开始变暗结痂了，不久它们就会痊愈。

"因为事实是，"妮娜继续说，"詹姆斯死了，他们在找动机。"

听到这个我抬起头，直视她的眼睛。她毫无畏缩地和我四目相对。

"你在说什么呢？"

"我在说，我担心你。"

"你在暗示我杀了詹姆斯！"

"滚吧！"听到我的话，她站起来开始在房间里踱步。"我没有。我在说——我在试着——"

"你对事情一、一无所知。"我说。该死，别再结巴了！但这是真的，妮娜的确对此一无所知。没人知道我人生的那个部分——甚至连我妈也不知道。唯一知道一些的是克莱尔，即便是她也不知道整个故事。而克莱尔……

克莱尔她……什么？病得太重不能接受查问？甚至昏迷了吗？她会醒来的。

"你见过克莱尔吗？"我问，声音很低。妮娜摇摇头。

"没有。我想她情况很糟。无论在那场车祸里发生了什么……"
她又摇了摇头，这一次是因为沮丧而不是否认。"你知道吗，最糟的
事情是，詹姆斯本来很有可能活下来的。他伤得非常重，但我估计
他至少有百分之五十的概率可以幸存。"

"你是什么意思？"

"是车祸杀死他的。要不然就是因为车祸造成的延迟——也就是
同一回事。"

突然间，拉玛尔对不记得的那几分钟的坚持变得明确了。

那栋房子里发生的事情只是故事的前半部分。

真正的杀害是后来，在路上。

我不得不记起发生了什么。

我从来都不该来，我就知道。从那封邮件"砰"地进入我的收
件箱的那一刻起我就知道。

我永远都不该回去。

然而，我想起詹姆斯，躺在地板上，深色的眼睛向上看着我的
眼睛，他的血在我们俩周围淤积。我想起他因沾满血而湿滑的手紧
握着我的手，仿佛他就要淹死而只有我能救他一样。我想起他的声
音说着，利奥……

如果那时候我知道现在知道的事，我会删掉那封邮件吗？

妮娜伸出手来抓住我的手，我感觉到她温暖干燥的手握紧我的
手，她强壮的手指勾勒着擦痕和伤口的框架轮廓。"会没事的。"她
说。她的声音沙哑，而我们都知道她在说谎——她说谎是因为不管
我和拉玛尔还有剩下的调查进展如何，事情已经远远超过了那个还
能再没事的点。无论克莱尔痊愈与否，无论他们怀疑我与否，都不
能改变詹姆斯死了的事实。

226

"弗、弗洛好吗？"我最后问。

妮娜咬咬嘴唇仿佛在考虑该怎么说，然后她呼出一口气："不是……太好。说实话，我觉得她正崩溃呢。"

"她知道克莱尔的事吗？"

"知道。她想见克莱尔，但我们被告知不能探望。"

"有人见过她吗？克莱尔，我是说。"

"她父母，我想。"

"还有……"我咽了咽口水。我不会结巴的，我不会。"还有詹姆斯的父母呢？他们来过？"

"我想是、是的。他们昨天来了，而且——"她低头看着我的手，手指轻轻地沿着我最长的擦伤游走。"而且看到了他的遗体。他们回家了，据我所知。我们没见到他们。"

我突然间刺骨地想起了詹姆斯妈妈十年前的样子，长长的鬃发用夹子盘起，她做手势或在电话一端对某人大笑时手镯彼此碰撞出和谐的乐声，她的围巾在从打开的窗子外进来的风中飘动。我记得当詹姆斯介绍我时她把电话放到肩膀上。"这是利奥。她会经常过来，习惯一下她的脸。"詹姆斯的妈妈边笑边说，"我知道这意味着什么。我带你看看冰箱在哪儿，利奥。这栋房子里没人做饭，所以如果你想吃东西，自己找找。"

和我家太不一样了。任何时候都没人闲着，门一直开着，他们周围总有朋友，或者有学生留宿，每个人都在争论——大笑——亲吻——喝酒。没有开饭时间，没有宵禁。詹姆斯和我在满溢的阳光下躺在他的床上，没有人过来敲门让我们停止我们正在做的任何事。

我记得詹姆斯一脸络腮胡子的爸爸和他的手风琴。他在当地的大学讲授马克思主义理论，而且总在辞职和被开除的边缘游走。他曾经在天黑以后开着他破旧的车子送我回家，一边诅咒反复无常的发动机阻风门，一边用他糟糕的双关语款待我。

詹姆斯是他们唯一的孩子。

想到他们双双被悲痛击垮——几乎让我承受不住。

"听着，"妮娜最后捏了一下我的手，"我最好走了。我只付了一小时的停车费，差不多到时间了。"

"谢谢，谢谢你来。"我给了她一个尴尬的拥抱，"听着，你离开房子的时候没碰巧拿了件我的衣服吧，有吗？"

妮娜摇摇头："没有，抱歉。关于我们能带的东西他们真的非常严格。我仅带了一身自己换的衣服。我可以给你买点儿毛衣，如果你想要的话。"

"谢谢，那就太好了。我可以还你钱。"

妮娜嘲弄地用鼻子哼了一声，用手做了个摒弃的动作："噗，闭嘴吧。你穿小号，对吧？有什么偏好吗？"

"没有。什么都好，只是……别太鲜亮。你了解我。"

"好。跟你说，同时我会把这个留给你。"她脱下她的开襟毛衣，一件有深蓝色花朵形状带小扣子的海军蓝针织衫。我摇着头，但她把衣服披在了我的肩膀上。"就这样，至少开窗子你不会冻坏了。"

"谢谢。"我边说边把它裹在身上，不敢相信穿着不是医院的衣服感觉有这么好，好像我把自己的个性找回来了。妮娜耸耸肩，亲了亲我——这次很轻快，然后朝门口走去。

"保持神志清醒，肖。最重要的是，我们不能有两个人都精神失常。"

"弗洛吗？那她是真的很糟吗？"

妮娜只是耸耸肩，但面露哀伤。她转身走了。我注视着她沿走廊扬长而去，突然间发现了什么。在我门外看守的警察不见了。

25

大约半小时后，又传来一阵更轻快的敲门声，一个护士匆忙走了进来。一开始我以为是晚餐来了，我的胃咕噜咕噜地翻转起来，不过后来我意识到没有工业餐食的味道从门外飘进来。

"这儿有个年轻人要见你。"她开门见山地说，"叫马特·里道特。说他想探望你，如果你身体状况允许的话。"

我眨眨眼。我从没听说过这个人。

"他是警察吗？"

"我不知道，乖乖。他没穿制服。"

有一刻我考虑让她去了解更多信息，但她一只脚轻拍着地，明摆着忙碌又不耐烦，我意识到：就见见他把事情了结了反而会更容易。

"让他进来吧。"我最后说。

"他只能有半小时。"护士提醒道，"探视时间到四点结束。"

"没问题。"很好。如果事实证明他很难应付，这将会是摆脱他的借口。

我坐起来，一边把妮娜的开襟羊毛衫围到身上，一边把头发从脸上梳理开。我看起来像车祸现场，因此我并不真的知道自己为什么费心整理，但这对我的自尊来说感觉很重要，至少我做了象征性的努力。

我听到脚步声从走廊传来，接着是一阵迟疑而胆怯的敲门声。

"进来。"我说，一个男人走进了房间。

他的年龄大约和我相仿——也许年长几岁——穿着一条牛仔裤和一件褪色的 T 恤。夹克挂在胳膊上，他看起来很热，在医院炎热的气氛里不太舒服。他留着短硬浓密的霍克斯顿式的胡子，头发剃得短到接近头皮。不是寸头，而是像罗马士兵那样，短鬈发，平贴着他的头。

我真正注意到的事是他一直在哭。

一时我想不出能说什么，他也是。他站在门口，两只手插在兜里，看到我似乎很震惊。

"你不是警方的人。"我终于愚蠢地说道。他一只手从头发中间捋过。

"我——我的名字是马特。我是——至少——"他停下了，嘴唇卷曲成痛苦的表情，我知道他正在强忍住某些非常强烈的情绪。他深吸一口气，再次开始说道，"我本来是詹姆斯的伴郎。"

我什么也没说。我们面面相觑，我把妮娜的开襟毛衣紧紧抓到喉咙处，仿佛它是一套盔甲，他僵硬紧绷地站在门口。然后，一滴眼泪不由自主地顺着他鼻子的侧面流下来，他气冲冲地用袖子擦了擦，同时我说道。

"进来吧，进来坐下。你想要喝点儿什么吗？"

"有威士忌吗？"他说着发出一声颤抖的短笑。我也试着笑，但对我来说听起来不像是笑，更像是哽咽。

"我真希望有。医院自动售货机里的茶或咖啡，还是水？"我指指塑料壶，"总的来说我会推荐水。"

"不用了。"他说。他走进来坐到我窗边的塑料椅上，还没完全坐下就又站了起来。"该死，对不起。我不应该来。"

"不！"我抓住他的手腕，然后低头看到我的手抓着他的胳膊，对自己大为吃惊。我到底在干吗？我立刻放开他，好像他的皮肤着火了一样。"对、对不起。我的意思只是……"我的声音越来越小。我的意思是什么呢？我不知道。只是我不想让他走，他与詹姆斯有联系。

"请留下。"我终于设法说出口。他留下了，一边站着一边低头看着我，简短生硬地点了一下头然后坐了下来。

"对不起，"他又说道，"我没想到……你看起来……"

我知道他的意思。我看起来像被打得差点儿没了命，然后重新被修补起来。很严重。

"没有看起来那么严重。"我说，我竟然能挤出一个微笑，自己也吃了一惊，"主要是擦伤和瘀青。"

"是你的脸，"他说，"你的眼睛。我做这一行见过不少家庭暴力，但那两个黑眼圈……"

"我知道。它们有点儿触目惊心，是吗？不过并不痛。"

我们静默地坐了片刻，然后他说："其实你知道吗，我又想了一下，我也许要来杯咖啡。你要一杯吗？"

"不了，谢谢。"拉玛尔带来的咖啡还有剩余，我没喝完。我还没绝望到想喝自动售卖机里的东西。

马特生硬地站起来，走出了房间，当他的背影沿着走廊消失时，我能看到他肩膀的紧张。我几乎对他是否会回来好奇起来，但他回来了。

"我们重新开始吧？"他坐下时说道，"抱歉，我感觉自己有点儿毁了刚才的对话。你一定是利奥，对吗？"

我差点儿畏缩了。听到它太震惊了——詹姆斯对我的称呼——从他嘴里说出来。

"是的，没错。所以，詹姆斯……他对你说过我？"

"一点儿，是啊。我知道你们曾经是……我不懂。你会怎么叫它？青梅竹马？"

不知什么原因，那几个字令一股眼泪涌到我嗓子后部，当我试图回答时我感到自己嘴唇颤抖。于是我只是默默点了点头。

"该死。"他把头埋到手里，"对不起——我只是——我不能相信。几天以前我还在和他说话。我知道有麻烦……事情出了岔子……但这……"

事情出了岔子？

我想多问问，刺探消息，但我不太能把话说出口，而马特也仍然在说着话。

"我真的很抱歉像这样闯进来，如果知道你伤得多严重我就不会……护士没说。我只是问是否能见你，她说她会去弄清楚。我听詹姆斯的妈妈说你当时和他在一起，在他——"他停下来，倒吸口气，强迫自己继续，"在他去世时。我知道你对他的意义有多重大，我想要——"

他又停了下来，这次他说不下去了。他弯腰看向杯子，我知道他正边哭边试图掩饰。

"对不起，"马特终于说，声音低沉沙哑，然后咳嗽一下清了清嗓子，"我昨晚才知道。这……我没法儿适应。我一直在想是有什么出错了，但看到你这个样子……有几分让它成真了。"

"你……你怎么认识的詹姆斯？"

"我们一起在剑桥上学。我们俩都进了剧院——表演，你懂的，戏剧之类的。"他在袖子上擦了擦脸，然后抬起头，坚定地笑着。"不用说，我烂透了，但幸运的是我及时意识到了这一点。我在詹姆斯旁边表演也没有进展，并没能被他浸染。"

"你们后来保持联系吗？"

"是啊。我以前时不时会去看他演戏。我们年级的其他人都成了银行家、公务员之类的。感觉好像他是唯一一个成功了的，我有点儿因此为他骄傲，你知道吗？他的演出从没满座过。"

我缓缓点头。是的，那是我认识的詹姆斯。马特正在描述的这个男人熟悉得让我痛苦。他是我的詹姆斯，完全不像我听到别人描述了一整个周末的那个不真实的贪图享乐的人。我以为詹姆斯变了。也许他没变，或者没彻底改变。

"所以，发生了什么？"马特终于问，"在——在那栋房子里？他们说一把猎枪开火了但只是看起来……为什么他竟然会在那儿呢？"

"我不知道。"我闭上眼睛，去摸额头上浸满汗发热的敷料。"我没问。当我们听到他四处走动时以为是窃贼。"我没说其他的。门大大地转开了，我们愚蠢的歇斯底里——那听起来像是恐怖片里的情节，陈腐荒唐。"我想那是个恶作剧，新郎出现想在床上给他未来的新娘一个惊喜。"

"不，"马特摇着头，"我真的不这么认为——他不会不请自来到那儿去的。"

"为什么不？"

"嗯，首先，你不会那么做，对吗？你不会闯进你女朋友的单身派对，有点儿……没风度。那是她在单身时最后的机会了，如果把这个从她身上夺走你会不会有点儿成了贱人。"

我猜是的，但我什么也没说。我在等第二个理由，马特喘了一口气。

"第二……嗯……他们相处得没那么好。"

"什么？"我刚说出口就知道自己声音太大，语气太重太惊愕了。马特抬起头，吓了一跳。

"听着，我不想把它夸大但……是啊，克莱尔没说过吗？"

"没……至少……我不这么认为。"我回想，试图记起我们谈过的内容。我了解克莱尔，她从来不会承认任何类型的问题。表象总是不得不完美，面具从不会滑落。"怎么了？"

"我不知道。"马特看起来不太自在，"我不——我们从没真正聊过这个。我在想只不过是常见的婚礼前的神经过敏，对吗？我见过很多哥儿们结婚，我知道是怎么回事——完全正常的女朋友变成难缠的新娘，所有人都紧张兮兮，两个家庭插话，朋友们介入，小事情突然演变成了大争执，大家都分帮结派。"

"所以，为什么他在那里？"我最后说。

"我不知道。我只能猜……有人叫他去的。"

"有人叫他？但——但……"

谁呢？克莱尔？不，不可能。所有人当中她最清楚如果詹姆斯出现在房子里意味着什么，她没可能想要我跟他一起在同一个地方关上两小时，更别说二十四小时了。那会以我气冲冲地离开或者一场大吵大闹而告终，她知道的。这就是她没邀请我参加婚礼的原因。其他人有可能会出于无知或恶意那么做，但克莱尔不可能会故意毁掉自己的单身周末。她为什么要那样呢？

弗洛？她会当作开某种玩笑而那么做吗？她对我和詹姆斯过去的事一无所知，有可能把这当作一个有趣的笑料为她"完美"的周末增光添彩。而且，毕竟，梅拉妮走了，多出来一个双人间。这或许就可以解释她为什么突然崩溃了：不只为拿着上了膛的枪摆来摆去而愧疚，还为从一开始安排了这整个出了岔子的恶作剧而愧疚。但那样的话她就一定会知道那八成是詹姆斯在上楼。为什么她还可能开枪——即便认为枪没上膛？当那个朦胧的人影绕过楼梯拐角时我看到了她的脸，她看起来由衷地害怕。要么她疯了，要么她是有史以来最棒的女演员。

有可能是汤姆吗？有什么跟他和布鲁斯的争吵有关的事情会让他想陷害詹姆斯摔一跤呢？或者是奇怪又有变态幽默感的妮娜玩了一个恶作剧？但为什么？为什么他们当中有任何人会做那样的事？

我摇摇头。这快把我弄疯了。那栋房子里没人邀请詹姆斯，没人。如果他们那样做了，枪击不可能发生。

"你错了，"我的话打破了沉默，"你一定错了。他一定只是决定了要来。如果他和克莱尔吵过架他也许想要修补，你不觉得吗？他以前总是……"

"有点儿白痴？"马特说，颤抖地笑了一下，"我猜也许你是对的。他不怎么事先考虑，我是说——"马特停了下来，我看到他放在膝盖上的拳头握紧了。"——我是说他生前不。"他停下了。又是一阵沉默，我们两个人都在想那个活在我们脑子里，活在我们思想里的詹姆斯。"我记得，"他终于说，"我记得上大学时有一次，他爬上学院的围墙，给所有怪兽形状的滴水嘴戴上了圣诞帽。白痴，他有可能把自己摔死。"

随着最后一个字从马特嘴里说出，我看到他意识到自己说了什么，一个畏缩，我还来不及阻止自己，他便伸出了一只手。

"我最好走了，"他说，"我很——我希望你会很快好转。"

"我会没事的。"我说。然后强迫自己继续，因为我知道如果不说我会后悔，"你会——你能回来吗？"

"我早上就要回伦敦了，"他说，"但能保持联系的话很好啊。"

图表上有一支笔，马特把笔拽下来在周围唯一一点能写东西的表面——他咖啡杯的侧面匆匆写下了自己的电话号码。

"你是对的，"当马特小心地把杯子放到我的床头桌上时说，"水应该会更好一些。再见，利奥。"

"再见。"

门在他身后缓缓摇摆着关上了，透过狭窄的玻璃窗口我目送他的轮廓沿着走廊消失。对于一个独居的人，一个自从来到这里便一直渴望独处的人来说很奇怪，突然间我觉得非常孤独……那是一种非常不相干的、怪异的感觉。

26

当敲门声再次传来时我正在吃晚饭。不是探视时间，所以当我抬头看到妮娜拿着一个购物袋正从门边悄声快速地进来时吃了一惊。她把手指放到嘴边。

"嘘，我把那个老梗'你们不知道我是谁吗'拉出来才进来的。"

"你又跟他们说你是莎尔玛·海雅克[1]的表妹吗？"

"拜托！她连巴西人都不是。"

"或者说你是医生。"

"的确。反正，我说了我会很快的，所以来吧。"妮娜把一个袋子抛到床上，"恐怕它们不算高级女装。其实你很幸运了——它们不是淡色天鹅绒的。我尽力了。"

"它们很棒，"我一边感激地说一边快速翻看着没有特色的灰色

---

1 译者注：莎尔玛·海雅克，墨西哥籍女演员。

运动套装，"实话实说，我唯一关心的是它们不是后开襟而且没有'医院财产'的标志。确实是，我真的真的很感激，妮娜。"

"我还给你买了鞋——只有人字拖但我知道医院突然宣布让人出院能有多无情，我觉得如果他们突然把你赶出去的话至少你脚上有的穿。你穿六号，对吧？"

"实际上是五号——但别担心，六号棒极了。喂，"我脱下她的开襟毛衣递给她，"把这个拿去。"

"不，别担心，留着吧，等你自己的东西到了再说。你需要钱吗？"

我摇摇头，但她还是掏出了两张十英镑的纸币放到储物柜上。

"无伤大雅。如果你吃腻了医院的食物至少可以吃个帕尼尼。好了，我最好走了。"

她没走，只是站在那儿低头看着自己方形的短指甲。我能看得出她想要说些什么——带着反常的紧张情绪——正在犹豫不决。

"那再见了。"我最后说，希望刺激她说出来，但她只是说了句"再见"，转身往门口走去。

然后，当把手放到推板上时，妮娜停住转过身来。

"听着，我说的话，之前说的——我的意思不是——"

"你说的什么？"

"关于詹姆斯，关于动机。听着，我从来没有真的认为你会……该死。"她轻轻地把拳头捶在墙上，"说的变味了。听着，我仍旧认为那是一场意外，这也是我对拉玛尔说的。我从没认为这跟你有任何关系。我只是担心，好吗？为了你。不是担心你。"

我松了一口自己都不知道之前憋着的气，把腿摆下床。我摇摇晃晃地走向妮娜，给了她一个拥抱。

"没事的，我知道你的意思。我也担心——为我们所有人。"

她抚平我的头发，我把胳膊放下来，她看着我："不过他们不觉得那是场意外，对吗？究竟为什么？"

"有人给枪上了膛，"我说，"那是最重要的。"

"即使如此——可能是任何人。弗洛的姨妈有可能误给它上了子弹，又太害怕了不敢跟警察承认。警察一直对飞碟射击喋喋不休——弹药财产保管得妥善吗？有人能在无人监管的情况下获取实弹吗？他们显然认为弹药筒是从那儿拿的，或者那是他们试图证明的。但是如果我们当中有人想杀死詹姆斯，为什么不把他引到偏僻的地方去做？"

"我不知道。"我说。只是为这场短暂的谈话努力站着，我的双腿就感觉又累又颤颤巍巍的，我放开妮娜的胳膊，蹒跚地走到床边。所有这些谈话——关于枪关于子弹——正让我有恶心的感觉。"我真的不知道。"

"我只是觉得——"妮娜开始说，然后她停下了。

"什么？"

"我只是觉得……哦，不管了。听着——不管你跟詹姆斯之间发生了什么样可怕到不堪提起的事，我觉得你都应该告诉他们。我知道——"她举起一只手，"我知道这不关我的事，我也可以马上带着我主动提出的建议滚开，我只是觉得，不管是什么事，很可能没有你想得那么糟，如果你现在告诉他们，事情看起来就会好得多。"

我疲惫地闭上双眼，揉了揉额头上那个该死的令人讨厌发痒的敷料。然后我叹了口气睁开眼睛。妮娜正双手叉腰地站在那里，看起来既关心又咄咄逼人的样子。

"我会考虑一下的，"我说，"好吗？我会的。我保证。"

"好吧。"妮娜说。她的下嘴唇像小孩一样向外伸着，她曾经戴过贴着牙齿的唇环，我知道如果她现在还戴的话她会把它弄得咔嗒咔嗒响。我记得它在考试的时候发出的声音，谢天谢地考试合格以后她把它摘了。显然病人不喜欢看到他们的外科医生脸上有洞。"我要走了。保重，肖。如果他们赶你出院，打给我，好吗？"

"我会的。"

妮娜离开后我躺在那儿，考虑着她的话，考虑着她如何很可能是对的。我的脑袋又热又痒，诸如子弹、泼洒和弹药筒这样的词在里面到处哗啦哗啦地响着，过了一会儿我再也忍受不了了。我站起来，用我老女人的步态慢慢走向浴室，开了灯。

映入我眼帘的倒影——如果说有什么不同的话——比昨天更糟了。我的脸感觉好点儿了，好多了，瘀伤正闪耀着从紫色到黄色再到棕色和绿色的光辉。这些是一个画家要画一幅诺森伯兰的风景画可能需要的所有色度，我带着扭曲的微笑想。

我看的不是瘀伤，我看的是敷料。

我开始扯胶布的边角，随着胶布把我太阳穴和发际线上的绒毛脱掉，敷料本身拉扯伤口，我感觉到一种美妙的撕扯的疼痛，它被揭掉了，我松了一口气。

我本来以为会看见缝合的痕迹，但一点儿也没有。有一条又长又丑陋的伤口，小条小条的胶带和看起来像……强力胶的东西把它合拢起来，真的会是强力胶吗？

他们在我头皮的边缘剃掉了非常小一块半圆形的头发，那里就是伤口在发际线下面蜿蜒伸展的地方，它已经开始生长了。我用手指摸了摸，感觉带着尖刺却很软，像是婴儿的发刷。

如释重负的感觉：冷空气接触到我的额头，刺痒感和敷料一起消失了。我把那个该死的布垫扔进垃圾桶，慢慢走回床边，仍然想着妮娜。还有拉玛尔。还有詹姆斯。

我和詹姆斯之间发生的事和这件事没有任何关系。但也许妮娜是对的，也许我应该老实交代。也许在这么多年的沉默之后，这甚至会令我如释重负。

没人知道。除了我，还有詹姆斯，没人知道真相。

我花了这么久看护我对他的怒气。现在它消失了，他消失了。

也许早上当拉玛尔来的时候我会告诉她。我会告诉她真相——不只是真相，因为到现在为止我说的一切都是真相。而是全部真相。

真相是这样的。

詹姆斯甩了我。而且是的，他用一条短信甩了我。

我所有这些年来抓住不放的是他为什么甩掉我的原因。他离开是因为我怀孕了。

我不知道是什么时候发生的，所有那几十次，也许几百次中的哪一次，弄出了一个孩子。我们当时很小心——至少我们以为很小心。

我只知道有一天我意识到自己好久没来月经，太久了。于是我测了一下。

当我告诉他的时候，我们正在詹姆斯的阁楼卧室里，坐在床上，他的脸变得煞白，深色的眼睛瞪大了盯着我，眼里流露出恐慌。

"你不会是——"他开始说，"你不觉得你有可能……"

"搞错了？"我帮他说完了。我摇摇头，甚至挤出了一小声苦笑，"相信我，没有。那个测试我做了大概有……八次。"

"吃紧急避孕药呢？"詹姆斯说。我试图去拉他的手，他站起来开始在小房间里前前后后地踱步。

"吃那个太迟了。不过是的，我们需要——"我骨鲠在喉，意识到自己在努力不哭出来，"我们需要决、决定——"

"我们？这是你的决定。"

"我想要和你聊聊。我知道我想怎么做，但这也是你的孩——"

孩子，也是你的孩子，我本来是想这么说的，但我没能说完。他就像被打了一巴掌似的呼出一口气，然后背过脸去。

我站起来，朝着门口挪动。

"利奥，"他用哽咽的声音说，"等等。"

"听着，"我一只脚已经踏上楼梯，包挎在肩上。"我知道，这个消息来得太突然了。什么时候你做好了和我聊的准备……打电话给我，好吗？"

他从未打给我。

当我到家时克莱尔打电话给我，她生气了："你之前究竟在哪儿？你放了我鸽子！我在剧场大厅等了半小时，而你都不接电话！"

"对不起，"我说，"我有……有点儿事——"我说不下去了。

"什么？发生了什么？"她问，但我回答不了。"我这就过来。"

詹姆斯没打来，反而是在那天夜里的晚些时候发来一条短信。那天下午我和克莱尔在一起，苦苦思索该怎么做，要不要告诉我妈妈，詹姆斯会不会被指控——尽管我现在十六岁而且已经过了好几个月，但我们第一次的时候我十五岁。

243

短信大约是在晚上八点收到的。利，对不起，但这是你的问题，不是我的。你把它搞定吧。别再给我打电话了。詹。

于是我自己搞定了。我没告诉妈妈。克莱尔……实际上克莱尔有点儿叫人惊叹。是的，她可以起急，冷嘲热讽，甚至工于心计，但在这样的危难时刻，她像一只护崽的狮子。回头看那时候，我记起来为什么我们曾经是那么多年的朋友了。而这也让我再一次意识到自己后来有多自私。

她坐公交车带我去了诊所。时间还早，足够只吃药片就好了，而且完全出乎意料得快。

不是因为流产。我不为那个责怪詹姆斯——那是我自己想要的，我不想在十六岁有小孩，而且无论发生了什么，我和他的错一样多。无论别人可能怎么想，让我心碎的并不是那个。我对失去一群细胞没有煎熬的自责感。我拒绝感到内疚。

跟那个一点儿关系也没有。

是……我不知道，我不知如何表达。是骄傲吧，我想，有点儿不相信我自己的愚蠢。我曾经那么爱他，并且大错特错的想法。我怎么能呢？我怎么能错到如此不可思议、难以置信的地步？

如果回到那所学校，我就不得不带着这样的认知生活——每个人眼中都有我们两个在一起的记忆。要跟一百个人说，不，我们不在一起了。是的，他甩了我。不，我很好。

我并不好。我是个傻子——一个该死的小傻子。我怎么能错到如此地步？我还一直以为自己很会判断人品，我以为詹姆斯勇敢、深情，而且他爱我。没有一个是事实。他软弱、怯懦，他甚至不能看着我的眼睛结束我们之间的关系。

我再也不会相信自己的判断了。

事情发生在进修假期间，大家在复习准备考普通中等教育证书。我去学校考试了，然后再也没回去。没去拿成绩，没去秋季联谊会，没看考试期间曾经辅导和鼓励过我的任何一位老师。我换去了一所两小时火车车程距离的高中，在那里我确定没人可能认识我。每天的日子长得要命——我五点半离家，每天晚上六点到家。

然后，我妈妈为了和菲尔在一起把家搬走了。我本来应该生气，因为她把我外公的房子卖了，我在那里长大的，我们大家一起住在那里太多年了，所有的记忆都在那里。部分的我的确生气，还有部分的我却感到宽慰——和雷丁还有詹姆斯之间最后的绳子被切断了。我再也不用看到他了。

除了克莱尔之外没有人知道发生了什么，而即便是她也不知道短信的事。第二天我告诉她我决定了不能留下那个孩子，我要和詹姆斯分手。她拥抱了我，哭着说："你太勇敢了。"

我不勇敢，我也是个胆小鬼。我从未面对詹姆斯，从未问他为什么。他怎么能那样做？是因为害怕吗？是因为懦弱吗？

后来我听说他在雷丁到处跟人睡，男女通吃，系统地睡出了一条自己的路。这更证实了我已经知道的事。我以为自己了解的那个詹姆斯·库珀从未存在过。他不过是想象出来的幻影，被我自己的希望植入的虚假记忆。

现在……现在当我回首这十年……我不知道。并不是我赦免了詹姆斯轻率地发出那条短信的残忍罪行，而是我看到了自己：暴怒、公正，对我们两人都如此严厉。也许是我赦免了自己犯的爱上詹姆斯的错。我意识了那时我们有多年轻——几乎还是两个孩子，一个因为童年的粗心做了残忍的事，一个有着刻板的是非道德准则。在你年轻的时候没有灰色区域，只有好人和坏人，对和错。规则非常清晰——就像英式篮球场一样，是一个画着伦理底线的操场道德准则，犯规和惩罚都一目了然。

詹姆斯错了。

我曾经相信他。

所以我也错了。

但现在……现在我看到一个受惊的孩子面对极大的道德决定，而他还不具备做决定的能力。我把我的话——就像他一定也一样——看作是把不可逆转的选择转移到他的肩上的企图，看作是他还没准备好承担，也不想要承担的责任。

我看到我自己——只是同样受惊，同样准备不足。

我为我们两人都感到难过。

当早上拉玛尔来的时候我会告诉她，告诉她全部的真相。像这样把它拆开，在夜晚消逝的光芒中，它并非如我害怕的那样糟。它不是谋杀的动机，只是陈旧而疲惫的悲伤。妮娜是对的。

然后，终于，我睡了。

早上拉玛尔来的时候，她的脸上增添了一种严肃的神情。一名同事在她身后徘徊，那是一个大块头的男人，胖胖的脸上一直眉头紧锁。拉玛尔的手里拿着什么东西。

"诺拉，"她开门见山地说，"你能帮我辨认一下这个吗？"

"能，"我吃惊地说，"这是我的手机。你们在哪儿找到的？"

拉玛尔没回答。她坐下来，打开她的磁带录音机，用庄重而正式的声音说出了我一直畏惧的话：

"利奥诺拉·肖，我们要对涉嫌杀害詹姆斯·库珀的你提出讯问。你什么也不必说，但随后在法庭上你所依赖的证据如果在你接受问讯时并未提及，这会对你的辩护不利。你所说的任何话都有可能作为呈堂证供。你有权请律师。你明白了吗？"

27

如果你是无辜的，没有什么好怕的。对吧？

那么，为什么我如此害怕呢？

我之前的陈述拉玛尔没有录音，也没警告我，它们不会成为呈堂证供。所以头几分钟我重温了自己已经告诉拉玛尔的东西，为了录音带重新确认事实。我不想要律师。我知道这很愚蠢，但我克服不了拉玛尔站在我这边的感觉——我相信她。只要我能说服她自己是无辜的，一切就会没事。律师能做什么呢？

拉玛尔弄完了我们已经确认过的东西然后开始开垦新地。

"你能看一下这个手机吗，请问——"她把装在密封塑料袋里的手机拿出来，"——告诉我是否认得它？"

"认得，是我的手机。"我抑制住想要咬指甲的冲动。过去几天我已经把它们咬秃了。

"你确定吗？"

"是的，我认得壳子上的划痕。"

"你的手机号码是……"她匆匆查看了她的便签簿然后把号码念了出来。我点点头。

"是，对，对的。"

"我对你打的最后几个电话和发的最后几条短信感兴趣。能把你记得的跟我说一遍吗？"

我没料到她会这么问，我看不到这跟詹姆斯的死可能有什么相关。也许他们在试图确认我们的行为之类的。我知道他们能从手机的信号对位置进行三角测量。

我在努力回想："没有多少。房子里并不真的有信号。我在靶场查了语音信箱……和微博。哦，我给伦敦一家自行车商店回了个电话，他们在检修我的自行车。其他我想就没了。"

"没有短信？"

"我……我想没有。"我试着回想，"不，我很确定没有。我发的最后一条是给妮娜的，告诉她我正在火车上等。那是星期五的事。"

拉玛尔流畅地改变了问题轨道。

"我想问你多一点儿关于你和詹姆斯·库珀恋爱的事。"

我点点头，试着保持表情平和愿意帮忙。我想到她会这么问了。也许克莱尔醒过来了，我的胃有一点儿不舒服的变化。

"你们以前在学校认识的，对吗？"

"对。当时大概十五六岁。我们约会过，短时间的，然后分手了。"

"多短？"

"四五个月？"

这并不太属实。我们曾在一起六个月。但我已经说了"短时间的"，而六个月听起来没那么短。我不想看起来自相矛盾。幸好拉玛尔没问我日期。

"那之后你们还有联系吗？"她问。

"没有。"

她等我细说下去，我也等着。拉玛尔把双手叠放在膝盖上看着我，我不知道她在暗示什么，如果说我擅长一件事的话，那就是保持沉默。停顿沉重地悬在半空中。我能听到她昂贵的手表微小震动的嘀嗒声，我略微好奇她哪儿来的钱：那条裙子不是一个警察的工资能买得起的，那对厚实的金耳环也一样，它们看起来像真金的。

然而，这不关我的事。只是在时间嘀嘀嗒嗒流逝时有点儿事可猜测。

但拉玛尔也能等。她有像猫一样的耐心，有那种眼都不眨的镇静技能，等着老鼠恐慌起来，再突然冲过去。最后，她的同伴罗伯特探员垮掉了。"你告诉我们你跟他十年没联络了，"他疾言厉色地说，"他却邀请你去他的婚礼？"

该死。在这个问题上撒谎没意义啊。他们只需花上两分钟就能跟克莱尔的母亲或者任何负责宾客名单的人核实。

"不。克莱尔邀请我参加婚前女子单身派对，没请我去婚礼。"

"这有点儿古怪，不是吗？"拉玛尔回到问话里。她微笑着，仿佛这是两个女孩边喝泡沫咖啡边进行的谈话。她圆圆的脸颊红扑扑的，加上令她看起来像纳芙蒂蒂[1]的高颧骨，当她微笑时她大张的嘴温暖而慷慨。

"并不，"我说谎道，"我是詹姆斯的前女友。我猜想克莱尔觉得

---

1 译者注：纳芙蒂蒂，埃及法老阿肯纳顿的王后，埃及历史上最重要的王后之一。

· 250 ·

那样会很尴尬——对我对她都一样。"

"那为什么邀请你去单身派对——庆祝她的婚礼？那不也会很尴尬吗？"

"我不知道。这个你们得去问克莱尔。"

"自从你们分手以后，你和詹姆斯·库珀就毫无联络了？"

"没有。没有联络。"

"短信呢？电子邮件？"

"没，什么也没有。"

我突然间不确定这场问讯的方向了。他们是在试图确认我恨詹姆斯吗？我受不了他靠近我？我的胃又有一次不舒服的变化，一个小声音在我脑袋里低声说：现在请律师还不算太晚……

"听着，"我不自觉地说着，压力令我的声音提高了半个声调，"不和前任保持联系没什么不寻常啊。"

拉玛尔没回答。她又令人困惑地变换了问题轨道："你能把你在那栋房子里的活动跟我说一遍吗？有没有离开的时候？"

"嗯，我们去飞碟射击了，"我不确定地说，"你们知道。"

"我是说你自己。你去跑步了，不是吗？"

跑步？我完全黔驴技穷了。我讨厌不知道他们在暗示什么的感觉。

"是的。"我说。我拿起一个枕头抱到胸前，觉得自己应该看起来配合，"两次。一次是在我们到达时，在星期五，还有一次在星期六。"

"你能告诉我大概的时间吗？"

我试着回想："我想星期五那次可能是四点半左右？也许晚一点儿。我记得天色很暗，回去的时候我遇到了正在开车的克莱尔，大概六点钟。星期六的那次……很早。八点之前，我想是。我无法太精准地确定时间。肯定不早于早上六点——有光了。梅拉妮当时起来了——她也许记得。"

"好吧。"拉玛尔正把时间写下来，她并不相信录音带。"跑步的时候你没用手机吗？"

"没有。"究竟是什么情况？我的手指挖着枕头柔软的木棉。

"星期六晚上呢，那时候你出去了吗？"

"没。"然后我想起了什么，"他们告诉你脚印的事了吗？"

"脚印？"拉玛尔从便签簿上抬起头，一脸茫然，"什么脚印？"

"雪里曾经有脚印。第一天早上我跑步回来的时候，它们从车库通向后门。"

"嗯，我会深入调查的。谢谢。"她做了个笔记，然后又转换了问题轨道，"星期六晚上离开那栋房子之后的一段时间你有进一步想起什么吗？当你追车的时候？"

我摇摇头："对不起。我记得自己猛扑着穿过树林……脑中闪过车子、碎玻璃之类的……但没有，没有真正具体的东西。"

"我知道了。"她合上记事本站起来，"谢谢你，诺拉。还有其他问题吗，罗伯特？"

她的同伴摇摇头，拉玛尔为录音带说出了时间和地点，然后关闭了录音离开了。

我是嫌疑人。

他们走后我坐在那儿试着处理这条信息。

是因为他们找到了我的手机吗？我的手机怎么可能和詹姆斯的

谋杀案有关？

然后我意识到了什么，那是我早该意识到的。

我一直是嫌疑人。

他们之前没有对我进行嫌疑人讯问，唯一的理由是任何查问作为证据都毫无价值。因为我的记忆的问题，任何一个律师都可以在我的陈述中找到超大的空子来钻。他们想要情报——我能够提供的信息——他们还想要快，快到在我没有依靠的状态下冒险跟我谈话。

现在医生们确定了我神志清醒，我的身体状况也足够接受适当的讯问了。他们开始立案了。

我没被拘捕过。那是一件要坚持的事。

我还没有被指控。

如果我能记起在树林里丢失的几分钟就好了。发生了什么？我做了什么？

不顾一切拼命想要记起的感觉在我体内发酵，像呜咽一样哽在我的喉咙里，我用手指牢牢抓住柔软的枕头，把脸埋进它的干净洁白里，我渴望想起来。没有丢失的那几分钟，如何能期待说服拉玛尔我现在说的是实话呢？

我闭上眼睛，试着回想自己身临其境，置身于森林中安静的空地上，置身于那栋房子大面积的光块中，光穿过茂密丛生的黑暗树林射出去。我又闻到了松针的气味，感到手指和鼻子里面被冰冷的雪刺痛。我想起了森林的声音，雪从不堪重负的树枝上轻柔滑落的咔嗒声，猫头鹰的叫声，消失在黑暗中的引擎的声音。

我看到自己沿着那条又长又直的小路跌跌撞撞地走进树林，感受着脚下的针叶柔软的弹性。

我记不起来接下来发生了什么。当我试图记起时，就像试着抓住映在池塘里的场景。影像出现了，我伸手去够，它们碎成了上千道涟漪，而我发现自己握住的只有水。

在那片黑暗中有什么事发生在我、克莱尔和詹姆斯或是什么人的身上。是谁呢？是什么事呢？

"嗯，利奥诺拉，我对你非常满意。"米勒医生收起他的笔，"我有一点儿担心你仍然没想起来的那段时间，但从你说的话来看，那些记忆开始回来了，我看不出任何把你继续更长时间留在这里的理由了。你将需要进一步的检查，它们都可以由你的全科医生来安排。"

我的大脑还没来得及处理他的话，他继续说了下去："你家里有人能帮忙吗？"

什么？"没、没有，"我勉强说出口，"我一个人住。"

"嗯，你能和朋友住几天吗？或者有哪个朋友能到你家吗？你的恢复好得惊人，但我有点儿不情愿让你回家住到一所空房子里。"

"我住在伦敦。"我没头没脑地说。我能跟他说什么？我没有任何可以硬缠着一个星期的人，我也不想跋涉到澳大利亚投入我妈张开的怀抱。

"了解了。有人能把你捎回去吗？"

我试着想。妮娜，也许吧。我可以请她帮我回家，但……他们肯定不会太快把我赶出去吧？突然间我不确定自己准备好离开了。

"我不明白，"我在医生整理好他的笔记离开以后对护士说，"从来没人跟我商量过。"

"别担心，"她安慰地说道，"我们不会在你无家可归的时候把你赶出去的。我们的确需要床位而你也不再有危险了，所以……"

所以，我在这里不再受欢迎了。

很奇怪这个消息给了我狠狠一击。我意识到这短短的几天自己一直住在这里，在某种程度上已经有点儿习以为常了。这整个地方就像个牢笼，现在门打开了，我却不想离开。我逐渐对医生、护士和这家医院的日常形成了依赖，他们可以帮我抵御警察和所发生的现实。

如果我被赶走要怎么做？拉玛尔会让我回家吗？

"你应该跟警察谈谈。"我发现自己说，有种奇怪的孤立感，"我不知道他们是否想让我离开诺森伯兰。"

"哎呀，对了，我都忘了你是经历那场事故的姑娘。别担心，我们会确保他们知道的。"

"拉玛尔探员，"我说，"是她一直过来。"我不想让护士跟粗脖子皱眉头的罗伯特说。

"我会告诉她的。别担心，反正不会今天让你出院的。"

她走后我试着仔细分析刚刚发生的事。

我就要被赶出去了，也许就在明天。

然后呢？

要么他们会允许我回伦敦，要么……要么不允许。如果不行，就意味着我被捕了。我试着回想我知道自己都有哪些权利。如果被捕我可以被问讯……多久来着？三十六小时？我想他们可以通过特许证延长问讯时间，我不能完全记起来。该死。我是犯罪小说家，我怎么能不知道这些？

我必须给妮娜打电话，但我的手机不在身边。我的病床边有电话——需要用银行卡充值，而我的钱包和所有的东西都在警察那儿。我很有可能可以从护士站打电话——我确定如果是为了必要的事情她们会借我电话用——但我不知道她的号码。我所有的联系人都在手机里。

我试图记起有谁的能背下来的号码。我以前知道妮娜父母的电话——但他们搬家了。我知道自己家里的号码，行不通，家里没人。我曾经可以背出我们家的电话，但那是老房子的号码了，我在那里长大的。我不知道妈妈在澳大利亚的电话。我希望自己能有个像杰斯一样的人——一个在任何情况下都可以求助并且毫无羞愧感地说"我需要你"的人。但没有。我一直以为自给自足是长处，现在我意识到这也是一种弱点。我到底要怎么做？我猜可以请护士帮我在搜索引擎上搜一下我的编辑——想到要这样面对她我羞愧地放弃了这个念头。

我能完全背出来的那个号码是詹姆斯父母的，我一定拨过上百次，他总是丢手机。而他们仍然住在那儿，我知道他们还在。我不能打给他们，不能像这样打给他们。

当我回到伦敦我必须打给他们，我必须要询问葬礼的事，我必须……我必须……

我把眼睛闭上。我不会哭，不会再哭。我可以等离开这里再哭，眼下我得实际些。我不能去想詹姆斯或者是他的母亲和父亲。

然后，我的目光落在了床边的纸杯上——马特的号码。我小心地把杯子撕开，把潦草书写的手机号折起来塞进兜里。我不能给他打电话，他就要踏上回伦敦的路了。但想到如果遇到严重的紧急情况我至少能给一个人打电话，就有种古怪的安慰感。

两天前我还不知道他的存在。而现在，他是我和外面世界的纽带。

不过不会有事的。妮娜会回来，或者拉玛尔会。我就能告诉她们了。

只是我不得不等等。

我仍然坐着，一边呆呆地凝视前方一边咬着我残破的指甲，这时一个护士把头伸到门边。

"你的电话，小鸭子。我会接到床头电话上。"她对着挂在我床边扶手上的塑料电话做了个手势，然后溜出去了。

能是谁呢？谁知道我在这儿？会是我妈吗？我看了看钟。不——澳大利亚正值半夜呢。

然后，就像一只冰冷的手放到我后脖子上一样猝不及防，一个想法从我脑海里冒了出来：詹姆斯的父母。他们一定知道我在这儿。

电话开始响了。一时间我勇气全无，差点儿就不接了。但之后我咬紧牙关强迫自己拿起了听筒。

"喂？"

一阵停顿，然后一个声音说："诺拉？是你吗？"

是妮娜。我全身上下都松了口气，有那么不理智的一瞬间我怀疑这是心灵感应。"妮娜！"听到她的声音，知道我没被困在这里太好了。"谢天谢地你打来了。他们可能要把我赶出去了——而我意识到自己没有你的电话，什么也没有。你是因为这个打来的吗？"

"不，"她马上说，"听着，我不打算拐弯抹角。弗洛曾试图自杀。"

28

我说不出话。

"诺拉？"过了片刻妮娜说道，"诺拉，你还在吗？该死，这东西把我的电话切断了吗？"

"在，"我怔怔地说，"是的，是的我在。我只是——天哪。"

"我不想这样告诉你，但我也不想让你从其中一个护士、警察或什么人那里得知。她被送去你住的医院了。"

"我的天哪，她会……她会没事吧？"

"我想会的，是的。是我发现的，在我们现在住的家庭旅馆的浴室里。她之前就挺异乎寻常的，我没意识到……我——"妮娜听起来惊魂未定，我第一次意识到她很可能一直承受着的压力。当克莱尔和我在医院里躲过审问的冲击时，妮娜、弗洛和汤姆想必昼夜不停地被盘问着。"纯粹是运气，我提前回来了。我应该注意到的。挺可怕的，我从没想到——"

"不是你的错。"

"我是个该死的医生，诺拉。"她的声音在电话另一头极其痛苦，"好吧，我不做跟心理健康有关的事有一段时间了，但我们应该记得基础培训。该死。我应该早预料到。"

"她会没事吧？"

"我不知道。她吃了一堆安眠药，连同一些安定还有大量的扑热息痛，用威士忌送服的。让我担心的是扑热息痛——那是很讨厌的东西。你在医院里醒来时可能会觉得挺好，然后当你发现了自杀真的不会适合你的春季日程表时你的肝脏停止运转。"

"我的天哪！可怜的弗洛。她说……她给出什么理由了吗？"

"她只留了一张字条说自己再也应付不了了。"

"你觉得——"我停住了，想不出怎么问。

"什么？她良心有愧？"我几乎沿着电话听到了妮娜耸肩的声音。"我不知道。无论你认为发生了什么，她当时拿着枪。我觉得拉玛尔和罗伯特对她不会特别宽容。"

"她怎么得到药的？"

"医生给她开的安定和安眠药。她——我们压力都很大，诺拉。她看到一个人中枪，这是创伤后应激障碍之类的东西。"

我闭上眼睛，我在这里很安全，裹在我无知的茧里，而弗洛一直在崩溃。

"她太沉迷了，"我慢吞吞地说，"你记得吗，她如何一直努力要给克莱尔完美的婚前女子单身派对。"

"我知道，"妮娜说，"相信我，过去几天我们听了好多关于那个的话。她除了哭和为发生的事自责就没做太多别的。"

"但发生什么了，妮娜？"我突然意识到自己把白色的塑料听筒握得太紧了以至于手指有些痛。"拉玛尔觉得是谋杀。我知道她那样认为。他们在问关于我手机的奇怪问题，给了我正式警告，我是嫌疑人。"

"我们都是嫌疑人，"妮娜疲倦地说，"当一个男人中枪身亡的时候我们在那栋房子里，不光是你。该死，我希望这件事过去了。我现在太想杰斯了，几乎不能思考了。我们他妈的为什么要答应呢，诺拉？"

她听起来厌烦极了。不光对这个厌烦，而是对一切。我突然可以看到她，她和汤姆独自待在家庭旅馆的房间里，等着被盘问，等着答案，等着弗洛和克莱尔的消息还有其他一切。

他们叫她不要离开。她就像我一样被困住了，被那栋房子里发生的事困住了。

"听着，我得挂了。"妮娜终于说，"这是个讨厌的充值手机，我想剩下的话费不多了。但我会再打来把电话号码留给服务台，好吗？如果你被赶出去让他们打给我。"

"好的。"我最后说。我觉得喉咙哽住了，于是咳嗽了几下试图掩饰。"照顾好自己，你听到了吗？还有别因为弗洛自责，她会没事的。"

"我真的不知道她会不会没事，"妮娜说，声音很阴郁，"我做医科学生的时候见过一些扑热息痛过量用药的案例，我知道那会怎么样。谢谢你安慰我。还有诺拉——"她停住了。

"怎么？"我说。

"我……呃该死，听着，我说这个没有意义。算了。"

"什么？"

"我只是打算说——试着想起你离开那栋房子以后发生了什

么，好吗？这会跨出很大一步。别有压力。"她边说边有点儿颤抖地笑了笑。

"是啊，我知道。"我说，"再见，妮娜。"

"再见。"

她挂上电话而我搓了搓脸。妮娜说"别有压力"，我猜她只是想开个玩笑。她和我一样清楚地知道我们顶着压力，我们所有人。

我必须想起来。我必须想起来。

我闭上眼睛努力回忆。

"诺拉。"肩膀上有一只手正把我摇醒，"诺拉。"

我眨眨眼睛试着坐起来，试着弄清楚自己在哪儿，什么情况。

是拉玛尔。我睡着了。

"几点了？"我睡眼惺忪地问。

"差不多中午了。"她说，声音干脆。现在没有微笑的迹象了，事实上她看起来非常严肃。罗伯特探员在她身后，他不变的怒视一动也不动。他看上去好像生来就带着一支铅笔和一副烦躁的表情，难以想象他搂抱婴儿或是亲吻爱人。

"我们想再多问你几个问题，"拉玛尔说，"你需要点儿时间吗？"

"不，不，我还好。"我说。我摇摇头，试图让自己清醒。拉玛尔注视着我。"问吧。"我说。

拉玛尔点点头，打开录音机又重复了一遍告诫事项，然后她拿出一张纸："诺拉，我想让你看看这个。这是从你和詹姆斯的手机里获取的过去几天的邮件和短消息的副本。"

她把那张纸递给我，我坐直一些，揉去眼中的睡意，试着把注意力集中在那张打着密密麻麻文字的纸上。那是一张短信单，每条短信都备注了发出的号码还有日期、时间和其他一些我解释不了的信息——也许是全球定位系统的位置信息？

第一条标记了我的号码，和"星期五，下午 4:52"。

利奥诺拉·肖：詹姆斯，是我。利奥。利奥·肖。

詹姆斯·库珀：利奥？天啊，真的是你吗？

利奥诺拉·肖：是的，是我。我真的需要见你。我在克莱尔的单身周末。拜托你能来吗？有急事。

詹姆斯·库珀：什么，说真的吗？

詹姆斯·库珀：克告诉你了吗？

利奥诺拉·肖：是的，请你过来。我不能在电话里说是什么事，但我真的需要跟你讲一下。

詹姆斯·库珀：你真的需要我过去吗？不能等到你回伦敦吗？

利奥诺拉·肖：不能，真的很紧急。拜托。我从没跟你提过任何要求，这是你欠我的。明天？星期日太晚了。

下一条来自詹姆斯的回复直到晚上 11:44 才发送。

詹姆斯·库珀：我明天白天和晚上各有一场演出，直到 10 点或 11 点才能完事。我可以开车过去，要花上五小时以上，我会在半夜到那儿。你真的想我这样做？

星期六，上午 7:21

利奥诺拉·肖：是的。

星期六，下午 2:32

詹姆斯·库珀：好吧！

利奥诺拉·肖：谢谢你。把你的车停在小路上，等你到了房子
这里绕到后面去。我会留着厨房门不上锁。我
的房间在顶层，右手边第二间。等你到这儿我
会解释这一切的。

又是长久的停顿。詹姆斯的回复标注着下午 5:54，那几乎令我
心碎。

詹姆斯·库珀：好的。我很抱歉利奥——对一切。詹 亲

然后，晚上 11:18。

詹姆斯·库珀：我在路上了。

然后就没了。

当我抬起头看拉玛尔时我知道自己眼里充满了泪水，声音沙哑
说不出话。

"被讯问者读完了副本。"她为了录音平静地说，"嗯，诺拉？有
什么要解释的吗？你觉得我们不会找到这些吗？删除它们很没有意
义你懂的，我们从服务器把它们找回了。"

"我……我——"我试着说。我深吸一口气，强迫自己开口，"我没、没有发过那些。"

"真的。"不是一个问句，只是一个平直的，有点儿厌倦的确认。

"真的，你得相信我。"我知道，即便我开始急得说不清话，希望也渺茫。"有可能是别人发的。可能有人复制了我的 SIM 卡。"

"相信我，我们对那个伎俩习以为常了，诺拉。这些是从你的手机里发出去的，而且你的回复标注的日期和你在森林里跑步还有飞碟射击的行程相符。"

"我去跑步的时候没带手机！"

"全球定位系统的证据很确凿。我们知道你从那栋房子出去上了山直到收到信号。"

"我没发那些。"我绝望地重复道。我想爬回床上，拉过被子盖到头上。拉玛尔站着低头看着我，现在她不再惬意地坐在床上了。她的脸很强硬，像雕刻的黑檀木，脸上有同情，但也有一种直到现在我才注意到的严厉。她的脸有种我想象中天使可能显露的不留情面的冷漠——不是仁慈天使，而是审判天使。

"我们还收到了车子分析报告的反馈，诺拉。我们知道发生了什么。"

"发生了什么？"我试图不恐慌，我知道自己的声音已经变得尖锐发抖了。他们知道，他们知道我所不知道的事。"发生什么了？"

"克莱尔接你上车了。当她安全地在路上高速行驶时，你抓住了方向盘——你记得吗？你抓住方向盘强行让车子驶出了公路。

"不。"

"满方向盘都是你的指纹。你手上的擦伤，你断裂的指甲——你之前在和克莱尔打斗。她的手和胳膊上有防卫的伤痕，她曾用指甲抠你的皮肤。"

"不！"

就在我这样说的时候，脑中有个画面一闪而过，像一场闯进白天的噩梦：克莱尔极度惊慌的脸被仪表盘的光照得发绿，我们两个的手扭打在一起。

"不！"我说，声音带着哭腔。我做了什么？

"克莱尔告诉你什么了，诺拉？她告诉你她要嫁给詹姆斯了吗？"

我说不出话。我只是摇摇头——不是否认——我应付不来，我接受不了这些问题。

"被讯问者正在摇头。"罗伯特生硬地插话道。

"弗洛告诉了我们发生了什么。"拉玛尔无情地说，"克莱尔让她保密。她计划在这个周末告诉你，不是吗？"

天啊。

"自从你和詹姆斯分手就再没谈过恋爱，难道不对吗？"

不。不。不。

"你对詹姆斯很痴迷，克莱尔推迟告诉你是因为她担心你的反应。她的担心是对的，不是吗？"

请让我从这场噩梦中醒来吧。

"所以，你把他引到那栋房子里，射杀了他。"

不。哦，天哪。我必须说话。我必须说点儿什么让拉玛尔闭嘴，让这些紫红色流畅恶毒的指控走开。

"这是真的不是吗，诺拉？"她说，声音温和轻柔。最后她坐到我的床尾，伸出一只手。"不是吗？"

我抬起头，眼里充满泪水。但透过眼泪我看到拉玛尔的脸，她同情的双眼，她沉重的耳环，重得让那样纤细的脖子来支撑显得难以置信。我听到录音机的咔嗒声和呼呼声。

    我能说话了。

    "我想见律师。"

29

我试着回想第一条短信上标注的时间，那条据推测是我发给詹姆斯的短信，那条在下午4:52从我手机发出的短信。我当时在外面跑步，我的手机暴露地放在我楼上的房间里。有谁可能拿到它呢？

克莱尔当时还没到——我确切地知道这一点因为我在她开车来房子的路上遇到她了，可能是其他人中的任何一个。

但为什么？为什么他们想像这样毁了我——毁了詹姆斯，毁了克莱尔？

我试图把所有的可能性想清楚。

梅拉妮看起来是最不可能的。是的，我出去跑步的时候她在那儿，实际上她是在我第二次出去跑步时唯一下床活动的人。我无法相信她对我和詹姆斯有可能在乎到要这么做的地步。为什么要冒这么大的险陷害一个她甚至从未见过的人？更何况，詹姆斯到达的时候她已经走了，那时候……那时候……我闭上眼睛，试图把破碎的詹姆斯血淋淋地躺在木地板上的画面挡在外面。她仍然有可能换掉了弹药筒，一个微小的声音在我思想深处低语，她可能在任何时候那么做。而也许这就可以解释为什么她那么急着离开了……？这是真的。她有可能换掉了弹药筒，但她肯定不能预测接下来的事——开着的门，枪，打斗……

然后是，汤姆。他有作案途径——我的手机在房子里时他在，他也去射击了。而且——我突然想起——他是那个独自送克莱尔开车进入森林的人。是什么让她像那样突然离开的？关于他对她说的话我们只有他的一面之词，根据所发生的事来说，她如此彻底地把他的话听错了似乎有点儿不合宜。她真的会连进一步核实都不做就像那样飞奔进夜色里了？毕竟，妮娜是医生。她是詹姆斯活下去最大的机会。

如果是他让她走的呢？他可能说了任何话——妮娜不来了，她说了她会出发，在医院等她。至于动机……我想起我们喝醉时有关他老公和詹姆斯的谈话。如果我注意了就好了。如果我听了就好了！我当时很厌烦——厌烦一长串我不认识的名字，还有恶毒的剧场政治。有没有可能有什么事，布鲁斯和詹姆斯之间有什么怨恨？或者也许——也许恰恰相反。

不过这看似不太可能。就算他的确把克莱尔送进夜色里，能达到什么目的呢？他不可能预测到将会发生什么。

然而最重要的是，汤姆不可能知道我和詹姆斯的过去。除非……除非有人告诉了他。

克莱尔有可能告诉他了，我不能回避那一点。但问题是，这场谋杀是以这样一种方式安排的——它不光毁了詹姆斯，也在毁掉我和克莱尔。感觉实在不像是连带损害——我被故意牵扯进来的方式有什么非常恶意和私人的东西，让我们想起了早已忘记的痛处。谁会那样做？为什么有人要那样做？

我试着把这看作是我的一本书。如果我在写这个，我能为汤姆想象出一个伤害詹姆斯的理由。而且我很可能可以在这个过程中为他编造出一个伤害克莱尔的动机。我呢？为什么竭尽全力要把一个他连认都不认识的人牵扯进来？唯一有可能那样做的人应该是认识我们三个人的人。一个所有事发生时都在场的人。一个像……

妮娜的人。

但我的头脑回避了那个念头，对那个想法畏缩不前。妮娜可以很古怪，她辛辣、尖刻而且经常大大咧咧。她不可能做那样的事。确定吗？我想起当她回忆自己在哥伦比亚治疗枪伤时脸上露出的悲痛表情。她活着是为了救人。她肯定不会做这样的事吧？

我耳朵里有什么在低语，一个小声音，让我想起她可以有多冷酷无情。我记得她有一次喝得酩酊大醉时说："外科医生不关心人，不是那种情感上的关心。就像机械师一样，他们只是想把它们切开，看看它们如何工作，然后把它们卸除。你们平常的外科医生就像是把他爸爸的手表拆开却组装不回去的小男孩。你技巧越娴熟，零件的重新组装就做得越好。但我们总会留下疤痕。"

我也想起了她偶尔表现出的对克莱尔惊人的鄙夷。我回想起那天晚上当她谈论克莱尔如何逼迫和刺激别人，并且对别人的反应感到兴奋时的野性，她对于多年以前克莱尔揭露她的方式的怨恨。有什么事吗，让她从未原谅克莱尔的理由？

而最后，我回想起我们抵达的第一个晚上她的行为。那个"我从没"的游戏。我记起了她故意捣乱，拖长调慢吞吞地说：我从没和詹姆斯·库珀滚过床单。

突然，在小桑拿室一样过热的房间里，我觉得很冷。因为那就是在这整个疯狂局面之后的那种残酷的私人怨恨。那不仅仅是对我和詹姆斯的好奇心，那不是大大咧咧，那是故意的残忍——对我和克莱尔。现在是谁在逼迫和刺激别人并对他们的反应感到兴奋了？

我推开了那个想法。我不会这样去想妮娜，我不会。如果我听任它，会让我发疯。

弗洛。弗洛是那个让我反复想到的名字。弗洛从一开始就在。是弗洛邀请的客人，是弗洛拿着枪，声称枪里上的是空弹的人也是弗洛。

弗洛——对克莱尔有着奇怪的迷恋，有着反复无常的强烈感情。她可能在任何时候发现了我和詹姆斯的事——毕竟，她是克莱尔最好的朋友，自从大学以来一直都是。还有什么比克莱尔对她吐露了我和詹姆斯之间的事的可能性更大？

那就是她之所以过量服药的原因吗？她是意识到了自己的所作所为吗？

当我仔细考虑这一切时，我抬头呆呆望向前方，然后突然间我的眼睛注意到了什么，注意到了门外的举动。

我意识到了那是什么。

守卫回来了——我门口的警察守卫。只有这次我完全没有怀疑：他们不是来保护我，他们是来看住我的。当我出院的时候不是回家，而是去警察局。我将被逮捕，接受审问，而且保不住会被指控，如果他们觉得能让这个起作用的话。

冷淡地，平心静气地，我试图检验单身派对的最后一个人：我自己作案的可能性。

我当时在场，我可能给詹姆斯发了那些短信，我可能用实弹替换了空弹。弗洛开枪的时候我的手在枪上，还有什么比在詹姆斯上楼梯时推推枪杆以确保它当时指向他更容易呢？

而且，更重要的是，詹姆斯谋杀案的下半场也有我在场。当车子开下公路时我在车里。

在车里究竟发生了什么？为什么我想不起来？

我回想起米勒医生说的话：有时候大脑压制我们没太准备好应对的事件。我认为它是种……应对机制，如果你愿意那样理解的话。

我的大脑不能应对的是什么？是真相吗？

我意识到尽管医院的暖气一如既往地闷热，我却仿佛很冷似的发着抖。我从床脚把妮娜的开襟毛衣拉过来围在自己身上，一边吸着她的烟味和香水味，一边试着让自己镇定下来。

令我如此震惊的并不是被捕和被指控的想法——我仍然不相信那会真的发生。当然，当然，如果我正好能解释这一切他们会相信我吧？

真正令我不知所措的是：有人恨我到了足以这么做的地步。但会是谁呢？

我不让自己去想最后一种可能性。它太可怕了以至于我无法允许它进入自己的头脑，除了当我在想其他事情时它用微小的耳语不断烦扰着我。

当我把妮娜的开襟毛衣披在肩上，在医院的薄毯下缩成一团时，一句耳语传来：如果那是真的呢？

这一天余下的时光过得很慢，仿佛我在穿过糖浆做成的空气，感觉像我偶尔做的四肢过重无法移动的噩梦。有什么在追赶我，我不得不躲开，我陷在泥里，双腿麻木缓慢，能做的只是在梦里痛苦地跋涉，身后可怕的不明之物离我越来越近。

我的小房间感觉越来越像一间牢房，它有加固玻璃做成的狭窄窗口，还有门外的守卫。

如果他们让我出院，现在我知道会发生什么。我不会回家。我会被捕，被带去警局，然后很可能会被指控。那些短信以及我否认发过它们的事实作为证据足够拘留我了。

我记得，很久以前，当我写第一本书时，跟一个警察聊过盘问技巧。你听，他说。你注意听谎话。

拉玛尔和罗伯特找到了谎话：我告诉他们我没发那些短信，可是它们在那儿。

我试着吃东西，但食物味道很差，我把大部分都剩在托盘上了。我试着做纵横填字游戏，那些字离我远去，它们只是在页面上键入着，而我的大脑正被其他画面侵袭。

我，在法庭的被告席上，在牢房里。

弗洛，靠机器维持着生命，就在这间医院的某个地方。

克莱尔，平躺在床上，眼睛在闭着的眼皮底下缓慢地移动。

詹姆斯，在漫延的血泊中。

突然间我的鼻孔里充满了那股味道——他的血散发着肉铺的味道，从我的手上和睡衣上渗到地板……

我掀开被子站了起来，走到浴室用水泼脸，试图冲走血的腥臭味和侵袭的记忆。我想要记起的却记不起来。有没有可能……有没有可能我的确发了那些短信，我只是把它和在车里发生的事一起埋藏起来了？

如果我连自己都不相信，还能相信谁？

我用手捂住脸，站直，在无情的荧光灯下看了看镜中的自己。眼睛周围的瘀伤仍然在，但正在消退。我看起来像得了黄疸病，双眼凹陷。鼻梁上的凹陷里和下眼睑底下有深色的斑块，我看起来不再像个怪物了。如果有遮瑕膏我可以把阴影盖起来。我没有，我从没想过跟妮娜要那个。

我看起来又瘦又老，一直躺在医院的硬床单上让我脸上挨着床的地方皱巴巴的。

我想到内在的自己。在我心里我十六岁差不多十年了。我仍然留着长发，感觉到压力的时候我发现自己要往后撩它，而它不在那儿。

在我心里詹姆斯仍然活着。我无法相信他不在了。

他们会让我看他的尸体吗？

我发着抖，用湿手梳过皱巴巴的头发，用手掌摩擦灰色的慢跑裤。

然后，我转身离开了浴室。

我从浴室出来时突然发现有什么不一样了。我弄不清是什么：我的书仍旧在床上，拖鞋在床底下。半满的水壶在储物柜上，而笔记档案仍然歪歪扭扭地插在床脚的支托里。

然后我看到了。

守卫不在那里。

我走到门口，透过装着铁丝网的窗格向外看去。椅子在那儿，有一杯茶在那里轻柔地冒着热气。没有守卫。

一小阵肾上腺素的刺痛感从我身上流过，令我脖子上的汗毛战栗。即使头脑还没处理明白，我的身体已经知道要做什么了。我的脚趾正在够人字拖，小心缓慢地把它们穿到脚上。双手扣着妮娜开襟毛衣的扣子。最后我伸手去拿那两张仍然折放在储物柜角落里的十英镑钞票。

当我轻轻按压门板时心怦怦地跳着，觉得随时有可能听到一声大喊"站住"！或者只是一个护士说"你没事吧，亲爱的？"。

没人说任何话。

没人做任何事。

我走出房间，沿着走廊经过其他隔间，穿着人字拖的脚走在油毡地板上发出嗒、嗒、嗒的声音。

走过护士站——没人在那儿。一个护士在小办公室里但她背朝玻璃，做着文书工作。

嗒、嗒、嗒。穿过双开门，我到了外面的主走廊里。这里的空气闻起来少了些消毒剂的味道，多了些从走廊尽头的厨房传来的工业烹调的味道。我稍微加快了脚步，有个写着"出口"的指示牌指向一个拐角处。

当我转过那个拐角，心脏险些停跳了。那个警官就站在男厕所外面，正对着他的无线电对讲机咕哝。我迟疑了片刻，差点儿趁他发现我不见了之前掉头跑回房间。

但我没有。我让自己恢复过来，继续从他身边走过，嗒、嗒、嗒、嗒，我的心随着脚步一起怦、怦、怦、怦地跳着，他一秒钟也没瞥我。

"收到，"当我经过他身边时他说，"知道了。"

我拐过转弯处，他消失了。

我继续走，不太快，也不太慢。确定有人会拦住我吗？确定不能就像这样走出医院吗？

有个写着"出口"的指示牌沿着走廊的方向指像单床隔间之

间。我快到那儿了。

然后，当我就快到达电梯间前的最后那扇门时，透过狭窄的玻璃隔窗看到了什么，一个人。

是拉玛尔。

我的呼吸哽在喉咙里，想都没想就向后躲到了一个拉着帘子的隔间里，祈祷着里面的人睡着了。

我偷偷摸摸地用窗帘慢慢把自己围起来，心脏在嗓子眼儿怦怦跳着。我站着一边等一边听。先是主病房门打开和关闭的声音，然后我听到拉玛尔的高跟鞋咔嗒、咔嗒走过油毡地板。在护士站，几乎是我所藏隔间的对面，脚步声停了下来，我双手颤抖地站着，等待帘子被扯回去，等待被发现。

但之后她对当班的护士长说了些礼貌的话，我听到高跟鞋咔嗒、咔嗒沿着走廊朝厕所和我的房间走去。

哦，谢天谢地，谢天谢地，谢天谢地。

我虚弱的双腿因为松了口气而发着抖，有那么一会儿我觉得自己站不住了。但我不得不站着。我得在她到达我的房间，意识到我不见了之前从这里出去。我突然希望自己要是想到在床上放几个枕头或者把窗户上的小窗帘拉上就好了。

我做了两三个深呼吸，试图让自己冷静下来，然后转过身，准备对我身后这个隔间的病人道歉。

当我看到床上的人时心脏差点儿停跳了。

是克莱尔。

克莱尔——闭着眼睛躺着，金色的头发铺在枕头上。

她的脸色非常苍白，脸上的伤甚至比我还严重。她的手指上夹着一个检测仪，还有更多的电线伸向毛毯下面。

哦，我的天。哦，克莱尔。

我知道这有些疯狂但我停不下来，我的手朝她的脸偏离过去，把一缕头发从她嘴上拨开。她的眼睛在眼皮底下转动，我屏住呼吸，之后她又放松回到了之前的状态——睡觉？昏迷？——我大口地叹了一口气。

"克莱尔，"我低声说，声音非常轻柔，所以没人能听见，但也许会渗进她的梦里。"克莱尔，是我，诺拉。我发誓，我会找出真相，我会弄清发生了什么。我保证。"

她什么也没说。她的双眼在眼皮底下移动，我想起了招魂时的弗洛，盲目地搜寻着我们没人能看到的东西。

我想我可能会心碎。

我不能停下。他们此刻可能正在找我。

我小心翼翼、偷偷摸摸地从隔间的帘子向外看去。走廊空荡荡的——护士站没人，他们都在处理病人，而且护士长也不见了。

我边溜出去边把克莱尔的帘子在身后拉起来，几乎是跑向病房尽头的门，跌跌撞撞地走进电梯间。

我按了按钮，不是一次，而是五次，十次，十五次，一遍又一遍地按着，仿佛那会让电梯快点儿来一样。

突然一阵刺耳的摩擦声和"砰"的一声传来，最远处的电梯门开了。我半走半跑地进到里面，心咚咚跳着。里面有个护工边推着一个坐轮椅的女人边哼着 Lady Gaga 的歌。拜托，拜托让我进去。

电梯颠簸着停下，我往后站让护工和女人先出去，跟着指示牌到了正门。一个看起来很无聊的女人正坐在服务台前浏览一份 *Hello* 的歌词。

当我拉近和她的距离时，她的电话开始响起来，我控制不住地加快了一点儿脚步。别接。别接。

她接了起来："你好，服务台？"

我走得太快了，我知道，但我控制不了自己。我必须看起来像个病人。看在老天的分儿上，她怎么能不注意到我的人字拖呢？普通人、访客，不会在十一月穿人字拖，不会配着灰色的慢跑裤和蓝色针织开襟毛衣。

她会拦住我，我知道。她会说些什么，问我是否没事。攥在我手里的两张十英镑钞票被汗浸湿了。

"真的？"当我靠近时她严厉地说，她把电话线缠绕在一根手指上，"是的，是的，好吧。我会留意的。"

我的心提到了嗓子眼儿。她知道了。我承受不了。

但她没抬头，她在点头。也许他们不是在说我。

我几乎到门口了。有一个指示牌让大家进出时使用酒精擦。我应该停下吗？我停下更容易引人注意，还是不停下更容易引人注意？

我没停下。

服务台前的那个女人仍旧边聊边摇着头。

我在旋转门里了。有一瞬间我脑中短暂地闪过一个幻觉——它会转到中间时停住，我会被困在三角形的空气里，也许和外面有一条小缝，足够伸出一只胳膊，但逃不了。

不过那当然没发生。门继续顺畅地旋转。

冷空气像恩赐般拍在我身上。

我自由了。

我在医院外面了。

我逃脱了。

30

冷空气吹在脸上，我感觉彻底迷路了。这个地方对我来说完全陌生——而且我突然间彻骨地意识到自己是在没有意识的情况下被送来这里的，没有如何来到这里跟如何离开的线索。

没有了医院的暖气我发着抖，微风中有细小的雪粒。我抬头向上看仿佛搜寻着奇迹，奇迹以一个写着"出租车"并画着箭头的标示牌的形式出现了。

我战栗着慢慢地走，绕过建筑物的转角，在写着"出租车由此排队"的标示牌下，一辆出租车单独地停在那儿，车灯亮着。一个男人坐在车里，至少我这么认为，很难透过窗户上的雾看清。

我一瘸一拐地走近——人字拖开始磨痛我脚的内侧了——我敲了敲窗子。窗子下摇，露出一条缝，一张兴高采烈的棕色脸孔咧开嘴冲我笑了笑。

"我能为你做什么，亲爱的？"他问。他是锡克教徒，他的包头巾是漂亮的黑色，中间别着一枚印着出租车公司标志的徽章。他的口音尴尬地混着旁遮普和纽卡斯尔腔，一时间令我想笑。

"我……我需要去……"我不知道去哪儿。回伦敦？

不。

"我需要去那栋玻璃房子，"我说，"是一栋新式住宅，一栋房子，就在斯坦布里奇外面。你知道那个村子吗？"

他点点头放下报纸："是，我知道。上车吧，亲爱的。"

但我没上车。不顾寒冷和我现在抖得厉害的事实，我犹豫了，一只手放在门把手上。

"请问要多少钱？我只有二十英镑。"

"通常是二十五，"他边说边打量着我的瘀伤，"你的话我就收二十吧。"

感谢老天。我设法对他笑了笑，尽管我的脸感觉冻僵了，可能会笑到裂开。

"谢、谢谢。"我说，现在没结巴，但我的牙齿打着冷战。

"上来，亲爱的。"他打开身后的车门，"不然你要冻坏了。上车，马上。"

我上了车。

车子像一个温暖的蚕茧把我包了起来，闻起来有旧塑料、菠萝空气清新剂和烟头的味道，每辆出租车都充满的那种味道，我想要蜷缩进温暖柔软的座位里睡觉，永远别醒来。

当我试图扣安全带时，手指发着抖，意识到住了几天院后自己有多累，肌肉有多虚弱无力。

"对不起，"当他匆匆回头确认我是否扣好安全带时我说，"对不起，我快好了。"

"别担心，亲爱的。不用急。"

然后，安全带搭扣发出一声令人安心的咔嗒声，我向后靠着坐好，感到身体累得好痛。

司机开动引擎。我闭上眼睛，睡着了。

"啊，亲爱的。醒醒，小姐。"

我睁开眼睛，又困惑又蒙眬。我在哪儿？不在家。不在医院。

我花了一会儿才意识到自己在出租车后座，穿着病号服，而且车停下了。

"我们到了，"他说，"我不能开上去到房子跟前。封路了。"

我眨眨眼睛，擦掉玻璃上凝结的水珠。他说的没错。小路上横放着一个路障——两个用警用胶带绑在一起的铝栅栏。

"没关系。"我擦去眼角的睡意，手伸进兜里摸钱。"给你，二十，对吗？"

他接过钱，却说："你确定你会没事吗，亲爱的？看起来房子关闭了。"

"我会没事的。"

我会吗？我必须得没事。一定有进去的路。我预料到警方会把这处地产防护起来，但不相信他们能如此戒备森严，连外面也是。没人会来打扰现场。

当我下车时司机脸露不快，他注视我侧身通过栅栏，引擎空转着。我不想让他看着我。我无法忍受他看着我穿着可悲的人字拖沿着坑坑洼洼的小路跌跌撞撞地往上走。于是我把双手放在栅栏上，努力不发抖地站着，果断地朝他挥了挥手。

他摇下窗子，他的气息在冷空气里吹出了白烟。

"你确定你没事吗？如果你想的话我可以留下，如果周围没人我就把你拉回斯坦布里奇。不收费，无论如何回程我请客。"

"不了谢谢。"我说。我咬紧牙关，试着不让牙齿打战，"我很好。谢谢。再见了，现在。"

他点点头，仍旧不开心，然后加大了油门。我注视着他的车消失在黄昏里，红色的尾灯在落雪中闪亮。

天哪，这条车道真长。我忘记了多长。我记得自己去跑步，当我遇到克莱尔时，两条腿又累又痛，浑身冰凉。

和现在比起来不算什么。我的肌肉在医院里发生了什么？我走了甚至连一半都还不到，两条腿就在颤抖了，那种你逼迫自己太用力以及太快之后发生的肌肉抖动。我穿着硬塑料人字拖的双脚在流血，但它们太麻木了以至于感觉不到任何痛感，我看到雪粒里混入红色的污迹才知道发生了什么。

至少，泥冻硬了，我不用和粘在脚上倒胃口的团块做斗争。当我跌跌撞撞地走进一道特别深的凹坑时，泥裂开了，而我的一只脚穿过薄层冰壳插进了底下严寒的泥水池。

我倒抽口气，当我痛苦地把脚从锋利的冰层中拔出来时，发出了一种尖锐的呜咽声——细小可怜的声音，就像老鼠被猫头鹰逮住时发出的。

我太冷了。我实在非常非常冷。

我是否太蠢了？

我不得不继续。回去毫无意义——即使我可以在路上拦到车，我要去哪儿？回到医院和拉玛尔等着我的手铐里吗？我跑了，潜逃了。我不得不做到底，没有回头路了。

我强迫自己的双脚交替向前走，两只胳膊抱着自己取暖，感谢老天和妮娜给了我蓝色的开襟毛衣，它是唯一能防止我体温过低的东西。风又刮了起来，像一阵呻吟的低嚎穿过树林，我听到树摇动和雪落在地上的声音。

再多一步。

那之后再多一步。

我无法辨别自己离得多近——房子空着，没有闪耀的灯光指引我。我感觉不到自己在这样的严寒里走了多久。我只是不得不继续走下去——因为如果不那样的话我会没命。

再多一步。

当我离得越来越近时脑中出现了各种画面。弗洛，她的脸被吓得扭曲，枪横在她的胸前。妮娜惊恐的表情，试图止血时她染血的双手。

詹姆斯。詹姆斯躺在自己的血泊中，奄奄一息。

现在我知道他当时试图说的是什么了，当他说短……利奥？

不是"短"而是"短信"。他在问我为什么把他引到这里，为什么让他这样死去。

他为我而来。他来是因为我让他来的。

我让他来了吗？

我想起拉玛尔给我看的那张打印纸上的内容，我不再确定我是从她给我看的时候记得的还是那之前。

我让詹姆斯来了吗？

在克莱尔在车里告诉我以前，我不知道她要嫁给詹姆斯。我不知道。所以为什么我会给他发了短信？

我必须坚持——必须坚持我确定的东西。

一定是弗洛。她是唯一可能操控了这一切的人——她选的客人，她挑的房子，她知道枪的事。

短信发送的时候她在房子里。

她知道我会去跑步。

我又一次想到她奇怪的强烈情感，想到她对克莱尔极大的、爆炸性的、可怕的爱。有没有可能她觉得自己会因为詹姆斯失去克莱尔？她不能容忍他插到她们中间？还有比我更好的替罪羊吗？詹姆斯的前女友，克莱尔最好的朋友。

然后……然后她意识到了自己的所作所为。除了毁了竞争对手，她也毁了自己的朋友。她毁了克莱尔的生活。

她再也承受不住了。

我的天啊，我太冷了，太累了。路边有一棵倒下的树。我可以坐在上面，就一分钟，只是为了让我的腿别再抖了。

我一步一步吃力地走到它的跟前，一屁股坐到它长满苔藓的粗糙面上。我抱膝蜷缩，朝腿上呼着气，绝望地试图保存一些温暖。

我闭上了眼睛。

我希望我能睡觉。

不。

声音从我体外某处传来。我知道不是真的，但我在脑中听到了。

不。

我想睡觉。

不。

如果睡觉，我会没命，我知道。我不再在乎了。我太累了。

不。

我想睡觉。

有什么东西不会让我那样做。我体内的什么东西不会让我休息。

不是对生存的渴望——我不再在乎那个了。詹姆斯死了。克莱尔受伤了。弗洛奄奄一息。只剩下一样东西——那就是真相。

我不会死的。我不会死，因为有人不得不这么做——不得不找出发生了的真相。

我站起来，膝盖抖得太厉害了以至于几乎站不住，但我站起来了，一只手撑在倒地的树上让自己站稳。

我迈出了一步。

然后又一步。

我会继续走下去。

我会继续走下去。

31

　　我不知道自己花了多长时间，夜幕降临了。时间似乎吹积到了一起，变得模糊，也融入了点缀着冻泥的飘雪中。我累了——太累了，以至于无法思考，流着眼泪走进刮起的风中。

　　我的脸麻木，双眼湿润模糊，这时，终于，我抬起头，它在眼前了：玻璃房子。

　　它不再是我在第一个晚上看到的那座很棒的金色信号灯——反而黑暗、寂静，与树林融为一体，几乎看不见。半轮月亮已经升起，映在房子正面的卧室窗户上，那是汤姆住的卧室。

　　黑暗不是唯一的不同。门上交叉贴着警用胶带，顶层破碎的窗户被封上了金属护栏——你在治安不好的地区看到空房子上装的那种。

　　我横穿碎石路费力地走过最后几码站在那儿，边发抖边凝视着面前的空白玻璃墙。现在我到了，我不确定自己是否能这么做，走进去，对詹姆斯死去的地方故地重游。但我不得不这么做。不仅仅因为詹姆斯，不仅仅因为这是我能弄清楚发生过的真相唯一的方法，更是因为如果不进去找个容身之处的话，我会因为暴露而死。

前门锁着，没有可以强行进入的窗户。我捡起一块石头考虑了一下客厅巨大的玻璃墙。我能看见里面，能看到冷冰冰的枯木炉还有平坦的黑色电视屏幕。我想象把石头投掷到巨大的玻璃窗上——但我没那么做。不光是因为那会破坏窗子并且发出巨大的声响，还因为我觉得它不会破——玻璃窗是双层的，甚至也许是三层。一把猎枪开火才把大厅里那扇打碎，我很确定这块微不足道的石头只会从玻璃窗上弹出去。

我丢掉石头，缓慢费力地绕到房子后面。双脚完全冻僵了，我不止一次被绊倒，倒地时看到血从脚趾间冒上来。我抛开自己将会如何离开这里的想法——我不能走着离开，那是肯定的。我有种可怕的预感自己会坐在一辆警车里离开，或者更糟。

房子后面看起来同样没有希望。我试了客厅后面的长玻璃推拉门，将指甲强按在平板玻璃面板上，试图把它往侧面拉，绝望地期待着门闩没上锁。它保持不动，我努力做到的只是让自己被咬坏的指甲更糟了。我抬头看看房子陡峭的侧面。我能爬到妮娜抽烟的阳台上去吗？

我考虑了一小会儿——有一根镀锌排水管。之后现实给我了沉重一击，我在跟自己开玩笑。我不可能爬上那道滑溜溜的墙，即使穿着攀岩鞋系上保险带也不行，更别说穿着人字拖，手脚麻木。上学的时候玩登山绳我总是第一个失败的，可怜地挂在那儿，枯瘦的胳膊在头顶伸展，然后像块石头一样落到橡胶垫上，歪歪扭扭地摔作一堆。而这时其他女孩则蜂拥爬至顶端，用她们的手掌心拍打头顶上的木条。

这里没有橡胶垫，而且镀锌管道比打结的健身绳更滑、更不可靠。如果我摔下去，就全完了——我能摔断脚踝脱身都算幸运的。

不。阳台行不通。

最后，我几乎没抱希望地试了试后门。

它打开了。

某种刺痛感遍布我的后脖子：震惊，不相信，一种强烈的欣慰感。我不敢相信，我不敢相信警察没锁后门。在其他一切都那么难之后，这真的能这么容易吗？

警用胶带交叉地封在门口，我弯下腰半走半爬地钻了进去。我直起身，几乎觉得警报声就要响起，或者一个警察就要从墙角的椅子里站起来了。但房子又暗又静，唯一的动静是几片雪花掠过石板地。

我伸出一只手去关门，门没关好。它撞到门框，弹了回来。我抓住它想要再试一次，而此时我注意到了什么。锁闩的舌头上贴了一块胶布，防止它彻底关上。

突然间我明白了为什么那个晚上门不停地自己打开——为什么即使在我们把它锁上以后，它从没锁牢。这是那种仅仅使门把手固定，防止它转动锁闩的锁。如果锁闩本身被推了回去，把手是没用的。当你咯咯摇晃它时感觉是僵硬的，并没有任何东西让它保持关闭，它只是自己没有动。

有一瞬间我想过把胶带撕掉——之后我意识到那该有多愚蠢。这个——最终——是证据。在我面前，无辜地藏在门框里的，是铁证——证明了某个人安排了詹姆斯的死，那个放胶布的人就是凶手。为免碰到胶布，我小心翼翼地关上门，把一把椅子拖到厨房，在玻璃房里坐下休息。

然后，我第一次环顾了四周。

厨房看起来异常地安然无恙。我不知道自己之前在期待什么：指纹灰，也许吧，每个物体表面上的那个银色光泽。我刚一想到这个就意识到了这会有多没意义。我们当中没人在任何时候否认到过房子里。我们的指纹在这里会到处都是，而那又能证明什么呢？

我想要爬上楼梯躺到其中一张床上睡觉的欲望超越了其他任何事，但我不能。我可能没多少时间了。现在他们很可能已经发现我的房间空了。他们会知道我靠一己之力走不远——没有钱，没有鞋，也没有外套。他们不用花很久就会找到那个出租车司机，当他们找到他的时候……

我穿过厨房，脚步声在有回声的寂静中声音很大，我深吸一口气，打开了通往门厅的门。

他们多多少少清理了一些。很多血迹都不见了，还有大部分的玻璃也是，不过偶尔能感觉到微小的碎片在我的塑料鞋底下发出嘎吱嘎吱的声音。在原来的地方，地板和墙上有些斑纹，还有几块带记号的胶带，黑暗中我看不清上面写的是什么。我不敢开灯。没有窗帘可拉，而从山谷的正对面可以看到我的存在。

还有污斑留在各处，深铁锈色的斑点，它曾经是詹姆斯身上的东西，现在不是了。

这是最不可思议的事——他不在了，而他心脏里的血仍然在这儿。我跪到柔软的镶木地板上，上面有我们踩踏大块玻璃留下的凹陷和浸透的血迹，我用手指触摸木头上那些满是污痕的沟槽，想着这曾经是詹姆斯。几天以前，这些血在他身体里，维持着他的生命，令他皮肤红润，心脏跳动。而现在那已不复存在——这些血躺在这儿，白费了，然而这是他留下的全部了。他的尸体正在某个地方接受尸检。然后他会被埋葬，或者火化。但一部分的他会在这里，在这栋房子里。

我站起来，强迫寒冷疲累的双腿缓慢前行。然后我去了客厅，抓起沙发上的一条薄毯。桌上仍然有我们最后一个晚上剩下的脏酒杯。烟头在酒渣里被熄灭，妮娜的烟卷膨胀成了湿软的白色蠕虫。但通灵板被收起来了，纸也不见了。想到警察看到那些错乱的潦草笔迹我忍不住打了一个寒战。那个长长的字母重复的 murderrrrer 是什么意思？是有人故意写下的吗？或者它仅仅是从大家的潜意识里冒出来的，像一只海怪从某个人最深处的恐惧中浮出水面，然后又沉了回去？

薄毯闻起来有腐坏的烟味，我把它裹在了肩上，抬头瞥见壁炉上方的空挂钉，移开了目光。我其实受不了去想自己即将要做的事，但我必须去做。这是我找到真相唯一的机会。

从楼梯顶端开始，我站在那天晚上我们挤成一小团站着的地方。弗洛在我右边，我记得自己伸出一只手放到枪上。克莱尔和妮娜在另一边，汤姆在我们后面。

这一幕安静、黑暗，加上我自己怦怦的心跳，太接近那个晚上以至于我一度觉得几乎要昏过去，我不得不站着，用鼻子呼吸，想起那结束了，詹姆斯不会从楼梯上来。我们杀了他——我们当中的某个人，带着醉醺醺歇斯底里的恐惧。我们都拿过那把枪。

我强迫自己回忆接下来发生的事，詹姆斯的身体跌下楼梯，而后妮娜和我跌跌撞撞地跑下楼。这一次我扶着栏杆慢慢往下走。楼梯上仍然有碎窗子上的玻璃，在黑暗中，脚下也有打滑的碎片，我信不过我的人字拖。

这是妮娜试图让詹姆斯苏醒过来的地方。

这是我跪在他的血泊里，他试图说话的地方。

我感觉到眼泪湿湿地挂在脸上，但我把它们擦掉了。没有时间悲伤。时间嘀嘀嗒嗒地过去，直到黎明，直到他们来抓我。

接下来发生了什么？

客厅门仍然没安在合页上，从汤姆把它拆下来，我们艰难地把它从前门抬出去，抬到克莱尔坐在车里等待的地方开始。

前门没锁死，我毫不费力就从里面打开了。当我打开门时，风的力量差点儿把钢制的门"砰"地撞在我的脸上，雪就像有生命的东西一样冲到里面，试图进来，试图把仅剩的一点儿温暖逼到房子外面。

我一边眯起眼睛一边抓住紧紧裹在肩膀上的薄毯，踏进外面白色的暴风雪里。我站在门廊上，那是我那天晚上等妮娜时站的地方。我记得汤姆对克莱尔大声喊了句什么，克莱尔踩下油门就走了。

然后，我想起自己注意到她的外套搭在门廊的栏杆上。

我伸出手，假装把它拿起来。

我发着抖，但我尽可能努力地试着回想那天晚上，回想兜里那个又小又圆的东西是什么形状。

我伸出手，双眼随着硬颗粒的大风雪一起流着眼泪。

突然间我想起来了。我能想起当时我手里拿的是什么了。

我知道它为什么让我奔跑了。

是弹壳。猎枪的弹壳。是那颗不见了的空弹。

站在这里，在我自己的足迹里，那些想法从我脑中飞驰而过，就像那个晚上一样，我能记起它们了：如同看着雪融化，熟悉的地形从下面浮现出来。

它可能从之前飞碟射击的时候开始就在那儿了。通过那次射击，我现在所了解的足以分辨实弹和空弹的不同之处。猎枪实弹在你手里是结实的，里面塞满了珠形散弹让它们感觉起来比看起来紧凑的体型更重。我那天晚上拿的跟塑料一样轻，根本就没有弹药。那是颗空弹。那颗空弹。那颗应该在猎枪里的空弹。

克莱尔是那个把空弹换成实弹的人。

她就在夜色中把车开走了，带着车后座上奄奄一息的詹姆斯。

为什么？为什么？

这在当时说不通啊，而且现在我仍然弄不懂，但那时候我没时间细想。我只有一个选择：追上他们，和克莱尔对质。

现在，我有时间。我慢慢转过身，走回到房子里，关闭并锁上了身后的门。我走进客厅坐下，把头埋进手里，试图弄明白。

我在黎明前没法儿离开这儿——除非，就是……我站起来，冻得浑身僵硬，拿起电话。

不，仍然没通，线路仅仅是发出哐哐声和噼里啪啦的声音。那我就被困住了，一直到清早，除非我想在黑暗中摇摇晃晃地沿着那条坑坑洼洼的结冰小路再走回去，我甚至不确定自己能不能活着回去。

我回到沙发上，更紧地缩在薄毯里，徒劳地试着让四肢找回一些温暖。我的天，我太累了——但我不能睡。我必须把这件事弄清楚。

是克莱尔把实弹换上去的。

所以说，克莱尔杀了詹姆斯。

这说不通。克莱尔没有动机——而且她是唯一不可能伪造那些短信的人。

我得想想。

我不断重复去想的问题是为什么，为什么克莱尔要在他们婚礼的前夜杀了詹姆斯？

突然间，随着一股和空气中的寒意完全不同的寒冷袭来，我想起了马特在医院里说的话。詹姆斯和克莱尔当时有问题。

我几乎立刻甩掉了那个念头。这很荒唐。是的，克莱尔的生活不得不完美；是的，她有极高的标准，但看在老天的分儿上，她以前曾经被甩过。她非常耿耿于怀，我知道，因为当她把瑞克的电子邮箱注册到所有她能找到的色情网站和伟哥时事通讯上时，我就坐在她旁边。她绝对没杀了那个家伙。

有一个大的不同之处。

当瑞克甩掉克莱尔时，弗洛并不知情。

我想起弗洛第一天晚上在浴室外面啜泣时说的话：她是我的磐石，我会为她做任何事。任何事。

任何事？

我记得她对我要去睡觉的反应——她指责我蓄意破坏的发怒方式。如果你毁了它我会杀了你，她保证过了。我没把她的话当真。也许我应该当真。

那只是一个女子单身派对。她会对那个打算在她最好朋友的婚礼上放她鸽子的男人做什么呢？

还有比偷走克莱尔的合法财产然后离开了十年的坏朋友更好的替罪羊吗？

现在一切已经恶化到了失控的地步。

292

然后，我想起弗洛在第一天晚上穿的那件相称的衣服——突然间我意识到：如果围栏上的外套不是克莱尔而是弗洛的，而克莱尔不过是拿错了呢？

弗洛。弗洛是那个拿起枪的人。

弗洛是那个告诉我们枪没上膛的人。

弗洛是那个张罗了这整个周末，说服我来，安排一切的人。

而且弗洛有可能发了那条短信。

感觉像有一张网正渐渐将我包围，仿佛我越反抗越在里面纠缠不清。

詹姆斯死了。

克莱尔奄奄一息。

弗洛也奄奄一息。

妮娜在家庭旅馆的某个地方就快崩溃，她和汤姆正面对着他们回答不了的问题和洗不掉的嫌疑。

请让我从这当中醒来吧。

我蜷缩着侧躺在沙发上，膝盖靠近胸口，把自己裹在薄毯里。我得想想，我得决定怎么做，在这样困惑又筋疲力尽的状态下，我发现自己在原地兜圈子。

我可以选择：在这里等警察，试着解释自己为什么在这儿，解释关于空弹和弗洛外套的事，期待他们相信我。

或者我可以在破晓时离开，期待他们没注意到我到过这里。

我去哪儿？去伦敦？去找妮娜？我要怎么脱身？

警察当然会找到我，但看起来会比在这里找到我好些。

几乎事与愿违，我能感觉到眼睛就要闭上了，累得发抖的四肢正慢慢地放松，极度疲劳的肌肉每隔几分钟就抽搐一下，像松弛得要睡着了一样。我无法思考了。我明天会试着弄明白的。

　　一个大哈欠从我身体深处某个地方冒了出来，我意识到自己已经不再发抖了。我任由人字拖从脚上掉落，意识到哈欠带出的一条细细的眼泪正沿着我的脸颊往下滑，但我太累了懒得去擦。

　　我的天啊，我需要睡觉了。

　　我会想想这件事的……明天……

　　正值晚上，枪击发生的那个夜晚。我蹲在炫目的门厅里，沐浴在金色的流光和詹姆斯的血液中。

　　血在我鼻孔里，在我手上，在我指甲底下。

　　他正抬头看着我，深色的眼睛大睁着，闪耀着湿润的光。

　　"短信……"他说，声音嘶哑，"利奥……"

　　我伸手去摸他的脸——突然间他不见了，血不见了，光也不见了。

　　我醒了，周围很黑，我的心在胸口怦怦地跳着。

　　有一会儿我就躺在那儿，觉得自己的心脏像鼓一样重重地敲击着，试图弄清是什么把我吵醒的。我什么也听不见。

　　后来我转过头注意到了两件事。

　　首先，平板玻璃窗外面，房子前面，有一个之前没有的黑乎乎的东西。我很肯定那是一辆车。

　　其次，我能听到有声音从厨房传来，是一个缓慢颤抖的剐蹭声。

　　是有人开门时在石板砖上推椅子的声音。

32

房子里有人。

我笔直地坐起来，薄毯从肩上掉下去，心提到了嗓子眼儿，令我一阵作呕。

有一瞬间我考虑过叫出来，盘问闯入者。然后我意识到自己蠢到家了。

无论谁在这儿，因什么而来，都不会有好的动机。不是警察，他们不会像这样在夜深人静的时候从后门偷偷溜进来。不，只有两种可能。一个偶然碰到的运气不错的窃贼发现了开着的后门。或者凶手来了。

我希望是贼。这说明我的生活已经变得多么混乱——偶然碰到一个陌生人在午夜闯进来会是合理可能性中最好的解释。但在内心深处我知道不是贼。凶手来了，为我而来。

我非常非常小心翼翼地站起来，像握着盾牌一样抓着裹在身上的薄毯，仿佛红色的软羊毛能保护我似的。

令我感到安慰的一件事是闯入者会跟我一样不想开灯。也许在黑暗中我能躲过他们，藏起来，逃跑。

该死。我能去哪儿？

这里的窗户通向花园，但我肯定它们上了锁——我从外面试了，而且我记得最后那天晚上弗洛把它们锁上了。她有钥匙。我不知道钥匙在哪儿。

我能听到他们在厨房里。他们正轻轻地走在地砖上。

两个突如其来的强烈念头在我体内打起架来。第一个是跑——跑出门外，跑上楼梯，把自己锁在浴室里——尽我所能脱身。

第二个是留在这里防守作战。

我是个跑步的人。这是我做的事——我跑步。但有时候你不能再跑了。

我站着，双拳在身体两侧紧握，血液在耳朵中轰鸣，呼吸在喉咙里撕扯。逃跑或战斗。逃跑或战斗。逃跑或——

鞋踩在门厅里的玻璃上发出嘎吱嘎吱的声音，然后脚步停下了。

我知道凶手在那里，正听着——听我的声音。我屏住呼吸。

有个人站在门框里，我看不清是谁。在昏暗中我能看到的只有一个模糊的人影，在反光的钢制前门的映衬下呈现黑色。

可能是任何人——蜷缩在外套里，脸被阴影遮了起来。之后那个人影动了，我看到金色的头发短暂地显露出来。

"你好，弗洛。"我说，我的喉咙绷得太紧了几乎说不出话来。

然后，她笑了起来。

她笑啊笑，很长一段时间我不知道为什么。

她一边仍然微笑着一边移到一束月光下，脚踩在玻璃上发出嘎

296

吱嘎吱的声音。

我明白了。

因为那不是弗洛。

是克莱尔。

她保持靠墙站着，我意识到她和我一样虚弱。也许她病得没有我在医院里看见时她假装得那么严重，而是没什么大碍。她表现得像年龄是自己两倍大的人，像被打得血淋淋而且只痊愈了一半。

"你为什么回来？"她终于勉强开口了，"你为什么不能就别管它了？"

"克莱尔？"我声音沙哑地说。这说不通，一点儿也说不通。

克莱尔慢慢地摸索着走到沙发前，呻吟着一屁股坐下。在微弱的月光下她看起来很可怕——比我还糟。她的脸被割伤了，额头的一侧有巨大的肿起来的瘀伤，在暗光下显现成黑色。

"克莱尔——为什么？"

我搞不懂。

她什么也没说。妮娜的卷烟在桌子上，跟烟纸一起，她费力地伸手去拿，当一下子坐回到垫子里时她如释重负地倒抽了一小口气，开始慢慢地埋头卷起烟来。她戴着手套，尽管如此她的双手还是发着抖，在点烟之前两次把烟草撒了出来。

"我几年没抽过烟了。"她把烟卷的一头放到唇边，长长地吸了一口。"天，我想念它。"

"为什么？"我又一次问道，"你为什么在这儿？"

我仍然不能让自己的大脑接受眼前的事。克莱尔在这儿——如此说来她一定是凶手。但为什么，怎么做的？她没有发那第一条短信的可能——她是房子里唯一一个不可能那么做的人。

我应该逃跑。我应该用一把面包刀把自己武装起来，而不是吓得缩在沙发后面。我无法让自己明白。是克莱尔，我的大脑一直强调着。她是你的朋友。当她把烟递向我，我半梦半醒地接过来，边吸进几口边用力握着，直到四肢的抖动平息下来，我感到脑袋里不再漆黑一片。

我把烟递回去，克莱尔耸耸肩。

"留着吧，我可以再卷一个。天真冷啊，想来杯茶吗？"

"谢谢。"我说，仍然处在这种梦一般的奇怪状态中。克莱尔是凶手，但她不可能是。我似乎无法思考该怎么做——于是用这些奇怪的无意识的社交回应搪塞过去了。

她费力地站起来，一瘸一拐地出去，走进了厨房。几分钟后当水开始沸腾时，我听到了烧水壶发出"咔嗒"一声和冒着气泡的嗡嗡声。

我该怎么做？

烟卷烧完了，我轻轻地把它放到咖啡桌上。没有烟灰缸，但我已经不在乎了。

我闭上眼睛，用手搓脸，这时候一个画面在我脑中一闪而过，像一幕打在我眼皮里侧的投影：詹姆斯，血在光下如同颜料般鲜艳。

梦里的气味在我鼻孔里仍然很强烈，他沙哑的声音出现在我的脑海中。

门口传来一个小小的声音，我看到克莱尔手里拿着两个杯子费力地拖着脚走过来。她把它们放下，我拿了一杯，她低下身子坐到沙发上，从兜里掏出一包药丸，打开两粒胶囊放进茶里，她的手指在羊毛手套里有一点儿笨拙。

"止痛药？"我没话找话地问道。她点点头。

"是的。应该把胶囊整颗吞下，但我吞不了药丸。"她喝了一大口，打了个哆嗦。"天哪，真恶心。我不确定是药丸还是牛奶变质了。"

我喝了一大口我自己的。味道糟透了——茶喝起来一向糟透了，但这比平常的还难喝。克莱尔加过糖了，还是掩盖不住它尝起来又酸又苦的味道——不过至少它是热的。

我们安静地抿了一会儿茶，然后我再也不能保持沉默了。

"你在这儿干吗，克莱尔？你怎么来的？"

"我开了弗洛的车。她之前借给我家人了，他们把钥匙放到我的寄物柜里方便弗洛去取。只不过……她没去取。"

不。她没去取。因为……

克莱尔抬起头。她的眼睛在杯口上方睁得大大的，它们在昏暗中闪着光。她太美了——即便像这样，缩在一件旧外套里，没化妆的脸上带着伤口和瘀青。

"至于我在这儿干吗，我也可以问你同样的问题。你在这儿干吗？"

"我回来试着想起来。"我说。

"你想起来了吗？"她的声音很轻，仿佛我们在谈论一集很老的《老友记》里发生了什么。

"是的。"我在黑暗中和她目光交汇，茶杯在我麻木的双手间发烫。"我想起了弹壳。"

"什么弹壳？"她面无表情，眼里却透露着什么信息……

"你夹克里的弹壳。我找到它了，在你外套的兜里。"

她摇着头，而突然间我发现自己生气了，非常非常生气。

"别耍我，克莱尔！那是你的外套，我知道它是。如果不是的话你为什么要回到这里来？"

"也许……"她低头看看茶杯然后抬起头看着我，"也许，是来保护你免受自己的伤害？"

"这到底是什么意思？"

"你不记得发生了什么，对吗？"

"你怎么知道？"

"护士。她们谈论。尤其在你睡着的时候——或者可能睡着了的时候。"

"所以呢？所以怎么样？"

"你不记得在森林里发生了什么，对吗？在车里？"

"你到底在说什么？"

"你抢夺方向盘，"她轻柔地说，"你跟我说没有詹姆斯你活不了，你十年来都没能忘了他。你跟我说你梦到他了——你永远不会从发生过的事里缓过来，他在短信里跟你说的那些话。你把车开下了公路，利。"

她的话像一股浪潮般涌到我身上。我感到自己的脸颊因震惊而刺痛，好似她扇了我一耳光——然后刺痛感消退了，只剩下气喘吁吁的我。

因为那是事实。当她说的时候，我脑中闪过尖锐痛苦的画面——我的双手在方向盘上，克莱尔像恶魔一样和我抗争，我的指甲掐在她的皮肤里。

"你确定你记得没错吗？"她说，声音非常温和，"我看见了，利。你把手放到枪杆上了，你把它推向了詹姆斯。"

有一会儿我什么也说不出。我坐在那儿，大口喘着气，双手像握着一件武器一样紧紧握着茶杯。然后我摇着头。

"不。不，不，不！如果是那样的话，你为什么在这儿？为什么不向警方告发我？"

"你怎么知道，"她平静地说，"我不是已经那么做了呢？"

我的天啊，惊恐中我感到虚弱。我长长地喝了一大口茶，牙齿在杯子边缘打着战，而我试着思考，试着把所有这些千丝万缕汇集到一起。

这不是真的。克莱尔在扰乱我的头脑。没有神志正常的人会坐在这儿跟一个谋杀了她的未婚夫并且试图把他们的车开出公路的人喝茶。

"弹壳，"我固执地说，"弹壳在你的外套里。"

"我不知道你在说什么。"她说，声音有些阻塞，"拜托，利，我爱你。我为你感到害怕。你做的那些——"

我无法思考，我的头很痛。我觉得太奇怪了，而且嘴里有股极度恶心的味道。我又喝了一大口茶，试图把它冲走，不料那股味道却加剧了。

我闭上眼睛，詹姆斯在我怀里奄奄一息的画面浮现在我闭着的眼睛前。这会是我余生中闭上眼时都将看到的画面吗？

"短信……"他倒抽口气，"短信，利奥。"他的肺里有血。

然后，突然间，在旋转的记忆迷雾和纠缠混乱的嫌疑中——我理解了什么。

我知道了詹姆斯当时要说什么，他当时试图说的是什么。

我放下杯子。

我知道发生了什么，而且我知道为什么詹姆斯得死了。

301

33

我的天哪，我太笨了。我不能相信自己有多笨——十年了，我甚至从没注意到。我坐在那儿，一动也不动，把所有的"如果……会怎样"过了一遍——如果我在多年以前就意识到坐在我面前的是什么样的人，一切会有多么不同。

"利？"克莱尔说。她看着我，看起来非常担心。"利，你没事吧？你看起来……你看起来不太好。"

"诺拉，我的名字是诺拉。"我声音嘶哑地说。

十年了。那条该死的短信刻在我心上十年了，而我甚至从没注意到。

"利，"我对克莱尔说。她喝了一大口茶，在杯子上方盯着我，美丽的窄眉不解地皱了起来。"利，"我重复道，"对不起，但这是你的问题，不是我的。你把它搞定吧，别再给我打电话了。詹。"

"什么？"

"利。"

"你到底在说什么？你到底什么意思？"

"利。他从没叫过我利。詹姆斯从没叫过我利。"

有一小会儿她以一脸完全不理解的表情盯着我——而我再一次想起，她曾经是个多么了不起的演员。现在也是。做演员的不应该是詹姆斯，应该是克莱尔。她太不可思议了。

然后，她把茶放下做了个懊悔的痛苦表情："天啊，那是很久以前的事了，利。"

这不是招认——不完全是。但我对她足够了解，所以我知道这也可能是。她不再抗议了。

"十年。我挺迟钝的了。"我苦涩地说。苦，不只因为我的错误毁了自己的人生，而是因为如果我领会得快一点儿，詹姆斯现在也许仍然活着。"你为什么那么做，克莱尔？"

克莱尔朝我伸出手，我躲开了。她说："听着，我不是在说自己之前做的对——我那时很年轻，那么做很愚蠢。但是，利，我那样做是出于好意。你们会把你们俩的人生搞得一团糟的。听着，那天下午我去见他了——那家伙在对自己胡言乱语——他没做好当爸爸的准备，你没做好当妈妈的准备。我了解你们，你们谁也没勇气做决定。"

"不。"我说，我的声音在颤抖。

"你们希望它发生，你们俩都是。"

"不！"这个字像一声呜咽从我口中涌出。

"你想的话大可否认，"她轻柔地说，"走开的人是你，而他任由你走了。只需要一条短信、一则留言、一个电话——真相就会大白。但你们之间，你们甚至连那个都应付不了。事实是，他想退出——他只是太懦弱了，不敢自己逃跑。而我出于好意那么做了。"

"你在说谎。"最后我说，声音嘶哑哽咽，"你不在乎——你从没在乎过。你只是想要詹姆斯——而我碍了你的事。"

我记得——我记得那天在学校礼堂，炎热的阳光透过高高的玻璃窗照进来，克莱尔简明地说："我要得到詹姆斯·库珀。"

但是，他成了我的。

"他发现了，是吗？"我盯着克莱尔苍白的脸，她脏兮兮的头发在月光下呈现银白色。"关于短信，怎么发现的？"

她叹了口气。

终于她说了听起来像是真相的话。

"我告诉他的。"

"什么？"

"我告诉他的。我们当时在讨论——关于诚实，还有婚姻。他说在我们结婚之前他有些话想要一吐为快。他问，他能不能告诉我点儿事情——而我会不会原谅他？我说，是的，任何事，绝对是任何事。我说我爱他，他可以告诉我任何事。他告诉我在我们重新碰到的那个派对上，他的朋友对我感兴趣——我们整个晚上都在打情骂俏，我记得。那天晚上结束时我把我的号码给了这个朋友——詹姆斯说他在他朋友的兜里发现了那张纸，自己留下了。他告诉他的朋友我对此没有兴趣，而他取而代之地给我发了短信，说他从朱利安那里得到我的号码，问我想不想出去喝一杯。"

克莱尔叹了口气，向窗外凝视。

"他说这些年来，这件事一直在折磨他，"她继续说道，"我们的关系是从谎言开始的，和我在一起的应该是他的朋友。他说朱利安是个花花公子，他那么做一部分是出于自私，一部分是为了我。

他不能忍受朱利安愚弄我，压榨我，然后甩了我。他以为我会生气——但他说的时候，我能想到的只有他为了得到我撒了谎，作了弊，打破了他自己的原则。你知道詹姆斯是什么样的……生前什么样。"

我点点头。这个动作让我脑袋眩晕，但我知道她的意思。詹姆斯生前是个矛盾混合体———一个有着顽固道德准则的扰乱分子。

"很奇怪，"克莱尔现在正缓慢地说着，我想她几乎忘记了我的存在，"他以为他的自白会让我对他的爱减少。它没有——它只让我更爱他了。我意识到他的所作所为是为了我，是因为对我的爱。而且我意识到在我身上也是一样的道理。我说了谎是出于对他的爱。我想……如果我能原谅他……"

我能领会，我能明白她扭曲的逻辑，还有她惯于胜人一筹的本领。你为我做了这个，我为你做过更严重的。我爱你甚至更多。

她致命地误会了詹姆斯。

我坐着，试着想象当她坦白自己做过什么时他的脸。她有向他证明那么做是对的吗，就像她向我证明的那样？他没做好当爸爸的准备——她说的完全对，但那不会改变詹姆斯的观点。他只会看到这场骗局的残忍。

"你对他说了什么？"我最后问。我累得头晕，觉得身体奇怪和脱节，我的肌肉像羊毛一样。克莱尔看起来也一样糟——她的手腕瘦得似乎要折断了。

"你是什么意思？"

"你一定跟他说了别的什么，不然他会给我打电话的。你说了什么？"

"哦。"她揉揉太阳穴，把一绺垂到脸上的头发掖了回去。"我记不清了。我说了一些关于……你让我告诉他你需要时间独处——你觉得他会把你的生活搞得一团糟，你不想见他。他不应该给你打电话——等你准备好了会联系他。"

不过当然，我从没联系他。我回到学校只不过考了试，坚定地无视了他，然后彻底地搬走了。

我隐隐地想为詹姆斯那么愚蠢，那么容易受骗而给他一巴掌。为什么他不克服他的顾忌给我打电话呢？但我知道答案。和我从没打给他的原因一样。骄傲。羞愧。懦弱。还有点儿别的——更像是弹震症的东西，它让继续向前比回头看更容易。我们的生活中发生了某些重大的事，我们完全没有能力应对的事。我们都被后果弄得头昏脑涨，试图不去想太多，感觉太多。停下来更容易些。

"他说了什么？"我终于勉强问了出来。喉咙又酸又哑，我又喝了一大口茶。茶喝起来甚至更凉了，但也许糖和咖啡因会帮助我保持清醒，直到早晨，直到警察到来。我太累了——实在非常非常累。"之后，我是说，他发现的时候。"

克莱尔叹了口气："他想取消婚礼。我又是乞求又是解释——我说他表现得就像《德伯家的苔丝》里的安吉尔——你知道吗，当安吉尔坦白通奸，后来苔丝说她怀过亚历克的孩子时却忍受不了。"

我们在考普通中等教育证书时学过那本书。我仍然能记起詹姆斯慷慨激昂地向全班谴责安吉尔。"他是个他妈的伪君子！"他大喊，并且因为当着老师的面骂脏话而被赶了出去。

"他说他需要时间想一想，但可能让他即便是试着原谅我的唯一的方法就是告诉你真相。所以，我跟他说我会邀请你到我的婚前女子单身派对，到时候我就可以告诉你了。"克莱尔笑起来，摇摇晃晃地，像突然间理解了一个笑话的笑点，"我刚想到这有多讽刺：我一直觉得女生主题的事十分无聊，而詹姆斯花了好久试图说服我办一个——最后他是那个说服了我的人，只是不是因为他认为的原因。如果他不一直说，我大概永远连想都不会想所有这一切。"

现在我明白了。我彻底明白了。

克莱尔永远不能有错，总要有别人背黑锅。别人不得不承担责任。

詹姆斯到底真的了解她吗？或者他爱的只是克莱尔的假象，她对他假装的表演？因为认识了克莱尔二十年，我知道，他的计划永远不会奏效。就算地狱会冻结，克莱尔也不会承认那样的事。不只因为她会对我有责任——而是因为她会对每个人都有责任，永远。我不会有望对发生的事情保持沉默——一切都会传出去：十年的谎言和骗局，还有最丢脸的是，克莱尔·卡文迪许不得不采取这种方法来得到她的男人。

她一定也知道，詹姆斯的决定很难以预料。我不知道他对马特说了什么，但很显然如果他做好了跟其他人谈论苦恼的准备，那一定确实到了很深的地步。而且他没有对克莱尔保证——只不过说如果她坦白的话他也许能原谅她。

我了解詹姆斯，我觉得他不会成功。

不。克莱尔如果老实交代就会失去一切，什么也得不到。

她有两个选择：说出真相，揭穿自己，或者拒绝执行詹姆斯的计划，失去她的未婚夫——然后真相无论如何都会传出去。不管选择哪个，她都会被毁掉，她这么多年来小心翼翼建立起来的形象——一个好朋友，一个充满爱心的女朋友，还有一个体贴的、高尚的人的形象——就会破灭。

我知道从你的过去走开重新开始有多难——何况克莱尔的生活

幸福、灿烂而且成功。她一定审视了她所做过的、建立的和赢得的一切，把这些和一个谎言做了权衡。

她可以从这里走出来，被摧毁——或者她可以杀了詹姆斯，离开这场悲剧和激励人的勇敢的寡妇，准备好重新开始。

詹姆斯不得不死——他的处决令人惋惜却是必要的。

但我的——我的是惩罚。詹姆斯死掉还不够，必须有人为他的死背黑锅。这不可能是克莱尔的错，即使是一场意外。

不，别的什么人必须对此负责。而这一次，那个人是我。

为什么是我？我差点儿问。但我没有。因为我知道答案。

我偷走了她的男人。十年前我介入了克莱尔·卡文迪许和她的合法财产之间，在她病重无法争取属于她的东西时公然偷走了他，而现在我又做了一次，像从坟墓里伸出的手一样从过去起来反抗，最后一次介入她和詹姆斯之间。

现在我不会离开这栋房子了。我知道。

克莱尔承受不起让我离开。

我的心脏在胸中非常非常重地跳着，太重了以至于我觉得奇怪地头晕目眩，仿佛可能随时会摔倒。我站起来，摇摇晃晃地，拿着杯子，一个趔趄把杯子掉了。克莱尔伸手去接，试图在茶洒出来前抓住它，她戴着手套的手指在瓷器上很笨拙，杯子从她的手指间滑了过去，掠过咖啡桌。

随着剩下的茶水洒到玻璃桌面上，我看到……我看到杯底有白色的残渣。不是糖——糖全都溶解了。而是别的什么，什么让茶喝起来甚至比平时更糟的东西。

现在我明白了。我明白了为什么头晕。我明白了为什么克莱尔说了这么多，允许我知道这么多。而且我明白了，哦，天哪，我明白了她为什么戴手套。

她低头看看杯子，又抬头看看我。

"哎呀。"她说。然后，她露出了笑容。

34

一时间我什么也没做。我只是站在那儿愚蠢地盯着杯子，感觉着胳膊和腿里的嗜睡感，还有脑袋里的混沌感，这让我之前没注意到药效的眩晕。它们是什么？止痛片？安眠药？

我站在那儿，一边摇摇晃晃，一边试图控制自己的情绪，试图保持平衡。

然后，我跌跌撞撞地朝门口走去。

我走得不快。我走得很慢——噩梦一般的慢。

但当克莱尔向我冲过来时，她消瘦的四肢不太听使唤。她的一只脚被小地毯绊倒，猛地摔了下去，臀部撞到咖啡桌过于锋利的边缘。她发出一声尖叫，门厅里响起回声，令我本来就晕乎乎的脑袋感觉更奇怪了——我摇摇晃晃地走进门厅。

我费劲地捣鼓着前门的门锁——就在几小时以前它似乎还如此简单明了。我的手指滑脱——锁不转——然后我打开了，出来了，

"啪"地穿过轻薄的警用胶带，进入了幸福寒冷的新鲜空气里。

我的四肢感觉像橡胶一样，脑袋又晕又恶心。

但我是这么做的。我跑了起来。这是我能做的。

我迈出一步。然后又一步，再一步又一步，直到森林将我吞没。

天色不可思议、不可思议的黑，我不能停下。

冷空气拂面，树林的轮廓黑压压一片。它们耸立在寒冷的黑暗中，令我迂回闪躲，低头从树枝底下钻过去，伸出双手保护自己的脸。

欧洲蕨和荆棘钩住我的小腿，撕扯我的皮肤，但我的双腿又木又冷几乎感觉不到割伤，只有撕裂的刺痛试图阻止我前行。

这是我的噩梦。只不过这次我试图拯救的不是詹姆斯——而是我自己。

我听到身后传来车门"砰"地关闭和引擎发动的声音。最大强度的车前灯透过树干发着光，随着车子慢慢地掉头，扫出了一个大大的圆形弧线，然后它开始沿着坑坑洼洼的车道颠簸前行。

车行道沿着长长的曲线绕行，以免爬坡过陡。林间小路是笔直的。如果我跑得快，我能做到，我能赶在克莱尔之前到达公路。然后呢？

我想不了那个了。我的呼吸在咬紧的牙齿间抽噎，我强迫自己颤抖的肌肉更用力、更快地运动。

我只想活。

我在加速。这里的下坡更陡了，现在我的肌肉不再强迫我向前，而是试着抑制我的疾速俯冲。我跃过一根掉落的树枝和一个獾穴，那是在苍白稀疏的雪里的一个黑洞——然后，突然间的一击差点儿让我背过气去，我撞到了一棵树上。

我双手双膝着地在雪里摔倒，脑袋痛苦地嗡嗡响着。我的鼻子在流血——我能看到随着自己不停地喘气，鼻血滴落到雪里。当我触碰到妮娜的开襟毛衣时，衣服前面变成了深色，被血块浸透了。我摇摇头，试图清除从我视线里飞驰而过的碎片和火花。血溅到了空地上。

　　我不能停下。我唯一的机会是赶在克莱尔拦住我之前到达公路。我一只手放在树干上，让自己镇定下来，试着克服恶心的头晕，然后又开始奔跑。

　　当我奔跑时，许多画面飞速地从脑中一闪而过，就像被闪电照亮的风景。

　　克莱尔，穿着长筒雨靴，大清早悄悄地从房子里溜出去，到森林里能收到信号的地点用我的手机发那些短信，她的脚印留在雪里等着我发现。

　　克莱尔——等待着，直到妮娜确实走了，然后驾车离去驶进夜色里——为了什么？为了静静地把车停在路侧停车带，等着詹姆斯失血而死？

　　克莱尔——当我从森林里冲到车前，对她尖叫让她停车让我上去时，月光下她白色的脸因震惊而僵住了。

　　她条件反射式地踩下刹车，我爬进副驾驶位里。当我砰地关上车门，她瞥了我和詹姆斯一眼，我们都没系安全带，然后，没有试图解释，她加大引擎踩下了油门。

　　一时间我没明白，她正朝着黑暗中若隐若现的树驶去。

　　然后，我意识到了。

　　我试图去抓方向盘，指甲掐在她的皮肤里，为了控制车的方向和她扭打着——就这样我脑中一片空白了。

我的天啊，我不得不抢在她之前到达公路。如果她把车横着停在小路底部拦住我，我就死定了。

　　一切都痛。天啊——一切都太痛了。但克莱尔之前给我的药片带来了一线希望：它们连同我自己的恐惧和肾上腺素一起，削弱了足够的痛感令我得以坚持跑下去。

　　我想活下去。直到现在我才知道自己有多想活着。

　　我的天啊，我想活下去。

　　突然间，几乎没有意识到，我已经在公路上了。林间小路把我引领到了柏油路上，速度太快以至于我一边摇摇晃晃一边试图减速以阻止自己飞速撞上一辆车。我双手扶膝站在那儿，气喘吁吁地倒抽着气，试图弄清该往哪边走。

　　克莱尔在哪儿？

　　我能听到一个声音，我意识到，车子飞速在凹坑上开过和绕过转弯处时引擎的轰鸣声。并非在远处。她差不多要到车道底部了。而我做不到了——我再也跑不动了。我的身体已经被我逼过了极限。

　　我不得不跑，不然我就会死。

　　而我不能，我不能。我几乎站不住了——更别说把一只脚放到另一只的前面。

　　跑，我在自己脑中尖叫，跑，你在他妈的浪费时间。你想死吗？

　　克莱尔的车在公路上了。我看到她车前灯的光刚刚绕过了转角，照亮了黑夜。

　　然后，一阵轮胎发出的令人惊愕的可怕尖长的声音和一声我从没听过的巨响传来。有橡胶发出的尖锐声音和金属发出的刺耳声音，车子相互碰撞发出的声音；一个似乎永远回荡在森林隧道里的声音，在我耳中尖叫。我站着，眼睛惊恐地大睁着，朝撞击声的方向凝视。

然后是沉寂——只有散热器向夜晚的空气中排着风。

我再也跑不动了。我勉强能走，双腿颤抖着。我的人字拖丢了，柏油路一定冷得像冰一样——但我什么也感觉不到。

在寂静中我听到了啜泣的喘息声和收音机噼里啪啦的声音。然后，一个突如其来的意外让我跳了起来还差点儿绊倒，树林被忽隐忽现的幽蓝色火焰照亮。

再多一步，再一步，我强迫自己继续走，绕过了转弯——朝着无论发生了什么的方向走去。

到达前我听到了一个声音，一个颤抖的女性声音。她正对着什么说话——一台电话吗？随着我靠近，我看到那是一台警用无线电对讲机。

是拉玛尔。她站在警车打开的车门旁，血顺着她的脸流下，在紧急报警器闪烁的蓝光下呈现黑色。她正对着无线电对讲机说话。

"地面控制中心，紧急消息。"她的声音发抖，伴随着抽噎，"需要立即援助和救护车，到正在斯坦布里奇外的B4146，完毕。"她站在那里听着噼里啪啦的回复。"收到。"她最后说，"不，我没受伤。是另一个司机——听着，把救护车派来就好。再派一名消防员，带着……带着切割设备的消防员，完毕。"

她小心翼翼地放下无线对讲机，走回另一辆车。

"拉玛尔，"我说，声音低沉而沙哑，她没听到。我的四肢太沉了以至于我觉得自己多一步也走不动了，我倚在路旁的一棵树上。"拉玛尔……"我勉强又叫了一次，我的声音在引擎的咝咝声和无线电对讲机的噼啪声的掩盖下像是颤抖的细丝。"拉玛尔！"

她转身看了看，然后我终于任由膝盖垮掉，跪在了被雪弄湿的冰冷的柏油路上，我再也不用跑了。

"诺拉！"我听到拉玛尔的声音穿过雾气，"诺拉！天啊，你受伤了吗？你受伤了吗，诺拉？"

但我找不到回答的语句。拉玛尔正朝我跑来，当我瘫倒在公路上时，我感觉到她有力的双手在我的腋窝下托着我，慢慢地把我放低到地面上。

结束了。全都结束了。

35

"诺拉。"一个温和却迫切的声音卷入我迷乱不安的睡眠中,像钩子一样把我拉回现实。我认识这声音。是谁?不是妮娜,对妮娜来说太低了。"诺拉。"声音再次传来。

我睁开眼睛。

是拉玛尔。她正坐在我床边的椅子上,明亮的黑眼睛大睁着,闪亮的头发从做了造型的额头向后平铺着。

"你感觉怎么样?"

我从被子里挣扎着坐起来,注意到她戴着颈托——看起来和她的真丝外衣很不协调。

"我昨天来过,"她说,"但他们把我轰走了。"

"你也住在这家医院吗?"我用粗哑的声音说。她把水递给我,我感激地大口喝起来。她摇摇头,沉重的金耳环轻轻摇摆着。

"不。轻伤——我昨天从急诊室被送回了家。真是好事,我的孩子们不喜欢我夜不归宿，最小的只有四岁。"

她有孩子？这个信息感觉像友好的馈赠。我们的关系中有什么改变了。

"我——"我设法说话，吞了下口水重新开始，"结束了吗？"

"你没事，"拉玛尔说，"如果你是那个意思的话。至于案子，关于詹姆斯的死，除了克莱尔我们没在找任何人了。"

"弗洛怎么样了？"

我不确定是不是我想象的，感觉像有个阴影从拉玛尔脸上掠过。我不能确切地指出什么变了，她的表情和之前一样安详、镇定，但小房间里突然间有了一种畏惧的存在。

"她在……坚持。"拉玛尔终于说。

"我能见她吗？"

拉玛尔摇摇头："她正……她正和家人在一起。目前医生不允许任何探视。"

"你见过她吗？"

"昨天，是的。"

"所以，今天她变糟了？"

"我没那么说。"拉玛尔说，她的眼神很焦虑。我知道她没说出的东西。我知道她绕过的内容。我记得妮娜说的关于过量服用扑热息痛的话，我知道克莱尔的行为带来的毁灭性涟漪即便到现在也没停止。

在克莱尔做的所有事中，我认为那是最残忍的。她对詹姆斯做的，她试图对我做的，至少有一个理由。但弗洛——弗洛唯一的罪是爱克莱尔。

我不知道弗洛何时意识到真相——她何时开始根据事实推测出

当我到达那栋房子时，克莱尔让她用我的手机发出的那条信息有问题。它足够无辜：詹姆斯，是我。利奥。利奥·肖。我不知道克莱尔跟她说了什么——我猜是什么荒唐的话，一个女子单身夜的恶作剧。

第一个迹象大概是当妮娜说漏嘴关于我和詹姆斯过去的事，也许弗洛开始好奇为什么竟然是克莱尔想要再次把事情挑起来。然后当拉玛尔开始问关于电话……和短信……时，她一定意识到了什么不对。

我认为她没猜到真相——或者至少一开始没有。她试图看望住院的克莱尔，但他们不会让她看的。克莱尔病得太严重，而且无论如何警察不喜欢住在家庭旅馆的证人到医院探视。妮娜说她费了九牛二虎之力才得以见到我，而且是在他们把她的陈述重温了一百遍的前提下。而克莱尔当时仍然在假装处于混沌和半无意识状态，等着看我和拉玛尔会透露什么，我猜，在她"醒来"前。

不。弗洛留在家庭旅馆里，一边苦恼一边纳闷儿，却不能问克莱尔要怎么说。她撒了谎。她在自己的谎言里露出了马脚。她纳闷儿自己做了什么，触发了什么。她开始怀疑克莱尔的动机。她感到绝望。

"你知道吗？"我问，一边用力地咽了咽口水，一边试图抛开弗洛正躺在沿走廊的某个地方挣扎着求生的想法。"你知道发生了什么吗？克莱尔告诉你了吗？"

"克莱尔病得太重了不能回答问题。"拉玛尔严肃地说，"至少她的律师是这么说的，但我们有了足够的线索把案子拼在一起。在你告诉我们的事，克莱尔给你的药的毒性分析报告，最重要的是从弗洛的供述之中，我们得到了足够的线索。她从没打电话叫救护车，你懂的。"

"你是什么意思？"

"在那栋房子里，詹姆斯死的时候，没有她曾经尝试拨打 999 的记录。那应该给出暗示了，但我们当时太忙着看其他地方了。"拉玛尔叹了口气，"当然，我们将需要录一份正式的口供，当你身体状况够好的时候。我们可以改天再担心那个。"

"我以为是弗洛。"最后我说，"当我找到克莱尔的夹克，发现子弹在里面。我以为那是弗洛的夹克，我以为是她换掉了弹壳。我只是弄不明白克莱尔为什么会做那样的事——她最终得到了她想要的：完美的生活，完美的未婚夫。为什么她会把那一切都毁掉？只有当我回想起那个短信，真正回想它的时候，我才意识到：詹姆斯从没叫过我利。她没有重复再犯那个错误，但我应该意识到的。

"她有前科，你知道吗？"拉玛尔说。她圆润的声音像一条柔软温暖的毛毯裹在她冰冷的话上，"或者说是变相的前科，我们费了一些时间才把这件事挖出来。在她的大学里有一个教授，因为给本科生发送不合宜的电子邮件被开除了，邮件暗示如果她们跟他睡就可以得到更好的成绩，如果她们告诉任何人就会遭受惩罚。他自始至终都否认，但无疑学生们收到了那些邮件，而且当他的机器被突袭检查时，它们就在已删除文件夹里，所有的都在，尽管他曾笨拙地试图想要销毁它们。"

"现在似乎很明显克莱尔卷入了这件事，尽管当时没人怀疑过她。她不是他发送邮件的收件人之一。但几个星期以前他曾提高对她的关注，因为她的一篇论文是剽窃的，他威胁说要采取进一步的行动。当然，在随后发生的群情激愤中那个指责被遗忘了——他的一个同事记得他讨论过这件事。她说她一直想知道……"

我闭上眼睛，感觉一滴眼泪沿着鼻子的线条下滑。我不知道自己为什么在哭。不是松了口气，我甚至觉得不再是出于对詹姆斯的悲痛。也许只是对这一切浪费的极度愤怒和挫败感，对我自己没有早点儿意识到，对我自己如此愚蠢而气愤。

可是，话说回来，如果我注意到了呢？躺在地上，内脏溅落在亚麻色的木材和结冰的玻璃上的人会是我吗？

"我先告辞了。"拉玛尔轻柔地说。她站起来，椅子的塑料皮革嘎吱作响。"明天我会跟一个同事一起过来。我们会给你录正式的口供，如果你的状况没问题的话。"

我没说话，只是点点头，双眼仍然紧闭着。

她走后寂静降临，只听得到透过墙传来的肥皂剧主题曲的声音。我坐着聆听，也听着自己鼻子的呼吸声。

然后，当我渐渐进入平静的状态时，一阵敲门声传来。

我立刻睁开眼睛，想当然地以为是拉玛尔回来了，但不是她。一个男人站在外面。片刻间我的心"咯噔"一下，我意识到那是汤姆。

"咚咚咚。"他说着把头伸到门口。

"进来吧。"我用沙哑的声音说。

他拖着脚走进来。他的表情羞怯，不确定自己是否受欢迎。面色苍白的他，和我几天前才遇到的那个打扮得体的都市男子相去甚远——格子衬衫皱巴巴的，上面还有某种污渍。从他的表情我能看出，我自己看起来一定更糟。黑眼圈正逐渐褪成黄色和棕色，但如果你没看过，它们仍然令人震惊。

"你好，汤姆。"我说。病号服从我一边肩膀滑了下去，我把它往上拽了拽，他笑笑，僵硬呆板的笑容仿佛来自某个被社交礼仪暂时抛弃的人。

"听着，有些话我不吐不快。"他终于脱口而出，"我以为是你。

我是说关于你过去和詹姆斯所有的那些事，然后当警察开始没完没了地提到你的手机和那些短信时，我就想当然地认为……"他的声音越来越小，"我……我非常抱歉。"

"没关系。"我说。我对着床边的椅子打了个手势。"听着，坐下。别担心这个。警察也以为是我，而他们当时甚至不在场。"

"我太抱歉了。"汤姆重复道，声音发哑，他尴尬地坐到椅子上，抱着膝盖。"我只是……我从没想过……"他停住，叹了口气，"你知道吗，布鲁斯从来都不喜欢她。他爱詹姆斯。我是说，真的爱他，尽管他们经历过一些波折起伏，但他从没有花时间在克莱尔身上。昨晚当我给他打电话并且告诉他发生的一切时，他说'我很震惊，但并不意外。她从没停止过演戏，那个女孩'。"

我们静默地坐了一会儿，我仔细思考了布鲁斯的话，一个我素未谋面的男人对我的一个老友的评价。而我意识到他是对的。克莱尔从没停止过演戏。即使当她还是个小孩时，她也在扮演角色——好朋友、完美的学生、理想的女儿、迷人的女友。而我突然意识到，也许这就是为什么我发现让我认识的克莱尔和其他这些人一致那么难。因为她和我们每个人都不一样。我纳闷儿，在她身上会发生什么？会有陪审团成员给任何一个如此有魅力，如此善良，如此非常非常美丽的人定罪吗？

"我想知道……"我说——然后停住了。

"什么？"汤姆问。

"我一直在想，如果我没答应呢？没答应去婚前女子单身派对，我是说。我只差一点儿就没去。"

"我不知道。"汤姆慢吞吞地说，"昨晚妮娜和我聊了同样的话题。在我看来，你不是这一切的重点，重点是詹姆斯。你只是锦上添花。”

“所以，你是说……”我一边沉默一边思考着，他点了点头。

“我认为如果你没在那儿，我们当中会有个人代替你。”

“会是弗洛，”我闷闷不乐地说，“毕竟，她发了短信。”

汤姆点点头："扭曲一点儿事实对克莱尔来说并不难，她会开始说她害怕弗洛，弗洛嫉妒詹姆斯，表现得很不理智。最糟的是，我们大概会支持她。”

“你见过弗洛吗？”我问。

“我试了，”他说，“他们不让任何人进去。我想……我不确定……”

他的声音越来越小。我们都知道他没说出的话。

“我今晚回伦敦，”他终于说道，“如果能保持联系就太好了。”他在兜里摸了摸，掏出一张有光泽的厚名片，上面压印着浮凸的“汤姆·迪奥克斯玛”，还有他的手机和电子邮箱。

“对不起，”我说，“我没有名片，你有笔的话……”

汤姆拿出他的手机，我把我的电子邮箱地址敲了进去，看着他发了一封空邮件给我。

“好了。”最后他边说边站了起来，“嗯，我最好上路了。照顾好你自己，肖。”

“我会的。”

“你打算怎么回伦敦？”

“我不知道。”

“我知道。”一个声音从门口传来。我转过头看到了妮娜，她懒散地斜靠在门框上，两片嘴唇之间夹着一根没点燃的香烟。她叼着烟说话，像廉价商店里的侦探。“她跟我一起走。”

36

家。这么小的一个字，然而，当我回到我的小公寓，关上身后的门再把它锁上，却感到一股如释重负的洪流在全身漫延开来，如此巨大的洪流不是那一个字能容纳的。

我到家了。我到家了。

杰斯开车送我回来的。她大老远从伦敦跑来接我和妮娜，带我们回家。到达我家的那条路时，她们主动提出要进来，帮我把箱子搬上三段楼梯，但我拒绝了。

"我期盼能独处。"我说，那是真的。我知道她们也期盼着独处——单独在一起。在长途车程中我看到她们安静的示爱举动，妮娜的手放在杰斯的腿上，杰斯在换挡时揉搓妮娜的膝盖。我没有被排挤的感觉——不是那样。

我只是直到现在才知道我有多爱自己的空间。

弗洛死了，在我和汤姆见面后几小时——她过量服药后的第三天。妮娜说对了。她在另一件事上也对了，弗洛最终改变了想法。我从没见到她，妮娜去探望了她，倾听了她哭泣、计划将来，还有等她离开医院时会做什么。她死的时候父母在身边。我不知道她走的是否平和——妮娜不告诉我，这让我认为她走得并不平静。

我叹了口气，任由箱子落到地板上。长途的车程令我又累又干又僵硬。

我打开咖啡机，把水倒进去，有条理地折好滤纸，然后打开玻璃咖啡壶，嗅了嗅里面的渣滓。它们已经有一个星期了，但新鲜得香气扑鼻，沁人心脾。

机器滤煮咖啡时发出的声音是家的声音，而冒着热气的咖啡渣香是家的气味，然后我终于在床上蜷缩起憔悴的身体，仍然打着包的行李放在小地毯上，我慢慢地长长地抿了一口咖啡。冬日的阳光透过藤帘照进来，楼下的行车发出轻柔的咆哮声，声音太远了打扰不到我，更像是岸边海的声音。

我想起了那栋玻璃房子，在远处寂静的森林里，鸟群飞扑而过，森林动物悄悄穿过花园。我想起它空白的玻璃墙，反射着树林的黑色轮廓，月光从玻璃外面透进来。

据说弗洛的姨妈打算卖掉它，是弗洛的父母告诉妮娜的。太多血渍，太多记忆了。她说等警察不再扣押通灵板时，她打算把它烧了。

那是我不明白的部分。那个招魂会。

其他一切都是必需的，其他一切都是计划的一部分。但那个通灵板，还有那个令人毛骨悚然、不寒而栗的信息？

我现在仍然可以看到它，满页打着圈翻着滚。

M m mmmmuurderrrrrrrrrrrrer

拉玛尔认为那是故意为之，是计划的一部分，旨在令所有人不安，让大家的精神足够紧张，如此一来，当后门打开时我们就更容易恐慌，对去拿枪的建议做出反应。

我不是很确定。我又想了想汤姆的话，关于那些信息是从潜意识里浮现出来的……是克莱尔不情愿的手拼出了她拼命试图压制的词吗？

我闭上眼睛，试着屏蔽那个晚上的记忆。没有办法彻底将它隔绝。弗洛不在了，但我们其他人——汤姆、妮娜和我，都将带着发生过的事一起活下去，带着克莱尔做过的事，带着我们都做过的事，过我们的余生。

我的箱子在地板上，我打开它把电脑取出来。我的手机还在警察那里，至少我能查看电子邮件了。离开伦敦一个多星期了，当我启动电脑，一条消息闪烁起来："正在下载 1/187 封邮件。"

我坐着注视那些邮件一封接一封地掉进我的收件箱里。

有一封邮件来自我的编辑。还有另一封。两封来自我的代理人。一封来自我妈，标题是"你没事吧？"。然后，最后是来自我网址的邮件：热辣泰国美女……一个融化腹部脂肪的奇异小窍门！……你有三条待批准的评论。

而在垃圾邮件中……"发件人：马特·里道特；主题：咖啡"。

我摸摸口袋，寻找那块从纸杯上撕下来的卷曲的硬纸板。现在他的电话号码几乎难以看清了。圆珠笔迹模糊到一塌糊涂，中间两个数字上还有一道折痕，但我想我能辨认出它们都是 7，或者可能都是 1。

我本来打算让命运来决定。如果在数字消失前我从警察那里拿回了我的手机……

而现在这番景象。

我记得当他为詹姆斯哭泣时把脸埋在手里的样子。

我记得他的笑容。

我记得当他说再见时眼里的表情。

我不确定我能这么做。我不确定我能放下发生过的一切，重新开始。我的手指失去理性地在删除按钮上方徘徊了一会儿。

然后我点了下去。

鸣 谢

首先，我必须感谢我在古典书局的亲爱的朋友们，感谢他们从头到尾激励我（而且巧妙地没有太常问我进展如何）。如果要公平地对待每一个值得感谢的人，会写满一本电话簿，但必须特别感谢哈维尔出版社的每一个人，包括我才华横溢的编辑（和实至名归的犯罪小说女王）艾莉森·赫尼西，她最先对我说了"婚前女子单身派对"这个词，继而拉开了其他一切的序幕；感谢社论部的莉兹、迈克尔和罗威娜，宣传部的贝森和菲奥娜；版权部的简、莫妮克、山姆和佩妮，销售部的每一个人（人数太多无法一一提及，我爱你们所有人！），生产部的西蒙，极为出色的设计团队尤其是雷切尔、薇姬还有卓越的市场团队中的其他人。

感谢其他所有人——克莱拉、帕比、苏珊娜、帕里萨、贝姬、克里斯蒂安、丹、莉萨、希瑞、亚历克斯、弗兰、瑞秋、克莱拉（再一次）和我没有空间列在这里的每一个人——我希望我可以提到你们所有人，请记住我爱你们，想念你们。尤其是有天赋而谦虚，概括来说各方面都惹人喜爱但长期受苦的宣传部。

始终感谢我的第一批读者：梅格、埃莉诺、凯特和爱丽丝，谢谢你们在必要的部分表现得苛刻和支持，谢谢你们问了所有对的问题。

多谢那些从自己的问题中抽出时间思索我的问题的作家和朋友们，无论在线上还是线下，请记住你们每天都让生活变得更好更有趣。

说到技术性的帮助，我欠山姆、乔恩、理查德和洛娜一个很大的人情，他们都在警务人员、医疗协议和枪械的细节方面给予了帮助。不用说，任何错误都是我的（我为我根据他们的某些建议而去拿的戏剧化的许可证道歉）。

极大地感谢夏娃·怀特文学社的夏娃和杰克，感谢他们所有的关心和支持。

最后，感谢我亲爱的家人，尤其是伊恩和孩子们，谢谢你们在经常更想做别的事情时让我在空余的房间里敲打键盘。我爱你们。